庫

30-282-1

井　月　句　集

復本一郎編

岩波書店

井月の面影(下島空谷が少年時代に会った井月の印象をもとに描いたもの)

幻住菴記

石山の奥岩間のうしろに山有国分山と云そのかみ国分寺の名を伝ふなるへし麓にほそき流を
わたりて翠微に登る事三曲二百歩にして八幡宮たゝせたまふ神体は弥陀の尊像とかや
唯一の家には甚忌なる事を両部光をやはらけ利益の塵を同しうしたまふも又貴し日比は人の
詣さりけれはいとゝ神さひ物しつかなる傍に住捨し草の戸有よもき根笹軒をかこみ
屋根もり壁落て狐狸ふしとを得たり幻住庵と云あるしの僧何かしは勇士菅沼氏曲水
子の伯父になん侍りしを今は八年はかりむかしになりて正に幻住老人の名をのみ残せり
予又市中をさる事十年計にして五十年やゝちかき身は蓑虫のみのを失ひ蝸牛
の家を離れて奥羽象潟の暑き日に面をこかし高すなこあゆみくるしき北海の荒磯にきひす
を破りて今年湖水の波にたゝよふ鳰の浮巣の流とゝまるへき芦の一本の陰たのもしく軒端
茨あらため垣ね結添なとして卯月の初いとかりそめに入し山のやかて出しとさへおもひそみぬ

流石に春の名残も遠からすつゝし咲残て山藤松に懸て時鳥しはしは過る程宿かし鳥
の便さへ有を木つゝきのつゝくともいとはしなとそゝろに興して魂呉楚東南にはしり
身は瀟湘洞庭に立つ山は未申にそはたち人家よきほとに隔り南薫峯よりおろし
北風海を浸して涼し比枝の山比良の高根より辛崎の松は霞こめて城有橋有
釣たるゝ舟有笠とりにかよふ木樵の声麓の小田に早苗とる歌蛍飛かふ夕やみの空に水
鶏の扣音美景物としてたらすと云事なし中にも三上山は士峰の俤にかよひて武蔵野の
古き栖もおもひいてられ田上山に古人をかそふさゝほか嶽千丈か峰袴腰といふ山有黒津の里
はいとくろう茂りて網代守るにそとよみけん万葉集の姿なりけり猶眺望くまなからん
と後の峰に這のほり松の棚作藁の円座を敷て猿の腰掛と名付彼海棠に巣を
いとなひ主簿峯に庵を結へる王翁徐佺か徒にはあらす唯睡辟山民と成て孱顔に足を投
出し空山に虱を捫て坐ス　たまたま心まめなる時は谷の清水を汲て自ら炊く　とくとくの

霜をわすれて一炉の備いとかろし　昔住けん人の殊に心高く住なし侍りて
たくみ置る物ずきもなし　持仏一間を隔て夜の物おさむべき所などいさゝかしつらへり
さるを筑紫高良山の僧正は加茂の甲斐何某が厳子にて此たび洛にのぼり
いまそかりけるをある人をして額を乞　いとやすやすと筆を染て幻住菴の三字を送
らる　頓て草庵の紀念となしぬ　すべて山居といひ旅寝といひさる器たくはふべくもなし
木曽の檜笠越の菅蓑ばかり枕の上の柱にかけたり　昼はまれまれとぶらふ人々に
心を動し　あるは宮守の翁里のおのこども入来りていのしゝの稲くひあらし兎の豆畑
にかよふなど我聞しらぬ農談日既に山の端にかゝれば夜坐静に月を待ては影を伴ひ
燈を取ては罔両に是非をこらす　かくいへばとてひたぶるに閑寂を好み山野に跡を隠さ
むとにはあらず　やゝ病身人に倦て世をいとひし人に似たり　倩年月の移こし
拙き身の科をおもふにある時は仕官懸命の地をうらやみ一たびは仏籬祖室の扉に
入らむとせしもたどりなき風雲に身をせめ花鳥に情を労じて暫く生涯のはかり事とさへ
なれば終に無能無才にして此一筋につながる　楽天は五臓の神をやぶり老杜は痩
たり　賢愚文質のひとしからざるもいづれか幻の栖ならずやとおもひ捨てふしぬ

先たのむ椎の木も有夏木立

題芭蕉翁國分山幻住菴記之後

何世無隠士以心隠爲賢也何處無山川風景因人美也間讀芭蕉翁幻住菴記乃識其賢且知山川
得其人而益美矣可謂人与山川共相得焉廼作鄙章一篇歌之曰

琵琶湖南兮國分嶺古松欝兮緑陰清茅屋竹椽纔數間内有佳人獨養生
満口錦繍輝山川風景依稀入俳城此地自古富勝覧今日因君尚益榮

明治十四辛巳初秋　夜雪俳諧仏御撰家日用旭煌謹書

幻住菴記（唐沢泰秀氏蔵）

明治十四年（一八八一）七月、井月六十歳の折に、求めに応じて揮毫した芭蕉の俳文「幻住菴記」。本文は『猿蓑』所収の「幻住菴記」に拠っている。署名は「俳諧行脚柳廼家井月」。八本伝わる（『井上井月真筆集』参照）井月揮毫の「幻住菴記」の一つである。井月が、この「幻住菴記」を揮毫するに当っては、酒を飲みつつ記憶のままに筆を染めたとのエピソードが残っている。これをもってしても、芭蕉への心酔ぶりが窺える。

凡例

一　本書は、俳人井上井月の句業を伝えるべく、まとめたものである。「発句篇」「俳論篇」「参考篇」の三部から成る。

一　「発句篇」「俳論篇」は、『漂泊俳人 井月全集』(下島勲・高津才次郎編、一九三〇年十月、白帝書房)を底本として、同全集から編者により「発句」の佳作、および井月の俳諧観、素養が窺える「俳論」を選んで収録した。

一　「発句篇」の構成は、原則的に白帝書房版の『井月全集』に拠ったが、一部、編者によって補訂した箇所がある。

一　「参考篇」として、下島勲・高津才次郎稿の「奇行逸話」、下島稿の「略伝」「俳人井月」「井月の追憶と春の句」「乞食井月と夏」を収録した。ただし、一部用字を下村勲編『井月の句集』(一九二一年十月、空谷山房)によって正したところがある。また明らかな漢字の誤記・誤植は、編者によって正した。

「参考篇」の底本は、以下の通りである。

「略伝」「奇行逸話」『漂泊俳人 井月全集』

「俳人井月」『人犬墨』(一九三六年八月、竹村書房)
「井月の追憶と春の句」「乞食井月と夏」『随筆・富岡鐵齋其の他』(一九四〇年十二月、興文社)

一 読みやすさの便を考えて、適宜、振り仮名、濁点、句読点をほどこした。振り仮名は、「発句篇」「俳論篇」では、歴史的仮名遣いに拠った。また、明らかな誤記は、本文脇に〔 〕を付して訂した。
一 漢字はおおむね現行の字体に改めたが、俗字・異体字などのうち、残したものもある。以下のごときものである。
　梺(麓)　沉(沈)　迯(逃)　煑(煮)
一 「参考篇」は、本文を現代仮名遣いに改め、振り仮名も、現代仮名遣いに拠り、また、一部編者によって振り仮名、読点を施した。なお、下島勳の書癖であろう、「分(わか)(解)る」を「訣る」と表記するが、そのまま残し、折にふれて振り仮名を付した。
一 発句に、通しの句番号を付した。
一 読解上の参考となるように、「発句篇」「俳論篇」には、編者による注記を、脚注で示した。「俳論篇」の「用文章前文」中の人名については、末尾の「「用文章前文」人名略注」にまとめた。

目　次

俳論篇

参考篇

発句篇

春の部

時候

余寒

1 用のなき雪のたゞ降る余寒(よかん)かな

春寒

2 春寒し雨に交りて何か降(ふる)

長閑

3 長閑(のどか)さや鳥影のさす東窓

1 ○用のなき 「要(うえ)のなき」との混用。役に立たない。○余寒 立春後に残っている寒さ。

2 ○何か 春の雪を暗示。「春の雪」は、旧暦一月の季語（『俳諧まがりがね』）。

3 ○夏目漱石句に「雀来て障子にうごく花の影」「鳥や来て障子に動く花の影」（『なじみ集』）。

4 長閑さや木遣り音頭の唄のふし

5 長閑さや清水滴る岩の鼻

6 長閑さの余りを水の埃りかな

7 長閑さをたつきにお杉お玉哉(かな)

8 長閑さや柳の下の洗ひ臼(うす)

9 矢中(あたり)の声も長閑や俄(にはか)晴(ばれ)

4 ○木遣り音頭　材木などを運搬する時、調子を合わせるために唄う歌。○上五「霞む日や」とも。

5 ○鼻　「端(はな)」(先端)のこと。去来句に「岩鼻やここにもひとり月の客」(『去来抄』)。「鼻」の用字は、「清水滴る」を受けての滑稽化。○上五「陽炎や」とも。

7 ○たつき　生活の手段。○お杉お玉　江戸期、伊勢神宮の間山(あいのやま)にいた女芸人の通称。二人一組での三味線、胡弓による俗謡、踊りなどの芸により銭を乞うた。

8 ○洗ひ臼　洗って乾してある臼。

9 ○矢中の声　矢が的に当った時に矢場女の発する声。○俄晴　急に晴天になること。

遅日

10 遅き日にながめて居るやかゝり舟

暮遅し

11 海苔うりもすし売も来て暮遅し

12 駕籠下りて砂路(すなぢ)歩行(ありく)や暮おそし

13 棟(むね)あげの餅催促や暮おそし

春の宵

14 鐘撞けば流石(さすが)に更けて春の宵

弥生

15 乗(のり)もせぬ駕籠つらせ行(ゆく)弥生(やよひ)かな

10 ○遅き日　春の日暮れが遅くなること。○かゝり舟　繋がれている舟。

11 ○海苔うり　芭蕉句に「蛎(かき)よりは海苔(のり)をば老の売(うり)もせで」。「乾海苔売」（『守貞漫稿』）のこと。○すし売　鮨を丸桶、箱、御膳籠などに入れて売り歩く商人。也有句に「鮓(すし)売も人におさるゝ祭かな」（『蘿葉集(らようしゅう)』）。

13 ○棟あげ　「むなあげ」とも。家を建てる時の棟木(むなぎ)をあげることを祝っての儀式。餅が撒かれた。

14 ○鐘　時の鐘。

16 定まらぬ空に気のせく弥生かな

弥生尽　17 呼び水の工夫も出来て弥生尽(やよひじん)

行春　18 行春(ゆくはる)を惜む二階の灯(ともし)かな

19 楼(たかどの)に春を惜むや影ぼう〔ふ〕し

天文

東風　20 東風(こち)吹くや駒(こま)の足並(あしなみ)みる日和(ひより)

16 ○気のせく　心が落ち着かない。旧暦「立夏」を視野に入れての「弥生尽」の気分。17参照。

17 ○呼び水　堰を作り、水を引き込むこと。ここでは「田に水をそゝぎ引く事」(『農業全書』)であろう。○弥生尽　旧暦三月晦日。春、最後の日。「三月尽(さんがつじん)」が一般的。

21 東風吹くや子供のもちし風車（かざぐるま）

春の雪

22 膳椀〔椀〕の露きるうちや春の雪

春風

23 春風や碁盤の上の置き手紙

24 春風やすし売あるく声の艶（つや）

25 春風や床店（とこみせ）廻る饪（にもの）売り

26 春風や皷（つづみ）に人のみな寄れる

22 ○うち　（食器類の水滴をきっている）間（あいだ）。

23 ○上五「遅き日や」とも。

24 ○声の艶　声の張りのある若々しさ。

25 ○床店　人が居住しない、商品を売るだけの店。○饪売り　煮物の振売（ふりうり）り。床店の商人用の惣菜か。

27 春風や猿の芸見る同者衆

28 春風や紅看板の吹きながし

春日

文明開化

29 春の日やどの児(こ)の顔も墨(すみ)だらけ

春雨

30 あつらひ(へ)の田楽来たり春の雨

右梅の画賛

31 はる雨や鏡に向ふ昼旅籠(はたご)

32 鯉はねて眼の覚めにけり春の雨

27 ○同者衆　道者衆。連れ立って社寺へ参詣する仲間。「町衆(ちやうしゆう)のづらりと酔て花の陰　野坡／門で押るゝ壬生(みぶ)の念仏　芭蕉」(『炭俵』)を意識したか。

28 ○紅看板　紅店の看板。○吹きながし　『守貞漫稿』に「紅染桃色木綿に幅小旗也。多く竿に付て立レ之、或は竿を用ひず暖簾と表に庇(ひさし)に釣(つる)もあり」とあるものであろう。江戸の地で用いたという。

29 ○文明開化　明治初期の西欧的近代化の現象。井月は、明治二十年(一八八七)没。○明治五年(一八七二)の「学制」第二十章において小学教科の一つに「習字」が入っていたことを詠んだもの。○上五「永き日や」とも。

30 ○あつらひの　うってつけの。史邦(ふみくに)(蕉門)句

33 春の雨わらじ〔ぢ〕の強き湿り哉

34 春雨や菜（な）飯（めし）を好む女（をんな）連（れん）

35 春雨や心のまゝのひぢ枕

36 春雨や何をたつきの庵（いほ）の所（しよ）作（さ）

37 春雨にしつぽり鴛（を）鴦（し）の衾（ふすま）かな

38 転（ゐど）寝（ね）した腕のしびれや春の雨

に「あつらへの天気也けり花ぐもり」（『有磯海』）。○田楽　田楽豆腐のこと。梅見の料理。

33 ○井月日記、明治十七年三月十五日の条に「春雨に草鞋の強きしめりかな」の句形で朝四園暮三の句とあり。「朝四暮三」のもじりによる井月の別号か。あるいは、別人による類句か。両句、成立の前後は、定かでない。

34 ○菜飯　油菜や蕪、大根の葉を茹でて刻んだものに味付けをし、飯に混ぜたもの。○女連　女たち。

36 ○たつき　生計。○所作　たたずまい。

37 ○しつぽり　鴛鴦が春雨に濡れる様子。○鴛鴦の衾　鴛鴦の仲のよい様子。一句は、男女の共寝もイメージされよう。

別れ霜

39 箒目の少しは見へ〔え〕て別れ霜

霞

40 囲碁に倦み弓にもあきて霞山

41 里の児の魚摑むなり鐘霞

42 乗合の込日を鐘の霞みけり

43 見せ馬に手を打つ頃や鐘かすむ

44 見るもの丶霞まぬはなし野の日和
右老農画賛

---

38 ○井月日記、明治十七年三月三日の条に雅卜句とし、作者名塗抹。自句であることに気付いたためか。○転寝　うたたね。寝るとはなしに寝ること。上伊那では「いどころね」（『上伊那方言集』）、「いどこね」（『信州方言辞典』）。底本の振り仮名は「いとね」。

39 ○井月日記、明治十七年二月二十四日の条に「箒目の少し見へけり別霜」の句形で巴楽句とし、作者名塗抹。自句と類句であるためか。○別れ霜　晩春に降りる最後の霜。

41 ○鐘霞　春の昼間に聞こえる遠くからの鐘の音の様子。

42 ○乗合　乗合船。天龍川の乗合船であろう。

45 まろび出る筆の軽みや朝霞

46 何処（どこ）やらに鶴（たづ）の声聞く霞かな

47 霞（かす）む日や網提げて越す川の幅（はば）

48 柴（しば）舟（ぶね）の霞んで下る日和かな

49 柴舟も筏（いかだ）も下る霞かな

陽炎

50 陽炎（かげろふ）の動かす石の華表（とりゐ）かな

43 ○見せ馬　買い手に見せる馬。○手を打つ　商談が成立する。○中七「相談出来て」とも。

45 ○まろび出る　自由闊達に迸（ほとばし）る。○筆の軽み　軽やかな筆使い。「軽み」は、本来、芭蕉が唱えた俳諧理念。○1113参照。

46 ○臨終の折、友霞松より辞世をとの勧めで旧作のこの句を書いたという。死を迎えての心境。○芭蕉句「花咲て七日鶴みる麓哉」を意識。視覚句と聴覚句。

48 ○柴舟　柴木を積んで運ぶ舟。『新古今和歌集』に寂蓮法師の歌「くれてゆく春のみなとはしらねども霞におつる宇治の柴舟」。

50 ○動かす石の華表　石の鳥居が陽炎でゆらゆらと揺れる様を擬人化して表現。○上五「陽炎も」とも。

春興

51 陽炎に貫目(くわんめ)ひかれな力石(ちからいし)

朧

52 桜にも月にもかゝる朧かな

朧月

53 大切の猫も留守なり朧月(おぼろづき)

54 妻戸(つまど)まで誰(た)が音信(おとづれ)て朧月

春の月

55 手がはりに持つ家づとや春の月

56 春の月返すに早き波もなし

51 ○貫目ひかれな 「力石」が陽炎で揺らぐ様子から、陽炎に重さ(貫目)を取られるな、と呼びかけた。○力石 社寺などに置かれている力較べ用の重い石。

54 ○妻戸 家の端(はし)(つま)にある左右両開きの板戸。

55 ○手がはりに 左右の手で交替しながら。誰かと交互に、とも。○家づと 家への土産。

56 ○井月の念頭に、蕪村句「春の海終日(ひねもす)のたり〳〵かな」があったか。

57 ○離れ家 離座敷。○落合ふ 約束してある場所で会う。

57 離れ家に落合ふ客や春の月

58 出駕籠まつ軒の低さや春の月

花曇

59 花曇り怪家にも風のなき日かな

光前寺祭礼当日

60 降とまで人には見せて花曇

初雷

61 初雷や隣へ分ける鬼の豆

初虹

62 初虹や帆あしの遅きのぼり舟

58 ○出駕籠　流しの駕籠。

59 ○怪家　不詳。振り仮名は、底本のまま。化物細工を見せる「化物小屋」「化物茶屋」のことか。

60 ○光前寺　上伊那郡赤穂村（現駒ヶ根市）にある。貞観二年（八六〇）、本聖上人開基の名刹。天台宗。本尊不動明王（『南信伊那史料』）。

61 ○初雷　立春後、初めて鳴る雷。○鬼の豆　「神鳴（かみなり）」と「節分の豆」は付合（つけあい）語（『類船集』）。雷除けということであろう。

62 ○初虹　「初虹」「虹初てみゆ」は、旧暦では三月の季語（『俳諧四季部類』）。○帆あし　一般的な「和船の帆の下端から一反毎に出した麻綱」（『日本国語大辞典』）の意ではなく、帆掛船の「船足（ふなあし）」（船の速度）のこと。

63 初虹は麓に消えて富士の山

64 初虹や裏見が滝に照る朝日

65 初虹や雨と遮(さへ)ぎる石(いし)華表(とりゐ)

淡雪

66 淡(あは)雪(ゆき)や橋の袂(たもと)の瀬多の茶屋

67 淡雪や軒に干したる酒(さか)袋(ぶくろ)

68 日を見せて降(ふる)雪淡し鳥の脛(はぎ)

64 ○裏見が滝　日光「裏見の滝」のことか。芭蕉『おくのほそ道』に「岩窟に身をひそめ入(れい)て、滝の裏よりみれば、うらみの滝と申伝へ侍る也」。

66 ○淡雪　支考『俳諧古今抄』に「淡雪ハ決シテ春ト定ムベシ」。○橋　大津の瀬多(瀬田・勢田)の橋。○瀬多の茶屋　浅井了意『東海道名所記』に「左の方に、茶やあり。おふかいの茶やといふ。大えい村、勢田邑(らむ)、勢田の大橋、九十六けん。小橋のながさ、三十六間なり」。

67 ○酒袋　酒の醪(もろみ)をこす袋。

68 ○脛　鳥の脚部。芭蕉句に「汐越や鶴(つる)はぎぬれて海涼し」。

69 ○地文　天文に対して大地の有様。○諏訪　諏訪

地文

春の水　69 解け初める諏訪の氷や魚の影

山笑ふ　70 山笑ふ今日の日和や洗ひ張(はり)

71 山笑ふ日や放(はな)れ家の小(こ)酒(ざか)盛(もり)

春の山　72 曙は常にもあれど春の富士

春の野　73 春の野や酢みそにあはぬ草の無(なし)

湖。『信濃国地誌略』に「盛冬ハ湖面一様ノ堅氷ヲ結ビ、人馬斉(ひとし)ク其(その)上ヲ通行スルヲ得(うる)」と。

70 ○山笑ふ　『改正月令博物筌(かいせいがつりょうはくぶつせん)』の「正月部」に「初春の山の姿をいふ也。春の山は草木いまだしげらず、わらふがごとくしほらしきといふこゝろなり」。○洗ひ張　着物を解き、水洗いし糊付けして板に張ったりして乾かす。○中七「日和つゞきや」とも。

71 ○放れ家　57の「離れ家」に同じ。

72 ○『枕草子』冒頭の「春はあけぼの。やうやうしろくなりゆく山ぎは、すこしあかりて、紫だちたる雲のほそくたなびきたる」を念頭に置いての句作り。○下五「今朝の富士」とも。○

水温む

74 魚(うを)影(かげ)のたま〳〵見えて水温(ぬる)む

75 遠(とほ)走(ばし)りする程温(ぬく)し山の水

春の川

76 春の江に仇(あだ)波(なみ)はなし鴛(を)鴦(し)番(つがふ)

雪間

77 山里や雪間を急ぐ菜の青み

人事

凧

78 遣(や)り過(すぎ)し糸のたるみや凧(いかのぼり)

75 ○遠走り　遠くまで行くこと。一茶句に「汐干潟女のざいに遠走り」。

76 ○仇波　徒波。立ち騒ぐ波。○番　雌雄一組となる。

77 ○下五「鶯菜」とも。

78 ○遣り過し糸　多めに延ばし過ぎた糸。

80 ○手に汗を握りこぶし　「手に汗を握る」から

79 手元から日の暮れ行くや凧

鶏合

80 手に汗を握りこぶしや鶏合（とりあはせ）

出代

81 出代（でがはり）や約束事の嘘になる

82 出代や恩と情けにほださるる

二日灸

83 二日灸済ませて親の心かな

84 誉られて泪（なみだ）隠すや二日灸

「握りこぶし」を導いての掛詞。手に汗しながら拳を握っての見物。○鶏合　二羽の雄の鶏を闘わせて勝負を競う遊び。『改正月令博物筌』に淡路守宗増の狂歌「雞（にはとり）も相撲に似たりあふ坂の関のかちごへあぐる勢ひ」。

81 ○出代　『改正月令博物筌』の旧暦三月四日の「出替（でかはり）」の項に「当時（いまどき）は今日を用ゆ。古来は二月二日也」。一年または半年契約の奉公人が交替すること。

82 ○ほださるる　身の自由を束縛される。

83 ○二日灸　「ふつかやいと」。旧暦二月二日にすえる灸。○下五「閑の心地かな」とも。

84 ○痩我慢を詠んだ滑稽句。

椄木

85 請合（うけあ）はぬ心を頼む椄木（つぎき）かな

摘草

86 摘草（つみくさ）の奢りや供の小重筥（こぢゆうばこ）

87 摘草や清水がもとの鬼の面

88 摘草や毛せん敷（しく）も野の奢り

初午

89 初午（はつうま）や茶番の所作（しよさ）の思ひつき

90 はつ午やたねを分たる蝅客（かひこ）

85 ○請合はぬ心　確約しない情況。擬人化表現。○椄木　砧木（だいぎ）に他の木の枝をつぐこと。

87 ○鬼の面　面をはずして摘草に夢中。荷兮（かけい）（蕉門）句に「おはれてや脇にはづる、鬼の面」。狂言「清水」の鬼の面を着けた太郎冠者を掠めていよう。「清水へ鬼の出るは定（ちゃう）でござる」（「清水」）。

89 ○初午　旧暦二月最初の午の日。稲荷祭（いなりまつり）。この日蚕霊祭（こだままつり）も。90・91参照。○茶番　初午狂言。滑稽寸劇。○所作　演技。○上五「梅が香や」とも。

90 ○たねを分たる　「蚕種（かいこだね）」（蚕の卵）を人に分けること。○蝅客　養蚕に従事する者か。「蝅」は「蠶」（蚕）の俗字（『会玉篇大

91 初午や蚕の種も祭らるゝ

社日

92 藍がめの機嫌も祝ふ社日(しやにち)かな

93 親の日のあとさきになる社日かな

94 井の神も祭れ社日の朝まだき

炉塞

95 ふさぐ炉に心すわるや雨の音

汐干狩

96 さゝやくや汐干(しほひ)見て居る遠鏡眼(とほめがね)

全』)。

92 ○藍がめ　藍染め用の藍汁を蓄える瓶。○社日『改正月令博物筌』に「立春より五つめの戊(つちのえ)の日を春社(しゆんしや)と云。もろこしには土の神を祭る也。土は万物をやしなひ、五穀を生ず。春は農事のよからん事をいのり、秋は（秋社）其恩徳を報ずる意(こころ)也」。○中七「機嫌を祝ふ」とも。

93 ○親の日　親の命日。○下五「彼岸かな」とも。

94 ○井の神　井戸を守る水神。○朝まだき　早朝。

95 ○ふさぐ炉　炉閉、炉塞(ろふさぎ)に。『改正月令博物筌』に「茶人の炉をふさぐ也。およそ茶湯の法十月より今月（三月）晦日限りにして、四月朔日より風炉なり」。○上五「炉塞に」とも。

97 手を少しよごす栄(え)耀(えう)や汐干狩

涅槃会

98 涅(ね)槃(はん)会(ゑ)や何(ど)処(こ)の内儀か最(も)う日傘

99 涅槃より一(ひと)日(ひ)後るゝ別れかな

畑打

100 畑打(うつ)や腰のして見る鬼瓦

桃の酒

101 下(げ)戸(こ)達(たち)に野をもたれけり桃の酒

雛

102 姉だけに連れこしらへて市の雛

---

96 ○汐干 『改正月令博物筌』に「三日(三月)には海の潮(うしほ)大にかはくをいへり」。このため「汐干狩」が行われた。○遠鏡眼 「遠眼鏡」の誤記か。望遠鏡。一茶句に「三文が霞見にけり遠眼鏡」。

97 ○栄耀 幸せなこと。

98 ○涅槃会 旧暦二月十五日の釈迦入滅の法会。○内儀 他人の妻。○日傘 元禄四年(一六九一)刊『誹諧をだまき』以降、夏の季語。

100 ○のして 伸ばして。○鬼瓦 屋根の棟のはしに置く鬼の面をかたどった瓦。

101 ○もたれけり 独占されてしまったことよ。

102 ○連れ 同伴者。○市の雛 雛市のこと。一茶句に「雛市やかまくらめきし薄被(うすかつぎ)」。

103 遣るあてもなき雛買ひぬ二日月

104 紙雛や時にとりての余り順

105 雛祭り蝶よ花よとかしづかれ

祝

106 一対の雛や昔の二はしら

草餅

107 雛に供ふ色香めでたし草の餅

茶摘

108 声もよし節も揃うて茶摘唄

103 ○井月編『越後獅子』（文久三年刊）では、机月句。井月の代作か。

104 ○時にとりての　時運に従っての。去来句に「振舞や下座になをる去年の雛」（『猿蓑』）。○中七下五「時につれての餝り順」とも。

105 ○蝶よ花よと　大切な上にも大切に（子供を愛（いつく）しむ様子）。○かしづかれ　守り育てられ。

106 ○二はしら　二神。伊邪那岐命（いざなぎのみこと）と伊邪那美命（いざなみのみこと）。

107 ○草の餅　草餅。艾（よもぎ）などの葉を入れてついた餅。三月三日の雛祭に供える習慣があった。

108 ○井月日記、明治十七年三月三日の条に「声もよく節も揃ふて茶摘唄」の句形で晩甫句。類句。

西行忌

109 今日ばかり花も時雨(しぐ)れよ西行忌(さいぎやうき)

鮎汲

110 瀬を渡る飛石もあり小鮎汲み

111 楽しみは浅瀬にあるや小鮎汲み

112 若鮎や花と汲まるゝ網の露

武の玉川に遊て

113 徐(おもむろ)に柳のかぜや小鮎くみ

動物

109 ○今日ばかり　芭蕉句に「けふばかり人も年よれ初時雨」。○花も時雨れよ　西行歌「ねがはくは花のしたにて春しなむそのきさらぎのもちづきのころ」、および素堂句「あはれさやしぐるゝ比(ころ)の山家集」(『陸奥千鳥』)を意識しての措辞。○西行忌　西行の忌日は、文治六年(一一九〇)二月十六日。享年七十三。が一般的には二月十五日(『日次紀事(ひなみきじ)』)で通っていた。

110 ○小鮎　鮎の幼魚。若鮎。「鮎汲」は、網ですくい獲(と)ることで、これも春の季語。

112 ○花と　花として。若鮎の美しさを「花」に見立てた表現。

113 ○武の玉川　六玉川の一つ。「武」は、武蔵国。『万葉集』に「多摩川にさ

猫の恋

114 恋すてふ猫の影さす障子かな

115 ねたるべき事も忘れて春の猫

116 恋猫の又してもなく月夜かな

117 屋根うらの出合頭や猫と猫

118 猫の恋のびる日あしに追（おは）るゝか

鶯

119 鶯や草木に花のなきあたり

らす手作りさらさらになにそこの児（こ）のここだかなしき」。○徐に　静かに。

114 ○恋すてふ猫　恋をしているという猫。「恋猫」をこのように表現。○3参照。

115 ○ねたるべき　「寝足るべき」であろう。十分に寝る必要があるのに。孟浩然「春暁」中の「春眠不レ覚レ暁」を念頭に。

117 ○出合頭　出合った瞬間。

118 ○日あし　昼間の時間帯。

120 黄鳥(うぐひす)に夜(よ)気色(げしき)の退(の)く梺(ふもと)かな

121 鶯に馴れて米つく車かな

122 鶯の初音自慢や朝使ひ

123 鶯の初音や老に似ぬ自慢

124 鶯の乙(おつ)音(ね)をまつや筆置て

125 鶯の重荷おろせしはつ音かな

121 ○米つく車　「碓(からうす)」を指しているか。

122 ○朝使ひ　朝やって来た使者。鶯を擬人化。

123 ○老に似ぬ自慢　老いると耳が遠くなることを前提に。井月と同時代の蓬宇に「黄鳥の初音や老の耳果報」(『俳句問答』)。○下五「似ぬ調子」とも。

124 ○乙音　のどかな鳴声。甲(かん)に対しての乙。

125 ○重荷おろせし　鶯にとっての「重荷」(重圧)。擬人法。「春告鳥」の務め。

126 鶯のひとり機嫌や庵の窓

127 鶯にはししてやらんほそ流

128 鶯をまちつゝ拝む朝日かな

一刻価千金

129 外(と)の方(かた)や鶯なけと思ふ宵

招魂社

130 鶯やその俤(おもかげ)の声きかむ

乙鳥

131 乙鳥(つばくら)や小路(こうぢ)名多き京の町

126 ○ひとり機嫌　一人で悦に入って上機嫌なこと。鶯を擬人化しての表現。

129 ○一刻価千金　蘇軾「春夜」の冒頭「春宵一刻価千金」に拠る。

130 ○招魂社　国事に殉難した人士の霊魂を祭った神社。明治元年(一八六八)に創建された東京招魂社が、同十二年に靖国神社と改称。

131 ○小路　高倉小路、万里小路(までのこうじ)、富小路等。あるいは一条、春日等の「小路名」か。

132 土はこぶ所作も見らるゝ燕かな

133 船宿の朝(あさ)行(あん)灯(どん)や初乙鳥

134 摂待の軒も覗くや初乙鳥

帰雁

135 手を明(あけ)て雁の名残を聞(きく)夜(よ)哉

136 行く雁や笠島の灯の朧(おぼろ)なる

137 行(ゆく)雁や湖水の空も朧めく

133 ○船宿　船待ちの客が休息、宿泊をする宿。○朝行灯　朝まだき点っている行灯（照明具）。○初乙鳥　為家歌に「二月(きさらぎ)のなかばになるとしりがほにはやくもきけるつばくらめ哉」（『夫木和歌抄』）。「二月」は旧暦。『改正月令博物筌』に「乙鳥(ヲツテウ)、乙トハ鳴声ニヨルナリ」。

134 ○摂待　仏道修行者や行人に食事、湯茶などをふるまうこと。

135 ○手を明て　暇を作って。

136 ○笠島　歌枕の地である武蔵国荏原郡（東京都大田区）の「笠島」（『歌枕名寄』）か、芭蕉ゆかりの奥州名取郡（宮城県名取市）の「笠島」か、不詳。後者か。後者の地での芭蕉句に「笠嶋はいづこさ月のぬかり道」（『おくのほそ道』）。

138 雁が音(ね)の名残や月の朧かげ

139 行雁に後(おく)れて立や安(やす)旅籠(はたご)

140 また来ると思へど雁の名残かな

141 漸々(やや)近く家路へ雁の名残かな

142 雁がねに忘れぬ空や越(こし)の浦(うら)

親雀

143 気配りの親と知らるゝ雀かな

138 ○雁が音　雁の鳴き声でなく、雁そのものを指す時もある（『初学和歌式』）。ここは、後者。

139 ○安旅籠　宿賃の安価な旅宿。

141 ○漸々近く家路へ　越後（新潟県）長岡への望郷の思いか。142も同様。

142 ○越の浦　越後の海岸（日本海）。○「雁がねに忘れぬ空」の措辞から「帰雁」。雁にとって忘れられない空がある、ということ。擬人化。井月も「越の浦」忘じがたし。

143 ○気配り　心遣い。擬人化。○中七「親と呼るゝ」とも。

小雀

144 小雀が目はし利(きか)せて初目ぢか

雲雀

145 舟を呼ぶこゑは流れて揚(あげ)雲雀(ひばり)

146 声に其(その)形ち包て揚雲雀

147 鳴く雲雀雨の落るに気もつかず

雉子

148 日を見せて降る雨弱し雉の声

若鮎

149 鰷(あゆ)若し橋も小舟もある流れ

144 ○目はし利せて　目先を働かせて。「小雀」を擬人化しての滑稽句。○初目ぢか「めじか」は、宗太鰹の異名。「初鰹」のことで、本来は夏の季語。『改正月令博物筌』に「至て早きは春よりいづる也。東都にては甚賞玩す。価尤貴(かた)し」。

145 ○揚雲雀　高く舞いあがった雲雀。

147 ○上五中七「あげ雲雀雨のふるのも」とも。

149 ○鰷　『多識編』に「鰷魚　阿伊」、恵空編『節用集大全』に「鰷(あい)」。

天龍眺望

150 若鮎の瀬に尻まくる子供かな

桜鯛

151 取(とり)盛る鯛や興津(おきつ)の夕がすみ

152 花散るや鯛は好みの潮かげん

蜆

153 楽しさは浅瀬に深し蜆(しじみ)とり

蛙

154 蛙(かはづ)なく夜の浅みや喇(もら)ひ風呂

155 日のかげを上手に迯(にげ)て枝蛙

150 ○天龍　天龍川のこと。諏訪湖を発し伊那盆地を貫流、遠州灘に注ぐ。○瀬「平時(ふだん)ノ水量二尺ニ満タズ」（『南信伊那史料』）。

151 ○興津　駿河国庵原郡（静岡市清水区）。清見潟（清水港）に面する。「興津」―「鯛」は付合語（『類船集』）。○「夕がすみ」（春の季語）とあるので季題を「桜鯛」（桜の季節の鯛）としたものか。「桜鯛」は旧暦三月の季語（『改正月令博物筌』）。

153 ○浅瀬に深し　「浅」「深」の言葉遊び。

154 ○夜の浅み　宵の口。○喇ひ風呂　他家の風呂に入れてもらうこと。

155 ○日のかげ　日の光。○枝蛙　枝にいる蛙。

156 初蛙樽を枕の夕部(ゆふべ)かな

157 その声の月に隠るゝ蛙かな

158 近かれと思ふあたりや啼蛙

159 遠い田に蛙鳴くなり夕間暮れ

160 閨(ねや)の灯の朧になりて遠蛙

161 空の曇り蛙の初音聴く夜かな

158 ○近かれ　形容詞「近し」の命令形。近くいてほしい。

161 ○井月日記、明治十七年三月三日の条に「空の曇蛙のはつ音聞夜かな」の表記で鳳義句として、作者名塗抹。自句であったためか。○「空の曇り」の部分で小休止。「曇り」は、動詞。

蝶

162 染め急ぐ狩場の幕や飛ぶ小蝶（こてふ）

163 朝（あさ）凪（なぎ）や蝶の影さす洗ひ臼

164 蝶飛ぶや旅の日数の鶯菜

165 蝶に気のほぐれて杖の軽さかな

166 蝶舞（まふ）や外で糊する機（はた）の糸

167 初蝶と見る眼の冴（さゆ）る白さかな

162 ○狩場の幕　御狩場の仮屋の幕。○中七「小紋返しや」の句形で「大久保紺屋に宿りて」の前書（まえがき）。「大久保紺屋」は上伊那郡東伊那村大久保（現長野県駒ヶ根市）の紺屋中村源蔵のこと（明治十七年八月四日付井月日記）。

163 ○洗ひ臼　脚注8参照。

164 ○上五「行く先や」とも。

165 ○気のほぐれて　気分が楽になって。

166 ○機の糸　機で布に織るための糸。

蚕

168 朝酒や馬の日祝ふ蚕棚

169 呼び捨にならぬ蚕の機嫌かな

170 外(はづ)れぬを祈れ蚕の神の庭

171 氏よりも育ちからこそ蠒かな

172 睦じう込(こみ)合て居る蠒かな

173 約(つま)しさに嫁の居馴染む蚕かな

168 ○朝酒　朝から酒を飲むこと。○馬の日祝ふ　二月初午(はつうま)の日に行なわれた蚕霊祭(こだままつり)をいう。○蚕棚　蚕籠をのせる棚。○子規句に「信濃路や宿借る家の蚕棚」。

169 ○呼び捨にならぬ蚕　蚕を大切に「御蚕(おかいこ)」「お蚕(こ)さま」等と呼んだことを指す。上伊那では「おけーこ」(『上伊那方言集』)。○下五「育かな」とも。

170 ○外れぬを　無事に繭となることを。○蚕の神の庭　養蚕農家の庭。野外飼育を詠んだか。曽良句に「蚕飼する人は古代のすがたかな」。

171 ○氏よりも　諺「氏より育」(例えば「菅原伝授手習鑑」等)を裁ち入れての句作り。

174 はづれねば当るに近き蚕かな

175 桑くれて機嫌養ふ蚕かな

植物

梅

176 表から裏から梅の匂ひかな

177 誰(た)が門(かど)ややみに匂ひの梅しろし

178 梅が香(か)や大事の月の窓へさす

172 ○睦じう込合て居る　蚕の幼虫の様子の擬人化表現。
173 ○居馴染む　長く住んで（質素な生活に）慣れる。
174 ○脚注170参照。
175 ○くれて　やって。
177 ○やみに匂ひの　「梅」の項に「にほひを専(もつぱら)によめり」（『初学和歌式』）。躬恒(みつね)の歌に「春の夜の闇はあやなし梅花(うめのはな)色こそ見えね香やはかくる、」（『古今和歌集』）。
178 ○大事の月　「真如の月」に同じ。人の迷妄を破る月。○さす　射す。光が照って入り込む。○「梅」と「春の夜の月」は、付合語（『類船集』）。

179 梅が香や妻戸(つまど)の内の咳(せき)ばらひ

180 宵(よひ)闇(やみ)にかゝる匂ひや梅屋(や)舗(しき)

181 更(かう)闌(たけ)て梅が香運ぶ妻戸かな

182 店さきの火縄も売て梅の花

183 明(あき)樽(だる)のたまり次第や梅の花

184 夜は人の途切も無(なく)て月と梅

179 ○妻戸　脚注54参照。

180 ○宵闇　月の出が遅く暗い宵。○かゝる匂ひ　このような馥郁とした匂い。○梅屋舗　梅園のある屋敷。亀戸清香庵の梅園が梅屋舗と呼ばれていた。

181 ○更闌て　夜が更けて。『和漢朗詠集』に「更闌夜静。長門闃而(ゲキトシテ)不レ開カ」。

182 ○火縄　竹の繊維や檜の皮、木綿糸を縄に綯(な)って、それに硝石を吸収させたもの。一茶に「蛙らや火縄ふる手の上を飛(ぶと)」。

183 ○たまり次第　たまり放題。たまったまま。

185 梅が香や床の間囲ふ二重壁(ふたへかべ)

186 梅が香や風の手際の船へ来る

187 梅が香や明(あけ)はなれても月の有(あり)

188 梅が香や客の好みの川手水(かはてうづ)

189 梅が香や栞(しほり)して置く湖月抄(こげつせう)

190 梅が香をやらじと結ぶ垣根かな

185 ○二重壁　不詳。「床の間」を囲ったのでこのように呼んだか、あるいは二重構造の壁か。

186 ○手際　手腕。風を擬人化。船まで梅の香が。○上五「梅ちるや」とも。

187 ○一句、「有明月」（夜が明けても天に残っている旧暦十六夜以後の月）を詠んだもの。

188 ○川手水　川の水で手や顔を洗うこと。一茶句に「涼しさや縁の際(はき)なる川手水」。

189 ○栞　書物の必要部分に挟む目印の紙等。○湖月抄　北村季吟による『源氏物語』の注釈書。延宝三年（一六七五）刊。○390参照。

190 ○『徒然草』第十一段「まはりをきびしく囲ひたりしこそ」を意識しての句作りか。

191 梅にさす大事の月よ庵の窓

192 場を替へる物干竿や梅の花

193 草餅や自慢はせねど梅の花

194 白梅（はくばい）や賤（しづ）が軒端のこぼれ種

195 ぬしの有（ある）梅ともしらず野の薫

196 筆とればはや句と成（なり）ぬ梅の花

191 ○178の類句。178では月は窓に射し、この句では、梅に射す。○下五「薄曇り」とも。

194 ○賤が軒端　賤の家の軒端。○こぼれ種　こぼれ落ちた種から生長した梅。○上五「白梅の」とも。

195 ○ぬし　所有者。○一句、野梅の香を詠んでいる。ただし「梅」は女性の隠喩か。

197 登る日を受けつゝ梅の匂ひかな

198 紅梅（こうばい）や朝風呂好きな女客

199 まだ月は十三七つ梅の花

200 了簡の外（ほか）の梅見る連（つれ）もがな

201 売切れし豆腐や梅の散る夕べ

202 散しほや梅の小窓の細めなる

197 ○芭蕉句「むめがゝにのつと日の出る山路かな」を意識しての句作り。

198 ○朝風呂　朝、風呂に入ること。○女客　湯治場の女の客人であろう。

199 ○十三七つ　十三夜の、出て間もない七つ時（午後五時前後）の月。慶安四年（一六五一）刊、令徳（りょうとく）編『崑山集』に吉時句「お月さまいくつ十三七つ時」。一茶句に「青梅も十三七つ月よ哉」。

200 ○了簡の外　思慮、分別のとどかないところ。素晴しい。○もがな　（連が）あったらなあ。

202 ○散しほ　散るよい機会。梅を擬人化しての表現。

203 座の興に投盃や梅香る

204 軒の梅手折心にゆるしけり

205 苧環をくり掛けてあり梅の宿

206 まだ冬の儘なり梅の添へ柱

207 薄月夜梅の匂ひの名残哉

208 裏木戸を誰が音信て月と梅

203 ○投盃　酔狂の中、盃を無造作に投げて渡すこと。○中七下五「盃投よ花の本」とも。

204 ○心　梅を愛でる風流心。

205 ○苧環　織物を織るために、麻糸を内を空洞にして玉状に巻いたもの。『伊勢物語』に「いにしへのしづのをだまきくりかへし昔を今になすよしもがな」の歌。○くり　糸を繰る。「いにしへの」歌参照。

206 ○添へ柱　梅の木を補強するために添えてある柱。

207 ○薄月夜　薄雲のかかった月の夜。子規句に「下駄はいて行くや焼野の薄月夜」。

208 ○月と梅　空の朧月と地の馥郁たる梅花。芭蕉句に「春もや、けしきと、のふ月と梅」。

209 なつかしき碪（きぬた）のおとや月と梅

210 月の出をおそしと薫る野梅（やばい）かな

211 梅見かと出合頭や連（つれ）になる

212 月影を名残に梅の散（ちる）夜かな

213 梅が香や封（ふ）切（きり）をまたす小盃（こさかづき）

214 盃の封切や梅の匂ふ時

209 ○碪　砧。布を柔らかくするために槌で打つときの木や石の台。一般的には秋の季語。一茶句に「古郷や母の砧のよわり様」。

210 ○野梅　山野に自生する梅。○「おそしと薫る」は、擬人化表現。○195参照。

211 ○「梅見かと」は、会話をそのまま句中に用いたもの。

212 ○名残に　最後に、思い出として。「梅」の擬人化表現。

213 ○封切　ふうきり。使いはじめ。○小盃　小さいさかずき。○214の「盃の封切」の措辞参照。

215 叩かる丶恋の柴(し)折(をり)や夜の梅

216 この人にして此(この)畠(はたけ)あり月と梅

217 絵馬堂の裏に梅あり札(ふだ)納(をさめ)

218 酒に利(きく)水は流れて梅白し

219 酒(さか)袋(ぶくろ)洗ふや梅の散る夕

220 人毎に酒(さけ)振(ぶる)舞(まひ)や梅長者

215 ○柴折　「叩かる丶」とあるので「柴折戸」(枝折戸)の意。ただし、恋の合図ということも含意されていよう。

217 ○絵馬堂　社寺などで絵馬の大額などを掲げておく堂。○札納　社寺参詣記念に納める札。

218 ○酒に利水　酒造に適した水。『本朝食鑑』に「凡ソ酒ヲ造ル者ハ、先ヅ水ヲ択ブ宜(よろ)シク、流泉、井泉最モ好(よ)キ者ヲ以テ上ト為(し)、渓川、長流ノ者之(これ)ニ次グ」。

219 ○酒袋　脚注67参照。鬼貫句に「賤(しづ)の女や帒(ふくろ)あらひの水の汁」。

220 ○梅長者　梅が見事に咲いている家の主(あるじ)。○上五中七「客毎に酒振舞て」とも。

221 日の延びる程づゝ梅の香りかな

222 新しき衣（きぬ）の寒みや梅の花

223 中々に庵は温（ぬく）とし梅の花

224 香も高き初紅梅や垣隣

225 やすくと梅に請（うけ）合ふ奢（おご）りかな

226 梅が香や張り子の巾（きん）の鱗形（うろこがた）

221 ○日の延びる　春分以降の昼の時間が長くなる。日永（ひなが）。

223 ○温とし　あたたかい。

225 ○請合ふ　引受ける。○奢り　振舞。御馳走をすること。

226 ○張り子の巾　紙で作った「張子鬘（はりこかずら）」を覆った手拭（てぬぐい）。○鱗形　三角形を組み合わせた模様。○茶番狂言風景であろう。

227 梅が香や子のいたづらを叱る親

228 梅が香やけふはり物のいそがしき

229 梅咲いて湯の味を知る小雨かな

230 酒桶(さかをけ)の底ほす日なり梅の散る

231 梅からも縄引張て掛菜かな

232 山はまだ鹿(か)の子まだらや梅の花

228 ○はり物　洗張。脚注70参照。

229 ○湯の味　風呂の気持ちよさ。

230 ○酒桶　酒を貯蔵しておく桶。蓼太句に「酒桶の脊中ほす日や桐の花」。

231 ○掛菜　縄などに掛けて干した菜。干菜とも。本来は冬の季語。一茶句に「留主事や庵のぐるりも釣り干菜」。

232 ○鹿の子まだら　鹿の毛色の白い斑紋のごときまだら。梅の咲き具合の形容。一茶句に「夕顔のかのこ斑(まだら)の在所かな」。

233 梅が香や流行り出したる白博多

234 片枝は雪に後れて梅の花

235 咲きたりと知らせの風か梅の花

236 紅梅や見しらぬ人に気を運ぶ

237 紅梅や客待受けの薄化粧

238 梅が香やもてなし振も十九はたち

233 ○白博多　博多織の白い帯。

234 ○雪に後れて　雪の積っているため（開花が）遅くなっているよ。

236 ○気を運ぶ　一心に思いこむ。○芭蕉句「紅梅や見ぬ恋作る玉すだれ」を念頭に置いての句作り。

237 ○薄化粧　簡単に化粧すること。うっすらと化粧すること。「紅梅」の擬人化。

238 ○十九はたち　十九歳か二十歳の若い年齢。一茶『方言雑集』に「十九廿（ツヅハタツチ）」。○この句も全体、「梅」の擬人化。

239 梅が香や雑煮なかばの小盃

240 好い連を誘ひ合せて梅屋敷

241 未だあとに莟も有て梅の花

越後に八ツ房有とや

242 思ひよらぬ梅の花見て善光寺

春興

243 梅が香の時こそ得たれ雪の宿

夢あはせの祝幾千代も重ねる亀の寿を安々うけて出来し産

244 日頃いふ望みは足りて花の兄

242 ○八ツ房　観賞用の「八房梅」(座論梅)のこと。『梅品』に「八梅、八ツ房(サブ)トモ云。達按ルニ、八梅、越中ノ地名也。親鸞上人ノ墓所ナリ」。○善光寺　信濃国水内(みのち)郡(長野県長野市長野元善町)の名刹。定額山。芭蕉句に「月影や四門四宗も只一ツ」。

243 ○春興　春興帖に載せる春興吟のことではなく、春の興趣の意。○中七下五「折こそ得たれ雪雫」とも。

244 ○夢あはせの祝　「幾千代も」以下の吉夢による誕生をいう。○花の兄　梅の異名であるが、男子誕生を含意。○この句「南向村四徳小松桂雅方の出産祝」の句の由(底本頭注)。底本の『井月全集』(白帝書房)の頭注を「底本頭注」として示した。以下同様。

勅題雪中早梅

245 降り積る雪に急ぐや花の兄

泉柳ぬしの令室床上（とこあげ）の祝詞

246 新しき雪も降れかし梅の花

桜花

247 疑（うたがは）ば雲に成（なり）行く桜哉

248 雪の日の明ぶりもちし桜かな

249 小町とは花に名のある桜かな

250 夜桜や誰やら打し紙（かみ）礫（つぶて）

245 ○勅題　「明治十七年」の勅題の由（底本頭注）。和歌の勅題「雪中早梅」の発句化。

246 ○泉柳　俳人。「赤穂村紺屋渡辺善吉」（底本頭注）。○床上　長い病気のあと、寝床を片付けること。

247 ○疑ば　野水句に「みねの雲すこしは花もまじるべし」（『あら野』）、「峯の花少は雲もまじるべし」（浪化宛去来書簡）。○中七「みな雲となる」とも。

248 ○上五「雪の夜の」とも。

249 ○小町　墨染桜の異名の小町桜のこと。一茶句に「尋常に小町桜もかれにけり」。○名　評判。名声。○中七「花に無類の」とも。

250 ○誰やら　誰だろうか。○紙礫　紙を丸くまるめた礫。

251 散込(こむ)やさくらの窓の細めなる

252 山桜古城の跡のあらしかな

253 葉桜と成(なり)ても山の名所かな

254 草臥(くたびれ)の出るやさくらのちる日より

255 酒(さけ)取(とり)の裏道を行(ゆき)さくら哉

256 よき客の小家にもあり花の暮

251 ○202の類句。梅と桜の違い。

252 ○山桜 『桜品』に「山中に多し。単弁(ひとへ)にして白色(はくしき)、早く開くもの通じて山桜と呼ぶ」。

255 ○酒取 不詳。「酒客(さけのみ)」のことか。あるいは「酒代(さかて)」(酒の代金)取りのことか。

256 ○よき客 尊貴な客。○小家 粗末な家。

257 須磨の暮散(ちり)来(く)る花の身に寒し

258 とり〴〵の噂さを花の盛りかな

259 隙(ひま)な日のさしあふ花の盛りかな

260 酒ありと云ふ迄もなし花の宿

261 乙鳥(つばくら)も雀も客よ花の宿

262 双六(すごろく)の一つ余りて花の宿

257 ○須磨　津国(つのくに)（兵庫県）の歌枕。行平歌「わくらばに問(ふと)人あらば須磨の浦にもしほたれつゝ侘ぶとこたへよ」（『古今和歌集』）が念頭にあろう。

259 ○さしあふ　出会う。

262 ○双六　ここでは絵双六のこと。

263 百枚の鯛はものかは花の宿

264 旅ごろも耻(はぢ)つゝ花の筵かな

265 翌日(あす)しらぬ身の楽しみや花に酒

266 翌日しらぬ日和を花の盛りかな

267 常に見ぬ宿(やど)引(ひき)も出て花盛

268 咲き急ぐ花や散日の無きやうに

263 ○ものかは　物の数ではない。小侍従歌に「待つよひにふけゆく鐘の声きけばあかぬ別れの鳥は物かは」(『新古今和歌集』)。○西鶴句「鯛は花は見ぬ里も有(あり)けふの月」が念頭にある。○下五「大矢数」とも。○481参照。

265 ○翌日しらぬ　翌日死んでしまうかもしれない。○花に酒　竹阿句に「あたら身を仏になすな花に酒」。

266 ○翌日しらぬ　翌日は雨になっているかもしれない。

267 ○宿引　宿屋の客引き。一茶句に「宿引に女も出たりはるの雨」。

268 ○人間の生き方が寓意されていよう。

269
旅人の我も数なり花ざかり

270
茶水にもこゝろきかせて花の山

271
氷室荷の甲斐〳〵しさや花の枝

272
帰るさの又面白き花見かな

273
水だけは庵の奢りや花見どき

274
花見とは又なきさそひ使かな

269　○芭蕉句「旅人と我名よばれん初しぐれ」を意識しての時を超えての酬和。

270　○茶水　茶を点てる水。其角句に「茶の水に塵な落しそ里燕」。○こゝろきかせて　気を利かせて。心を込めて。

271　○氷室荷　氷室から運び出す氷。

272　○帰るさ　帰り道。

274　○又なき　またとない。

275 まだ咲(さか)ぬ花を噂やきのふけふ

276 き丶分る酒も花まつたよりかな

277 墨染の花に年(ねん)〳〵(ねん)廻り来て

278 宵ながら提灯借て花心

279 宵ながら花に灯(とも)せる火は朧

280 数ならぬ身も招かれて花の宿

276 ○き丶分る酒　品質のよしあしを確認する酒。利酒。

277 ○墨染の花　墨染桜のこと。○底本頭注によると紙片の中の走り書きの一句。「て」留(ど)(め)は第三の格であるので、発句ではないと思われる。

278 ○花心　花見気分。

279 ○火　雪洞(ぼんぼり)の火。

280 ○数ならぬ身　とるに足りない身。西行歌に「数ならぬ身をも心の持ちがほに浮かれては又かへり来にけり」(『新古今和歌集』)。

281 花盛り鞍（くら）置（おき）馬（うま）の曠（はれ）やかに

282 消残る神のともしや朝ざくら

283 打払ふ鎧（よろひ）の袖や花吹雪

284 貸す筈の提灯出来て花の宿

285 気に取りて奴豆腐や花の宿

286 頂（いただき）を花とながめて富士の山

井月の自画像か。芭蕉句に「数ならぬ身となおもひそ玉祭り」。○花の宿　花の咲いている家。

281 ○鞍置馬　鞍を置いた馬。○曠やかに　はなやかに。「曠（はれ）がましい」（『多情多恨』）。「曠」は「アキラカ」（『明治新選広集字林玉篇』）。

282 ○神のともし　御神灯。神に供える灯火。

283 ○底本頭注によれば「忠度」の前書があるものがある由。平忠度（ただのり）歌「行き暮れて木の下蔭を宿とせば花や今宵の主（あるじ）ならまし」（謡曲「忠度」、『平家物語』）に拠る句作り。

284 ○筈の　予定の。

285 ○気に取りて　気に入って。

286 ○上五「空色を」とも。

287 散る花やひらかで沈む鐘の声

288 散る花や若い女の角隠し

289 花の香の未だ去り敢ぬ流れかな

290 如菩薩も花にうかれつ法の庭

291 朝酒に夢判断や花の宿

292 それぐの色ごのみして花ごろも

287 ○ひらか 「平瓮」。平らな土器。酒器。○沈む 「ひらかで沈む」と「沈む鐘の声」との掛詞。

288 ○角隠し 綿帽子の遺風。一向宗の女信者の被物（かぶりもの）。一茶句に「一向寺」と前書して「御（おん）朝時角かくしせよ蝸牛」。○上五「花咲くや」とも。

290 ○如菩薩 「外面如菩薩（げめんにょぼさつ）内心如夜叉（ないしんにょやし）」から女を指すか。「女は魔のもので、外面如菩薩内心如夜叉とかなんとか、仏さまがいはしつた通り、顔は美しくつても、肝魂の恐ろしいのがあるものだ」（『仮名文章娘節用』（かなまじりむすめせつよう））。○法の庭 井月の俳文「花曇の自讃」によれば、上伊那郡赤穂村（現駒ヶ根市）の安楽寺（浄土宗）のこと。

293 花どきや常に免(ゆる)さぬ神の庭

294 よき声のもの越にして花の宿

295 提灯も昼のものなり花の山

296 鯛料(れう)る腕の白さよ花の宿

297 惜かりし客はたゝれて花の宿

298 餌(ゑ)さしとは曲(きよく)なき花の盛かな

291 ○夢判断　「夢合(ゆめあわせ)」「夢占(ゆめうら)」「夢判(ゆめはんじ)」の言葉はあるが、「夢判断」の初期の用例として注目してよい。「朝酒」の至福。

292 ○色ごのみ　恋愛に関しての「色好み」と色彩の好みの二つながらを含意。○花ごろも　花見の衣装。

293 ○免さぬ　『明治新選広集字林玉篇』によれば「免」は「ユルス」。神力によって悪事を許さない。

294 ○もの越　物を隔てていること。「物腰」（話しぶり）も含意されていよう。

296 ○料る　料理をする。

297 ○惜かりし客　止(とど)まっていてほしかった客。○たゝれて　出発されて。

298 ○餌さし　小鳥を黐竿(もちざお)で刺して捕えることを業とする人。○曲なき　興趣のない。

299 闇(くら)き夜も花の明りや西の旅

300 君が代や桜見こみの大扉

301 道すがら調子合せて花戻り

302 願うても又なき花の旅路かな

303 見(み)心(ごころ)の花に後(おく)るゝ暇(いとま)かな

304 築(つ)き替(かは)る庭も花待つたよりかな

299 ○西の旅　西方の極楽浄土への旅。○井月の辞世の句とされているもの。

300 ○君が代　明治天皇の代。○桜見こみの大扉　皇居の門を指しているか。

303 ○見心　花を愛(め)でたい心。○花に　花のために。○後るゝ暇　暇乞が遅れてしまったこと。

304 ○築き替る　造園をして一新した。○たより　出来具合。

305 花咲て牛にのりたき麓かな

306 筧(かけひ)来る水も便(たより)や山ざくら

307 誰をまつこゝろの奥や山ざくら

308 蓑かりる賤(しづ)が家(や)もあれ山桜

309 そねまるゝほど艶(えん)もなし山ざくら

310 花会の当番聞くや朝使ひ

305 ○牛にのりたき　木節に「年よりて牛に乗りけり蔦(つた)の路(みち)」(『続猿蓑』)。

306 ○筧　地上に掛け渡す竹や木の樋(とい)。○便　好都合。

308 ○一句、『常山紀談』中の「太田左衛門大夫持資(もちすけ)は上杉宣政の長臣なり。鷹狩に出でて雨に逢ひ、或(ある)小屋に入りて蓑を借らんと言ふに、若き女の何とも物を言はずして、山吹の花一枝折りて出しければ、花を求むるに非ず、とて怒りて帰りし」(「太田持資歌道に志す事」)のエピソードに拠る句作り。○賤が家もあれ　賤の家があってほしい。

309 ○そねまるゝ　ねたまれる。○艶　優雅さ。

310 ○花会　花見の会であろう。

311 山桜宿かし鳥の行方かな

312 花に月庭木ばかりの曇りかな

313 盃(はい)洗(せん)に散(ちる)影うつる桜かな

314 香に匂ふ花ありはるの夜(よ)の価(あたひ)

春宵一刻値千金

315 命さへ打込む花の夜は朧

飯島に遊て

316 花に身を汚(けが)して育つ虱(しらみ)哉

311 ○宿かし鳥　樫鳥(かしどり)(懸巣(かけす))のこと。芭蕉の俳文「幻住菴記」中の「宿かし鳥の便さえ(へ)有(ある)を」を意識しての措辞。○「山桜」の部分で小休止。

312 ○花に月　花に射している月。○「き丶発句」(謎の句)の「やみの夜は松原ばかり月夜哉」(『誹諧小式』)を意識しての句作り。

313 ○盃洗　盃を洗う為の器。

315 ○春宵一刻　129参照。

316 ○飯島　上伊那郡の旧村名。宿場。○寓意があるか。「花」が宿場女郎で、「虱」が井月自身。

317 ○有隣子　「子」は、男子の敬称。俳人。「西南役に出た西春近村下牧加納豹太郎」(底本頭注)。西春近村は、現伊那市。○芭蕉句「命二ツの中に生(いき)たる桜哉」を意識したか。

軍務を解て再び古郷へ帰給ふ有隣子に謁して

317 命有て互に花を見る日かな

宮木宿長久寺の現住蒼炉子を訪ふに、飯炊の女ひたすら留守のよしを断りて更に取りあはざるに、座敷にて囲碁の音しければ一句を残して去ぬ。

318 花に客しらで碁をうつ一間かな

松島一景

319 塩竈(しほがま)のけぶりも立(たち)て朝ざくら

秋月君の老母を悼(いたみ)奉る

320 西方(さいはう)の花をこゝろの首途(かどで)かな

酔中失敬

321 我儘を人に言はせて花の宿

318 ○蒼炉子　「蒼蘆の誤記で、姓は中村、一棹庵と称す。長久寺十八世住職で、嘉永四年版の伊那五百題句集に百余句収められて居る。明治二十八年歿、享年八十」（底本頭注）。長久寺は、浄土宗。伊那富村宮木。

319 ○松島　日本三景の一。○塩竈　塩竈浦。松島に接する。「景致の美なるこそ名状すべからず」（『松島勝譜』）。紀貫之「きみまさで煙たえにし塩釜のうらさびしくも見えわたる哉」（『古今和歌集』）を意識しての句作り。貫之歌の「きみ」は、河原左大臣源融。

320 ○秋月君　俳人。「富県村、小松金弥、松園舎と称す。老母の死亡は明治十八年五月」（底本頭注）。富県村（とみがたむら）は、現伊那市。○西方　西方浄土。

竈

322 石よせてかまど造らん花の山

花見の坐

323 乞食にも投盃や花の山

梅竹亭に酒を酌みて

324 散る花や心を止める二三人

詠史

325 花ふゞき翠簾(みす)をかゝげる采女(うねめ)哉

都へ旅立給ふ山圃子に袂を別つ

326 苞(つと)よりも待るゝ花の噂かな

楠正行(まさつら)

327 散しほの健気(けなげ)にみゆる桜かな

---

321 ○失敬　失礼。無礼を詫びること。○人に言はせて　自分の我儘を人に言わせる。

323 ○投盃　脚注203参照。

324 ○梅竹　俳人。「西春近村下牧、五声の叔父加納惣十郎」(底本頭注)。

325 ○詠史　歴史上の事実を詩歌に詠むこと。○翠簾　立派なすだれ。○采女　後宮女官の一。天皇、皇后の雑役に従事。○『枕草子』「御格子あげさせて、御簾を高くあげたれば」(「雪のいと高う降りたるを」の条)に拠る(典拠は『白氏文集』)。

326 ○山圃子　俳人。「宮田村の酒商正木屋の主人で山浦藤左衛門、明治十四年に七十三歳で歿した。俳画をも能くして、井月との合

柳

328　庭前即興
鯉の浮く池とは知らず初ざくら

329　弛(ゆる)む日の罔両(かげぼし)を見る柳かな

330　下(した)風(かぜ)に心なぐさむ柳かな

331　棚橋に夕影をもつ柳かな

332　仮橋や柳に近き家斗(ばか)り

333　よき水の落ちくちにさす柳哉

作も沢山遺つて居る」（底本書簡篇解説）。宮田村は上伊那郡。○苞　土産。

327　○楠正行　正成の長男。南北朝時代の南朝の武将。四条畷の戦いで弟正時と刺し違えて死ぬ。正平三年（一三四八）没、享年二十三。

329　○弛む日　寒さがやわらぐ日。○罔両　影。滑稽本『浮世床』に「罔両（かげぼし）」の例、他。本来は、影の傍に生じる薄い陰（『荘子』）。芭蕉「幻住菴記」に「罔両（まうりやう）に是非をこらす」。

331　○棚橋　欄干のない橋。

333　○落ちくち　水流が落下する所。○中七「出ぐち尋る」とも。○さす　挿し木にする。一茶句に「柳さす我をさみする烏哉」。

334 青(あを)柳(やぎ)や小窓のほしき家の向(むき)

335 青柳や朝(あさ)河(かは)渡る人は誰(たれ)

336 青柳や乾きのはやき洗(あらひ)船(ぶね)

337 青柳や井戸へ差出す小(こ)提(ぢやう)灯(ちん)

338 月影もよき図にさして梅柳

339 曙は千鳥もないて梅柳

335 ○人は誰　この措辞、其角句に「はつ雪や内に居さうな人は誰」（『猿蓑』）など。

338 ○月影　月の光。○よき図にさして　絵になるような趣に（月光が）射して。○梅柳　梅の木と柳の木。千那句に「それ〴〵の朧のなりやむめ柳」。

340 江むかふに簀立(すだて)も見えて梅柳

341 出歩行(ありけ)ば知己(しりあひ)多し梅柳

342 囲ひ解く梅の軒端や柳かげ

343 柳から出て行(ゆく)舟(ふね)の早さかな

344 柳から透いて見ゆるや帘(さかばやし)

345 近道を柳に問うて帘

340 ○江むかふに　江の向側に。○簀立　水中に簀を立てて魚を捕る装置。

344 ○帘　「帘(さかばやし)」（『節用集大全』）。「帘(サカバタ)」（『節用集（易林本）』『増補下学集』）。杉の葉を束ねて球状にした酒屋の看板。蕪村句に「帘軒にとしふるしぐれ哉」。

346 住ひよき家や柳の下流れ

347 はれるたびふるたび育つ柳かな

348 礼云て出れば柳は青かりし

349 地に影をうつして風の柳かな

350 投げ入れの靫めでたき柳かな

351 動かねば朝ごゝろせぬ柳かな

346 ○下流れ　不詳。柳のある川が家の前を下流へと流れているの意か。○上五「暮しよき」とも。

348 ○芭蕉句「庭掃て出ばや寺にちる柳」を意識しての句。

350 ○靫　正しくは靫。矢を入れて背負う筒状の武具。○靫に柳一枝を投げ入れたもの。

351 ○一句、無風の柳。○木児句「動いては伸びく柳哉」(『類題発句集』)が参考となる。

352 靡かねばならぬ柳のはづみかな

貸座敷

353 青柳も日覆（ひよけ）と成（なる）やぬり枕

椿

354 花は葉にもたれ合うてや玉椿

355 落椿果して風のなき日かな

356 雨もたぬ朝の曇りや落椿

梨の花

357 雨もたぬ空の曇りや梨子の花

353 ○貸座敷　男女逢瀬のために料金をとって貸す座敷。○ぬり枕　漆塗りの木枕。遊里などで用いた。

354 ○玉椿　「玉」は美称。美しい椿。

355 ○落椿　散り落ちた椿の花。○果して　案の定。○子規句に「静かさや椿の花の又落つる」。

357 ○356の類句。

春の草

358 名のつかぬうちぞめでたし春の草

桃の花

359 白桃を曬ひに遣るや二日月

360 桃さくや片荷ゆるみし孕馬

木瓜の花

361 兎もすれば汗の浮く日や木瓜の花

菜の花

362 菜の花に遠く見ゆるや山の雪

363 菜の花の径を行くや旅役者

358 ○名のつかぬうち　まだ種類が判別できない新芽のころ。湖春句に「名の付ぬ所かはゆし山ざくら」(『俳諧古選』)。○めでたし　素晴しい。文法的には「めでたき」とあるべきところ。切字を配慮して「めでたし」(「し」が切字)。

359 ○曬ひに　恵空編『節用集大全』に「曬(もらふ)」。○二日月　旧暦二日目の細い月。荷兮句に「こがらしに二日の月のふきちるか」。

360 ○片荷　左右に振り分けてあるうちの片方の荷。○孕馬　妊娠している馬。

361 ○兎もすれば　ややもすると。

362 ○一茶句に「なの花のとつぱづれ也(なり)ふじの山」。

363 ○旅役者　旅をしながら芝居をする役者。

蕗の薹

364 羽二重（はぶたへ）のたもと土産や蕗（ふき）の薹（たう）

365 よき草のなれも数なり蕗の薹

蘆の角

366 古草の中や一（ひ）ときは蘆（あし）の角（つの）

青山椒

367 吸物は潮（うしほ）なりけり青山椒

蕨

368 早蕨（さわらび）や牧士（ぼくし）が木戸に鎖（かぎ）もなし

菫

369 菫野や狐の穴の土手つゞき

364 ○羽二重　羽二重（絹布）の羽織のこと。○中七「袖から出すや」とも。

365 ○よき草　富貴な草。例えば「福寿草」。「牡丹」の異名は、富貴草（ふっきそう）。「蕗」が「富貴（ふき）」に通うからであろう。

366 ○一ときは　よく目立って。○蘆の角　蘆の若芽。

367 ○潮　潮汁のこと。魚や貝を酒、塩で味付けした吸い物。代表は鯛の潮汁（『料理物語』『料理指南抄』）。

368 ○牧士　牧人。牛馬の飼育をする人。

369 ○狐の穴　一茶句に「御年初（おねんしよ）を申入（まうしいれ）けり狐穴」。

370 根を包む紙を貫ふや花菫

鶯菜

371 行先や旅の日数の黄鳥菜(うぐひすな)

松の花

372 松の花四十は老の美しき

373 昇る日のわけて親しや松の花

374 老木(おいき)とは仮にも見えず松の花

田畑秋庭老人の高年を寿ぐ(ことほぐ)

375 そのみきを抱(かかへ)て見たし松の花

370 ○園女(そのめ)句に「鼻紙の間(あひ)にしほる、すみれかな」(『住吉物語』)。

371 ○黄鳥菜　『改正月令博物筌』に「かぶら苗二、三寸に成たるを云」。○上五「蝶飛や」とも。

372 ○松の花　雌花、雄花同株。雄花の花粉が飛ぶ。『改正月令博物筌』に「異名、黄花。十(と)かへりの花」。丈草句に「行春の底をふるふや松の華」(潘川宛丈草書簡)。○四十　初老。松の異名「翁草」(『異名分類抄』)が意識されていよう。

373 ○わけて　ことさら。

374 ○老木とは　松の異名「翁草」を念頭においての措辞。

375 ○田畑秋庭老人　俳人。「富県村北福地の人」(底本頭注)。富県村は現伊那市。

松の緑

376 手をかけていたわ(は)る松の緑りかな

藤

377 松風を押へて藤の盛りかな

378 藤さくや根のなき雲の出る梺(ふもと)

379 藤さくや遠山(とほやま)うつす池の水

海苔

380 青海苔やたしなきものは欠る用

山吹

381 山吹に名をよぶ程の滝もがな

376 ○松の緑り『連歌至宝抄』の「中の春の言葉」として「松の若緑。松の緑としては雑也」と見える。松の緑俳諧歳時記類も雑の扱い。雑の句か。

377 ○「藤」の擬人化表現。

378 ○根のなき雲　浮かんで漂う雲。一茶句に「相応な山作る也(なり)根なし雲」。

380 ○たしなきもの　乏しいもの。足りないもの。○欠る用　役に立たない。

381 ○芭蕉句「ほろ〳〵と山吹ちるか滝の音」（『笈の小文』）の前書に「西河(にじかう)」（西河の滝）とあるのを意識しての句作りか。

春　雑

382 時めくや菜めし田楽山椒みそ

383 春の気のゆるみをしめる鼓かな

弓に寄せて蚕を寿ぐ

384 外れぬは腕に覚えや桑の弓

382 ○時めくや　饗応を受けた井月自らを、このように表現した。

383 ○蒲公（たんぽぽ）の異名「鼓草」が意識されているか。『改正月令博物筌』に「つゞみくさともいふ。たんほゝつゞみと云より出たるなるべし」。野辺の蒲公。実際の鼓の音でもあろう。

384 ○外れぬ　矢が的に外れぬことと蚕飼（こがい）の成功とを二つながら表現。170・174参照。○桑の弓　桑で作った弓。桑の葉は、蚕の餌。

夏の部

時候

暑

385 よき水に豆腐切り込む暑さかな

386 暑き日やひれを包てあぶる鯛

387 出た雲のやくにも立たぬ暑さかな

涼

388 暑いともいはずながめつ稲の色

389 日も中は道はかどらぬ暑さかな

390 風涼し机（つくゑ）の上の湖（こ）月（げつ）抄（せう）

391 来る風を涼しくうける簾かな

392 涼しさやいつもおなじき人ごゝろ

393 湧（わき）水（みづ）の音すゞしさや松の蔭

388 ○稲の色　青田のこと。一茶句に「門先や掌程の田も青む」「下手植の稲もそろ〳〵青みけり」。

389 ○日も中は　昼のあいだは。○道はかどらぬ　歩行が思うようにいかない。

390 ○189の句形も。ただし類句ではない。

394 涼しさや銭を摑まぬ指のさき

395 すゞしさや客坐を作る扇懸(あふぎかけ)

396 家涼し暑さ追(おふ)ほど風の有(ある)

397 すゞしさの見ごゝろにあり四条の灯

398 脱(ぬ)ぐ笠の涼し泊りにつく同者(どうしや)

399 涼しさや雲の間(あひ)から見せる影

394 ○一茶句に「涼しさは小銭をすくふ杓子哉」。

395 ○客坐　客が座る場所。○扇懸　書画などを書いた扇を広げて掛けておくための道具。客座をしつらえるための小道具。

396 ○一茶句に「涼風の浄土則(すなはち)我家哉」。

397 ○四条　京四条通。ここでは四条河原の涼みをいう。『改正月令博物筌』の旧暦六月の条に「七日より十八日まで四条河原に夕すゞみあり。是を河原すゞみといふ」。『日次紀事』にある「東西ノ茶店、挑灯ヲ張リ、行灯ヲ設ク。恰モ白昼ノ如シ」の記述が参考となる。

398 ○同者　道者。仏道修行者。

399 ○影　太陽の光。

400 涼しさの真たゞ中や浮見堂(うきみだう)

401 小流れのとり巻く家や月涼し

402 涼しさよ白い灯(ともし)の柳かげ

403 朝涼(あさすず)やわり前髪の笛の役(やく)

名所

404 松涼し娘が原の夕げしき

炎天

405 炎天(えんてん)や薬の売れる広小路(ひろこうぢ)

400 ○浮見堂　正しくは浮御堂。琵琶湖西岸の湖上に建てられた仏堂(海門山満月寺)。芭蕉句に「鎖(ぢやう)あけて月さし入よ浮み堂」。

401 ○小流れ　小川。

403 ○朝涼　夏期の朝の間の涼しさ。一茶句に「朝涼や汁の実を釣るせどの海」。子規句に「朝涼しはらり〳〵と萩動く」。○わり前髪　元服前の少年の前髪を左右に分けた髪型であろう。

404 ○娘が原　「名所」とあるが不詳。「娘が原は富県村にありと」(底本頭注)。富県村は現伊那市。

405 ○広小路　406とのかかわりで、単に幅の広い街路の意か。「名所」の前書のあるものがある由(底本左注)。善光寺町の広小路か(『角川日本地名大辞典　長野県』参照)。赤穂村(現駒

406 炎天や小路を廻（まは）る薬売り

407 炎天の中こぎ行くや車曳（くるまひき）

短夜

408 明易き夜（よ）を身の上の談（はな）しかな

竹風子の勉励を

409 明易き夜を日に継（つ）ぐや水車

明易し

410 茹（ゆで）ものは皆（みな）水（みづ）替へて明け易し

夏深し

411 夏深し或夜の空の稲光（いなびかり）

ヶ根市）広小路説も。子規句「売り出しの旗や小春の広小路」は上野広小路。尾張にも広小路。不詳。○上五「陽炎や」とも。

406 ○小路　道幅の狭い通路。または131の京の小路か。

407 ○こぎ行く　歩きにくいところを歩く。

409 ○竹風子　俳人。「竹松銭弥、富県村南福地の人、昭和三年春歿八十六歳」（底本頭注）。○「水車」の動きに竹風の勉励を重ねた。

410 ○茹もの　野菜を茹でたもの。岱水（たいすい）（蕉門）の付句に「爪をたてたる独活（どう）の茹物」（『芭蕉袖草紙』）。

411 ○夏深し　『改正月令博物筌』は旧暦六月「晩夏」の項に「夏深き」。

天文

五月雨

412 五月雨(さみだれ)や古家(ふるや)とき売る町外(はづ)れ

413 五月雨やとまに編(あむ)べき草の丈(たけ)

414 五月雨や玉子なきかとのぞく家

五月晴

415 子を産(うま)ば猫もくねるか五月晴(さつきばれ)

夕立

416 夕立(ゆふだち)や筆そゝぐべき潦(にはたづみ)

412 ○とき売る　解体して売る。更地にして売る。

413 ○とま　苫。篷。菅、茅を菰(こも)状に編んだもの。屋根などに用いた。

415 ○くねる　「ませる(年齢よりおとなびる)」(『上伊那方言集』)。「年よりませる」(『信州方言辞典』)。○五月晴　梅雨晴のこと。○下五「夏木立」とも。

416 ○潦　夕立の後で地上にたまった水。水たまり。井月ならではの句。

雲の峰

417 夕立の余所（よそ）になぐれて田（た）の戦（そよ）ぎ

418 泥くさき子供の髪や雲の峰

419 墨淡き絵をのぞまれて雲の峰

420 垢（こ）離（り）取りて馬は帰るよ雲の峰

421 雲のみね刀のくもり取（とる）日哉

422 魚（うを）の寄る藻の下かげや雲の峰

417 ○なぐれて　余所の方に過ぎ去って。○戦ぎ（稲が）そよそよと音をたてること。

418 ○雲の峰　入道雲。

419 ○上五「墨薄く」とも。

420 ○垢離取りて　「垢離」は、本来、神仏に祈願するために水を浴び身心を清浄にする行のことだが、ここでは馬の水浴びをこのように表現。

423 気の合うて道はかどるや雲の峰

文珍石

424 羊とも牛とも見えて雲の峰

虎が雨

425 今は昔虎(とら)が雨(あめ)日もよき日和

426 深切に降ては晴て虎が雨

427 八(はち)兵(べ)衛(ゑ)も泪(なみだ)こぼしぬ虎が雨

428 ものはみなあとの噂や虎が雨

424 ○文珍石　不詳。名勝か。あるいは「文鎮(書鎮)」か。安明(貞門)句に「かはづの文鎮をみて」の前書で「文鎮は文月にそふ蛙かな」(『玉海集』)。

425 ○今は昔　物語等の語り出しの慣用語。今となっては昔のこと。○虎が雨　『曽我物語』中の十郎祐成(すけなり)の命日である旧暦五月二十八日に降る雨。十郎の愛妾虎御前の涙という。

426 ○深切に　しみじみと。

427 ○八兵衛　一茶句に「泊り屋の飯盛遊女を関東の諺に称して八兵衛といふは、いとふるくより呼来たると見たり」の前書で「八兵衛や泣(かな)ざなるまい虎が雨」。

429 余所(よそ)はたゞ曇りし儘(まま)歟(か)虎が雨

虹

430 白雨(ゆふだち)の限(かぎり)や虹の美しき

夏の月

431 船でくる魚(うを)の命や夏の月

432 活(いき)て来る魚(うを)船(ふね)軽し夏の月

433 亀の鳴(なく)事も有(あり)しを夏の月

434 いふ事の隣(となり)へもれて夏の月

429 ○余所　虎御前の住んだ大磯以外の地。

430 ○白雨　「涷雨(ゆふだち)」暴雨　白雨　夕立」（恵空編『節用集大全』）。「白雨」(ハクウ)は、漢語。○限　終り。最後。

431 ○上五「生きて来る」とも。○432参照。

432 ○芭蕉句「鎌倉を生(いき)て出(でい)けむ初鰹(ガッヲ)」が意識されていよう。○軽し　船足の軽やかなこと。

433 ○亀の鳴　藤原為兼歌「河ごしのみちのながぢの夕やみになにぞときけば亀のなくなる」（『夫木和歌抄』）を踏まえての措辞。

434 ○芭蕉句「秋深き隣は何をする人ぞ」を踏まえての滑稽句。秋に対する夏。

435 興(きよう)に引く弓のあたりや夏の月

436 更けて来て宿を叩くや夏の月

地文

清水

437 岩が根に湧(わく)音(おと)かろき清水(しみづ)かな

438 温泉(ゆ)見舞(みまひ)の魚(うを)生(いか)し置(おく)清水かな

439 気配りのもの冷(ひや)し置清水かな

435 ○あたり　矢が的(とま)に命中すること。

437 ○岩が根　大きな岩の根もと。

438 ○温泉見舞　湯治者への見舞品。井月の実体験か。○中七「魚はなし置く」とも。

440 ○とも云はず　（小家である）にもかかわらず。「清水」を擬人化。

441 ○先き騎　先に進んでいる馬。○上五「先き騎馬の」とも。

442 ○命　西行歌「年たけて又こゆべしと思(おも)(ひ)きや

440 小家とも云はず寄りつく清水かな

441 先（さ）き騎（うま）のあと待合す清水かな

442 命ぞと云うては掬（すく）ふ清水かな

443 ほつれたる髪かきあげて清水哉

444 玉をなす柳が本の清水かな

戸隠山に詣で、

445 みな清水ならざるはなし奥の院

命なりけり佐夜の中山」（『新古今和歌集』）が意識されていよう。伝西行歌に「とく〳〵と落る岩間の苔清水くみほすほどもなき住ゐ哉」（『和漢文操』巻之一「幻住庵賦」註）。芭蕉句に「命なりわづかの笠の下涼ミ」。

444 ○玉をなす　大粒の玉のように噴き出る。○西行歌「道のべに清水ながる、柳かげしばしとてこそ立ちとまりつれ」（『新古今和歌集』）に拠る。

445 ○戸隠山　信濃国（長野県）水内郡戸隠村にある山。海抜一九〇四メートル。○奥の院　戸隠山の戸隠神社奥の院か。戸隠山の北、高妻山（たかつまやま）、乙妻山（おとづまやま）を指すとも（『大日本地名辞書』）。井月編『家づと集』（元治元年刊）所収句。

青田

446 呼(よび)水(みづ)の余りを庭の青田(あをた)かな

447 陰(かげ)る雲照(てる)くもそよぐ青田かな

448 夕影の入日にそよぐ青田かな

449 鍬(くは)提(さげ)し人のかくるゝ青田かな

大(おほ)萱(かや)

450 水(みづ)際(ぎは)や青田に風の見えて行く

人事

446 ○呼水　堰(きせ)を作って田に引いた水。

448 ○夕影の　夕暮れ時の。

450 ○大萱　「西箕輪村の小字」(底本頭注)。「西箕輪村」は、現伊那市。

涼み

451 ひとつ星など指(ゆびさ)して門(かど)すゞみ

452 暮(くる)る日を早くも漕(こが)す涼み舟

453 淵明も李白も来たり涼み台

454 敷石にしめり打たせて夕涼

455 尺八(しやくはち)の調子覚えし涼みかな

酔中即興

456 役所へも人遣(づか)ひして涼みかな

451 ○ひとつ星　宵の明星。○門すゞみ　門の前に出て涼むこと。

452 ○涼み舟　納涼のための船。卜枝（蕉門）句に「挑灯(てうちん)のどこやらゆかし涼ミ舟」。

453 ○淵明　東晋の詩人陶淵明。陶潜。○李白　唐の詩人李太白。青蓮居士。○井月は、東春近村の飯島山好を淵明に、久保村権造を李白に比して戯れているが、ここもそれか。○涼み台　納涼のための腰掛け台。一茶句に「草履ぬいで人をゆるして涼み台」。

456 ○人遣ひして　人を遣(や)らせておいて。酔余の横着。

夏座敷

457 楠(くすのき)に付(つい)て廻(まは)るや夏座鋪

458 水に手は取らぬ構ひや夏座敷

459 涼風(すずかぜ)や客を設けの仮座敷

竹婦人

460 雪の夜の冷もあるかに竹婦人(ちくふじん)

昼寝

461 うるさしと猫の居ぬ間を昼寝かな

462 風吹くぞ鳥も歌ふぞ昼寝人(ひるねびと)

458 ○手は取らぬ　(庭の遣水の設えは)来客大歓迎の(「手を取らぬばかり」の)。

459 ○設け　饗応。○仮座敷　「借座敷」。納涼の為に借りた座敷。京体験か。

460 ○竹婦人　寝具。涼を得るための竹製の籠。○あるかに　あるかのように。

461 ○俚諺「鬼のこぬ間に洗濯」(『それぞれ草』他)を踏まえた滑稽句。静寿(貞門)句に「鬼の来ぬ間に洗濯をしはす哉」(『毛吹草』)。

463 ○現に　夢心地に。

464 ○丑の日　夏の土用の丑の日。青山白峯『明和誌』に「近き頃、寒中丑の日にべにをはき、土用に入、丑の日にうなぎを食す。寒暑とも家毎になす。安永、天明の頃よりはじまる」。

463 水も鳥も現にきいて昼寝哉

丑の日　464 丑の日の朝看板や土用いり

袷　465 火熨斗して焼け跡隠す袷かな

466 二三日過て着初る袷かな

晒布　467 夕士峰も朝不尽も見てさらし搗　玉川

浴衣　468 浴衣地によき朝顔の絞りかな

○朝看板　土用の丑の日用に朝に掲げる鰻屋の看板。『守貞漫稿』に「看板に幟りを立てる生業あり。紺毛綿一幅、文字白く染め抜く也」と。紺地に白字で「蒲焼」と記した。○土用いり　土用に入ること。小暑（旧暦六月上旬）後十三日目。『改正月令博物筌』に「土用の入、すべて十八日なり」。

465 ○火熨斗　衣類の皺を炭や熾（おき）で除く道具。○袷　旧暦四月一日より五月四日までに用いた裏地のついている衣服。

466 ○二三日過て　旧暦四月一日に冬の小袖から袷に着替えた（更衣）。

467 ○玉川　武蔵（東京都）の玉川。多摩川。113参照。○さらし搗　布を臼で白く晒（さら）すこと。

単衣　469 朝ぶさへ祝はれにけり単衣(ひとへ)もの

帷子　470 関取がだかへてゆくや辻が花

471 人毎に寄てながめて辻が花

汗　千草子の愛児を先立給しを悼(いたむ)

472 いふ事の汗にまぎるゝ涙かな

汗拭　水澤老人の遠行をいたむ

473 けふの日や泪(なみだ)を包む汗(あせ)拭(ぬぐ)ひ

祇園会　474 祇(ぎ)園(をん)会(ゑ)や捨てられし子の美しき

---

468 ○朝顔の絞り　絞染(しぼりぞめ)の朝顔の絵柄と絞咲きの朝顔の二つを含意。『続飛鳥川』に「朝顔の種類色々出る事、文化の始よりの事なるべし」。一茶句に「ながらへば絞蕣(しぼりあさがほ)何のかのと」。

469 ○朝ぶさ「朝普茶」で、目覚に与える菓子(おめざ)の意であるが、ここでは「朝物(あさぶち)」で、朝一番に与えられる物の意か。○祝はれにけり　端午の節供(五月五日)の祝として「単物」を与えられたことであろう。『改正月令博物筌』に「端午衣服」として「今日より帷子(かたびら)を着す。袴ははなだ色、又浅黄也」。

470 ○だかへて　だきかかえて。○辻が花　帷子で紅を中心とした絞染模様のも

475 祇園会や朝から白きものを着る

千社祭
476 上もなき千社祭りや富士の山

祭
477 よきことの重る年の祭哉

478 さき鉾の来るやうす見る祭かな

夏神楽
479 川(かは)かぜも松風も来て夏(なつ)神楽(かぐら)

筑摩鍋
480 さなきだに罪ふかしとや筑摩(つくま)鍋(なべ)

の、との説が有力。

472 ○千草子　俳人。「下高井郡穂高村字中村、本山八十右衛門、春庭舎と称す」（底本頭注）。

473 ○水澤老人　「下高井郡穂高村の人、名は源吾衛門。明治十二年歿」（底本頭注）。○汗拭ひ　汗手拭。汗を拭く小さな布。

474 ○祇園会　京祇園社（八坂神社）の旧暦六月七日より十四日までの祭礼。○中七「拾はれし子の」とも。

475 ○上五「雨乞や」とも。

476 ○上もなき　最高に素晴しいとの意と、富士山の高さの二つを含意。○千社祭り　不詳。千社詣か。あるいは富士山本宮浅間神社の祭を指しているか。○中七「老の白髪や」とも。

478 ○さき鉾　鉾を飾った山車(だし)の先頭。祇園会の

大矢数

481 百枚の鯛はものかは大矢数

端午

端午の祝

482 鯛料(れう)る人も客なり初節句

幟

483 のぼり立つ家から続く緑(みどり)かな

484 のぼり立つ我家へ急ぐ夕(ゆふべ)かな

夏痩

485 夏痩やとる筆さへも仮名まじり

田植

486 押寄せてのつぴきならぬ田植(たうゑ)かな

山鉾を詠んだものか。

479 ○夏神楽　夏越の神楽。○さなきだに　ただでさえ。

480 ○筑摩鍋　近江国(滋賀県)筑摩明神の祭礼で女が交わった男の数だけ被る鍋。越人(えつじん)(蕉門)句に「君が代や筑摩祭も鍋一つ」。『伊勢物語』に見える祭。

481 ○鯛　『西鶴大矢数』(延宝九年刊)の作者西鶴の「鯛は花は見ぬ里も有(あり)けふの月」の句が念頭にあったか。○大矢数　不角『改式大成清鉋』に四月の行事として掲出。京三十三間堂での一昼夜にわたっての通し矢の数を競う行事。『西鶴大矢数』も念頭に。○下五「花の宿」とも。

483 ○のぼり　端午の節供の幟。一茶句に「幟から引(きひ)つゞく也田のそよぎ」。

早乙女
487 早乙女(さをとめ)の数に加(くは)はる男かな

鵜飼
488 宵の客朝(あした)の露や鵜の篝(かがり)

489 山の端(は)の月や鵜(う)舟(ぶね)の片(かた)明(あか)り

雨乞
490 雨乞や朝から白きものを着る

491 雨乞や雲の出てさへ気の休む

打水
492 打水(うちみづ)や鯛をよび込む簾(すだれ)さき

486 ○押寄せて 「田植」の時期のこと。

487 ○男 黒露『すずり沢紀行』には「すべて奥のならはしとて男のみ早苗とるわざはすなるもおかし」と。男も参加しての田植。

488 ○朝 翌朝。○露 命のこと。「消(キユ)(ル)」と「露の命」は付合語（『類船集』）。芭蕉句「おもしろうてやがて悲しき鵜舟哉」を踏まえての追悼句。

489 ○片明り ほのかな明るさ。○中七「月や砧の」とも。

490 ○白きもの 一茶句に「我(わが)雨と触(ふれ)て歩くや小山伏」。「白きもの」は山伏の装束。475では神事関係者のものか。○上五「祇園会や」「六月や」とも。

492 ○鯛をよび込む 祝事のためか。吉事の隠喩か。

493 打水や汚れし石をまた洗ふ

494 打水の届いて松の雫(しづく)かな

495 水打つて小鉢ならべて夕心(ゆふごころ)

団扇

496 大切な生看板(いきかんばん)や団扇(うちは)みせ

497 手(て)枕(まくら)の児(こ)にちからなき団扇かな

498 精進(しやうじん)の蒲焼炙(あぶ)る団扇(うちは)かな

496 ○生看板　店先で客が団扇を使うこと。

497 ○『柳多留』に川柳「寝て居ても団扇のうごく親心」。

498 ○精進の蒲焼　魚味に擬した精進物。「蒲焼芋」「蒲焼牛蒡」「蒲焼大根」の類。

日傘

499 君が代や旅商人も日からかさ

500 折ふしは人にもかざす日傘かな

501 おの字名に成てもにくし日傘ぶり

502 村雨の折りには凌ぐ日傘かな

503 程近くなればかたげる日傘かな

藺

504 藺白し不破の関屋の玉霰

499 ○日からかさ　日傘。

501 ○おの字名　遊女を廃業して素人名（「お梅」「お竹」等）になった女。○にくし　気にかかる。

502 ○村雨　にわか雨。

503 ○程近く　目的地に近く。○かたげる　たたんで肩にかつぐ。

504 ○不破の関屋の玉霰　白い藺を玉霰に譬えた表現。大中臣親守歌に「あられもる不破の関屋に旅寝して夢をもえこそとほさざりけれ」（『千載和歌集』）。「不破」と「霰」は付合語（『類船集』）。

505 繭の出来不破の関屋の霰(あられ)かな

506 ねだられて温泉(ゆ)に行(ゆく)蠒上(かひこあが)りかな

507 繭自慢蠒(こ)玉(だま)祭の手がらかな

508 睦(むつま)じふ〔う〕蚕(かひこ)祭りや小里ぶり

509 骨折の心安さや繭びゐ〔い〕き

510 家々のこ玉祝ひや繭びゐ〔い〕き

505 ○504参照。○「柏屋の蠒大当りを寿て」の前書で上五「繭の嵩」とも。

506 ○ねだられて　家人に要求されて。○蠒上り　繭の収穫の終り。

507 ○蠒玉祭　蚕霊祭。二月初午の日に行われた養蚕の神の祭。90・91参照。

508 ○蚕祭り　一般的には旧暦正月晦日に行われた美江寺(美濃)の御蚕祭(おこまつり)をいうが、ここは「蠒上り」の祭り、「こ玉祝ひ」のことか。506・510参照。

509 ○繭びゐき　繭を大切にすること。繭自慢。

510 ○こ玉祝ひ　蚕霊祝い。「家々の」とあるので、各戸で行われた「蚕上り」の祝いであろう。

511 ○向山桂翁　俳人。「向山桂月名は源九郎、和歌も能くす。手良村堀の内の

鮓

向山桂翁ぬしの一男子を寿ぎて

511 又となき夏蚕の出来や自製だね

512 出来繭や桑の園生の育ちから

513 石臼も手を借りられて一夜鮓

514 小簾に鮓の手際の早さかな

515 絵本など見せて置かれて俄ずし

516 もてなしにみさごのすしやきのふけふ

人」（底本頭注）。○夏蚕　夏に孵化（かふ）し、飼育される蚕。○自製だね　自家の蚕種（こだね）のことだが、桂月の息への祝意が込められている。

512 ○桑の園生の育ち　蚕の餌となる桑の葉のある蚕棚で成長した繭。諺（ことわざ）「うぢよりそだち」（『毛吹草』等）を利かせている。

513 ○一夜鮓　『料理物語』（寛永二十年刊）の「一夜ずしの仕様」の項に「鮎をあらひ、めしをつねの塩かげんよりからうしてうをに入、草つとにつゝみ庭に火をたき、つとゝもにあぶり、そのうへをこもにて二、三返（べん）まき、かの火をたきたるうへにをき、おもしをつよくかけ候」と。○「石臼」の擬人化表現。

517 笹をきる手際や鮓の出来上り

青簾

518 鳥影のさゝぬ日はなし青簾(あをすだれ)

519 鳥影も木影もさして青簾

520 物ごしに采女(うねめ)の声や青簾

521 大輔(おほいすけ)も式部も見えて青簾

522 月影に露をもちけり青簾

515 ○俄ずし　早鮓。一夜鮓とも。其諺『滑稽雑談』に「此(この)製、魚貝数種を細截して醞醸する故に柿鮓(こけらずし)とも云。其熟する事はやし。依て早鮓の名侍る」。一茶句に「鮓に成る間(あひだ)を配る枕哉」。

516 ○みさごのすし　鶚鮓(みさごずし)。鶚(タカ科の鳥。雎鳩(しょきゅう))がとった魚が自然発酵したもの。

517 ○笹　笹鮓のためのものか。あるいは飾りか。子規句に「鮓の圧取れば小笹に風渡る」。

518 ○青簾　青竹を編んで作った簾。

520 ○物ごし　青簾を隔てて。○采女　脚注325参照。

521 ○大輔　平安中期の女性歌人伊勢大輔(いせのたいふ)のこと。○式部　平安中期の女

523 築山（つきやま）に滝さへ出来て青簾

冷麦

524 冷麦（ひやむぎ）の奢（おご）りや雪を水にして

夏氷

525 ひらめかす三本杉や夏氷

冷汁

526 冷汁（ひやじる）や禰宜（ねぎ）に振舞ふ午時餉（ひるかれひ）

煑酒

527 不沙汰した人も寄合ふ煑酒（にざけ）哉

528 年頭の間（あひ）が違（たがひ）て煑酒の日

性歌人和泉式部（いずみしきぶ）。

525 ○ひらめかす　（風が）酒肆の名酒の名の旗「三本杉」を揺り動かす。「解説」参照。

526 ○冷汁　冷やした汁。冷やし汁。○禰宜　神職。○午時餉　昼食。

527 ○煑酒　新酒を旧暦四月小満の節前後の吉日に煮立てたもの。『華実年浪草』に「本邦ニ於テハ夏日酒ノ気味ヲ失ハザル為ニ煮酒ノ法ヲ用フ。京師、是ヲ酒煮ト称シ、此日酒肆、親疎ヲエラバズ価ヲ得ズ恣（ホシイママ）ニ酒ヲノマシム。是ヲ酒煮の祝ト云。故ニ下賤ノ者放（ホシイママ）ニ分ニスゴシテ酒狂ニ及トナリ」。

529 祝儀(しうぎ)など貰(もら)ふもみゆる煮酒かな

心太

530 銭取らぬ水からくりや心太(ところてん)

531 奥底もなき家(や)作(づく)りや心太

葛水

532 葛(くず)水(みづ)の座に脱捨る羽織かな

干瓜

533 酢を嗜(この)む雷(かみなり)干(ぼし)や宵の雨

沖鱠

534 莚(むしろ)帆(ほ)も日(ひ)覆(よけ)と成て沖(おき)鱠(なます)

530 ○銭取らぬ　見物料不要の。○水からくり　水を用いた仕掛けの見世物。○上五「只(だた)みせる」とも。

531 ○奥底もなき家作り　心太を商う店の簡略な造り。

532 ○葛水　葛と砂糖を湯で溶き冷やした飲み物。

533 ○雷干　雷雨の時季に作る一夜漬けの漬物。

534 ○沖鱠　沖で捕った魚を舟で調理した鱠料理。子規句に「はね鯛を取て押えて沖鱠」。

535 ○水肴　洗魚(あら)などを水鉢に盛り、鬼灯(ほおずき)を飾った料理。底本は夏の季語の扱い。

536 ○背戸田　家の後(うしろ)の田。○菖蒲酒　あやめ酒。『改正月令博物筌』に「石菖を切て酒にひたして是をのむ。雄黄(おわう)を少しばかりくはへてます〳〵よし。

水肴

535 底に見る鉢の模様や水肴（みづざかな）

菖蒲酒

536 耕（たがや）した背戸田（せどた）眺めつ菖蒲酒（しやうぶざけ）

柏餅

537 酒好（さけずき）の家にも出来て柏（かしは）もち

賀安産

538 未（ま）だ出来ぬ家も有（ある）のに柏餅

粽

539 牛の脊で手を伸しけり笹粽（ささちまき）

越の高田より信濃路へ趣く途中

540 雪車（そり）に乗りしこともありしを笹粽

一切の邪気をさくる」。

537 ○上五「下戸ならぬ」とも。

539 ○牛の脊で　晒蛙（あさい）句に「桃さくや牛に横乗るさと童」（『越後獅子』）。○笹粽　笹の葉でくるんだ粽。『改正月令博物筌』に「夏は毒虫多く人の家にも入り来るにより、粽は虵の形に表す。是を食すれば彼を降伏する心にて、夏の中わざわひなき事を表して祝（しゆく）すなるべし」。

540 ○雪車　『滑稽雑談』の「橇（そり）」の項に「橇は泥中の具也。和俗是を造て雪中に駕して道路の難をすくふ」。西行歌に「たゆみつつそりの早緒もつけなくにつもりにけりなこしのしらゆき」（『山家集』）。○前書「北越高田にて」「三国峠」とも。

掛香

541 掛香(かけがう)や扇(あふぎ)は顔の玉すだれ

魚簗

542 椀簗(わんやな)を置いて蘆咲く小川かな

川狩

543 川狩(かはがり)の勝負にかゝる焚火かな

田草取

544 降り続く能なし雨や田草取

麻地酒

545 目覚ましに試みるなり麻地酒(あさぢざけ)

吉扇亭の饗応に預り古人五平老をおもひ出して

546 盆ごゝろ祭り心や麻地酒

541 ○掛香　携行用香料。練り香を袋に入れたもの。○扇を「玉すだれ」に見立てての句作。

542 ○椀簗　椀を利用しての魚簗(なや)か。不詳。

543 ○川狩　川での魚捕り。

544 ○能なし雨　役に立たない雨。

545 ○麻地酒　『改正月令博物筌』に「暑中に呑(のむ)酒なり。美濃、豊後、又は南都よりも出る。浅茅酒ともいふ」。土かぶり。

546 ○吉扇亭　俳人。「東春近村上殿島、飯島吉之丞。五平は其父」(底本頭注)。○盆ごゝろ　故人五平への盆の気分。暁台(きょうたい)句に「盆ごゝろ夕がほ汁に定りぬ」。

白鳥氏の亡妻の手向に

547 上（うへ）もなき手向なるらん麻地酒

動物

時鳥

548 月は夜（よ）に後（おく）るゝ峰や時鳥（ほととぎす）

549 はつ音とは折も有（あら）ふ〔う〕に杜宇（ほととぎす）

550 気に取りて奴豆腐や時鳥

551 文台に誰が選（えら）まれて恋し鳥

547 ○白鳥氏　「東春近村上殿島渡場、勘九郎」（底本頭注）。○上もなき　なによりの。

548 ○月　この場合、旧暦二十日以後の「寝待月」。「月」と「ほとゝぎす」は付合語（『類船集』）。○『余波の水くき』では座光句。井月の代作か。

549 ○はつ音　京極為兼に「せめてなほまつあらましにほとゝぎすなかぬ初音を心にぞきく」（『夫木和歌抄』）。

550 ○気に取りて　気を配って。○下五「花の宿」「花の兄」「梅の花」とも。

551 ○文台　小さい机上の台。ここは文台を前にする執筆（しゅひつ）役。○恋し鳥　時鳥の異名。「昔のつまをこふと云々」（『異名分類抄』）。

552 水味(うま)き酒の寄特(きどく)や時鳥

553 時鳥十番切りの夜明けかな

554 時鳥甍(いらか)の見ゆる木の間かな

555 信濃路や松魚(かつを)はみねど時鳥

556 時鳥旅なれ衣(ころも)脱ぐ日かな

557 青簾かけてまたる、初音かな

552 ○水味き　「酔醒めの水は甘露の味」ということ。○寄特　奇特。素晴しさ。○下五「梅薫る」とも。

553 ○十番切り　曽我兄弟の十番切りをいう（『曽我物語』巻第九）。

555 ○一句、素堂の「目には青葉山郭公(ほととぎす)はつ鰹」（『江戸新道』）を踏まえる。○上五「旅先や」とも。

556 ○井月編『越後獅子』（文久三年刊）所収句。伊那滞留を含意。

557 ○初音　「青簾」（青竹で編んで作った簾。夏の季語）とのかかわりで時鳥の初音。

558 ○聞はづしたり　『連歌至宝抄』に「時鳥はかしましき程鳴き候へども、希にき、、珍しく鳴、待かぬるやうに詠みならはし候」。

558 まち兼て聞(きき)はづしたりほとゝぎす

559 村雲も日除(ひよけ)となりてほとゝぎす

560 辛崎の一夜の雨や杜宇

561 塩もの丶走り分(わか)るやほとゝぎす

562 我友は川のあなたぞ時鳥

563 須磨簾ほとゝぎす聞くたより哉

560 ○辛崎の一夜の雨　「辛崎(カラサキ)ノ夜雨(ヨルノアメ)」は「近江八景」の一つ（『和漢名数』延宝六年刊）。

561 ○塩もの丶走り　塩漬したものの生(まな)の出はじめ。○貞室句「いざのぼれ嵯峨の鮎喰に都鳥」（『一本草』）を意識しての芭蕉句「塩にしてもいざことづてん都鳥」（『江戸十歌仙』）を踏まえての作。

562 ○川のあなたぞ　蕪村の俳詩「北寿老仙をいたむ」中の「友ありき河をへだてゝ住(みす)にき」を踏まえての句作。

563 ○須磨簾　須磨で用いられていた簾。一茶句に「古めかし汐の干日も須磨簾」。○芭蕉句「須磨のあまの矢先に鳴か郭公」を意識しての作。

564 旅衣人に見られて時鳥

565 時鳥酒だ四(し)の五(ご)の言はさぬぞ

566 富士に日の匂ふ頃なり時鳥

567 杜宇勘〔堪〕忍ならぬ雨の降(ふり)

568 豆腐屋も酒屋も遠し時鳥

569 幾(いく)人(たり)の耳に初音ぞ杜宇

565 ○四の五の　なんのかの。

566 ○匂ふ　日光が明るく映える。

567 ○雨の降　雨の降り方が足りないこと。有賀長伯著『初学和歌式』に「月、雨、雲は、ほとゝぎすの好むものなり」。「郭公」と「村雨」「五月雨」は付合語（『類船集』）。

568 ○頭光（つむりのひかる）作の狂歌「ほとゝぎす自由自在に聞く里は酒屋へ三里豆腐屋へ二里」（『万代狂歌集』）に拠る。蕪村「洛東芭蕉菴再興記」に「豆腐売る小家もちかく、酒を沽（か）ふ肆（みせ）も遠きにあらず」。

569 ○脚注558参照。

大阪城天守台に登りて

570 これがその黄金水か時鳥

須　磨

571 寄せて来る女(め)波(なみ)男(を)浪(なみ)や時鳥

四月八日月鈴堂に遊びて

572 けふの日や後(おく)れは取(とら)ず杜宇

閑子鳥

573 むら雲の日影偸(ぬすむ)や閑(かん)子(こ)鳥(どり)

574 我にきけとばかり啼(なく)の歟(か)閑子鳥

575 むら暑き広(ひろ)沢(さは)山(やま)や閑子鳥

570 ○黄金水　秀吉好みの霊薬ということであろう。「腫病を治し、酒毒を解し、欝気を補ふこと神のごとし」（『北国奇談巡杖記』）。○中七「御天守台か」「化粧の水か」とも。

571 ○女波男浪　低く弱い波と高く強い波。

572 ○四月八日　仏生会。○月鈴堂　「南向村四徳、小松桂雅の家」（底本頭注）。○「杜宇」の異名が「無常鳥」であることを意識しての句作り。

574 ○芭蕉句「うき我をさびしがらせよかんこどり」が念頭にあろう。

575 ○むら暑き　断続的暑さのことか。○広沢山　上野国（群馬県）桐生南方にある山か。不詳。

水鶏

576 棚(たな)橋(はし)や水鶏(くひな)に近き裏通り

577 風呂に入(い)る夜のくつろぎや鳴く水鶏

鵜

578 鵜(う)の利(き)かぬ夜を雁(かり)わたる長良(ながら)かな

579 すくむ鵜のなほ哀れなり夜半(よは)の鐘

580 すくむ鵜に燃くず折るゝかゞり哉(かな)

行々子

581 鮒(ふな)釣(つり)は何処へ流れて行々子(ぎやうぎやうし)

576 ○棚橋　欄干のない板を渡しただけの橋。

578 ○利かぬ　働かない。一茶句に「叱られて又疲(かつれ)うの入にけり」。

580 ○荷兮(かけい)句に「鵜のつらに篝こぼれて憐(あはれ)也」。

581 ○流れて　流されて、の意。○行々子　葦切(よしきり)(葦雀、葭切)の異名。やかましく鳴く。この句でも釣人が流されているかのごとく騒ぎ立てていることを含意。

初松魚

582 行々子あまりといひばはしたなき

583 葭雀（よしきり）や弁当（べんたう）すみし作事（さくじ）小屋（ごや）

584 直（ね）を聞て叱られまいぞ初松魚（はつがつを）

585 料理人も客の仲間や初松魚

586 流行医（はやりい）の玄関先や初松魚

587 時めきし玄関構（がまへ）や初松魚

582 ○いひば　「いへば」の訛か。

583 ○作事小屋　土木建築の作業者が使う小屋。

584 ○初松魚　『改正月令博物筌』は「東都にては甚賞玩す。価尤貴（かたか）し」とし、風光句「聞ばかり一日は見たし初松魚」を掲出。

585 ○客の仲間　料理人も相伴（しょうばん）になること。

586 ○流行医　よくはやっている医者。○中七「玄関構や」とも。

587 ○時めきし　栄えている。○586の類句。

松魚

588 客あれと思ふ日もあり初松魚

589 買人(かひて)より見人(みて)のすゝむや初松魚

590 初松魚酒に四の五は云はせぬぞ

591 かゝれとて町場に住(すめ)よ初松魚

592 返礼に痛入(いたみいり)たる松魚哉

593 値を問はぬ人や松魚の客らしき

588 ○客あれと　高価な初松魚を購(あがな)ったので。

589 ○すゝむ　食欲が出る。涎(よだれ)をたらす。滑稽句。

590 ○565参照。

591 ○かゝれとて　このようである(初松魚が賞味できる)ので。○町場　都市。三余斎麁文『華実年浪草』(天明三年刊)に「大和本草ニ曰、相州鎌倉、或小田原ノ辺ニ之ヲ釣而(ツリ)、江府ニ送ル。最其ノ早出ル者、是レヲ初鰹ト称、賞味ス」。一茶句に「大江戸や犬もありつくはつ松魚」。

592 ○痛入たる　恐縮をした。

593 ○584参照。

鯵

594 籠を透く笹新らしき松魚かな

595 夕(ゆふ)鯵(あぢ)をまつ間わびしき鮟(あん)鱇(こ)哉

596 鯵売の上手に廻る日蔭かな

597 跳(は)ねた儘(まま)反(そり)の戻らぬ小(こ)鯵(あぢ)かな

598 さゝ塩を振て客まつ小鯵かな

鮎

599 流れさうに見え透く鮎の釣り上手

595 ○夕鯵　夕方入荷の鯵。○鮟鱇　擬人化されているか。夕河岸風景。

598 ○さゝ塩　細塩。少量の塩。

599 ○流れさうに　流れてしまいそうでいて。581の「鮒釣は何処へ流れて」の措辞と関係あるか。○見え透く　鮎のいる底まで見える。

蟬

600 蟬鳴くや報謝の銭の皆になる

601 蟬なくや日のあるうちにたゝむ声

602 蟬の声汗も油となる日かな

603 冷(ひえ)て飲(のむ)酒に味あり蟬の声

604 初蟬や詩仏に望む露の竹

605 初蟬や詩仏は竹に筆採(えらびと)る

600 ○報謝　報恩を示す布施。○皆になる　なくなってしまう。尽きる。井月自身の体験であろう。

601 ○たゝむ声　鳴き止むこと。芭蕉句「閑(しづ)かさや岩にしみ入(い)る蟬の声」が意識されていよう。

602 ○汗も油となる日　酷暑。油汗が出る日。

603 ○冷て飲酒　冷酒(ひやしざけ)。井戸水などで冷やした酒。

604 ○詩仏　大窪詩仏。詩人、書家、画家。天保八年(一八三七)没。享年七十一。「竹を画きて名あり」(漆山天童編『近世人名辞典』)。

螢

606 初蟬やのぞまれて書く露の竹

607 よき水と誉る木陰や蟬の声

608 初蟬や約（つま）しき雨に日のあたる

琢斎ぬしの忘れがたみを見て

609 初蟬や中よく遊ぶ兄（あに）弟（おとと）

610 夜景色に富める家あり飛ぶ螢

611 水くれて夕かげ待つや螢籠

608 ○約しき…あたる　「戯雨（そばえあめ）」（日照雨・狐のよめいり）を表現したもの。

609 ○琢斎ぬし　俳人。「富県村北福地、田畑春庭（彦之丞）の別号」（底本頭注）。明治十五年没。享年三十八（矢羽勝幸編著『長野県俳人名大辞典』）。

611 ○水くれて　水を掛けてやって。○夕かげ　夕影。夕方。

612 宇(う)治(ぢ)にさへ宿とり当(あて)てはつ螢

613 子供にはまたげぬ川や飛螢(とぶほたる)

614 史(ふみ)はまだ拾ひ読みなり初螢

蚊

615 釣(つれ)ば蚊の来て不足いふ紙帳(しちやう)かな

616 蚊柱の遂に崩れて松の月

蚤

617 朝の間(ま)や蚤に寐(ね)ぬ夜の仮枕(かりまくら)

612 ○宇治　黒川道祐『日次紀事(ひなみきじ)』(貞享二年刊)の「五月」の条に「小満ノ後四日、五日之間、江州勢田并ニ宇治川、西賀茂ノ北宇喜田ノ社、及ビ水上村、螢多ク出ヅ」。「宇治」と「螢」は付合語(『類船集』)。

614 ○史　史書、史籍。○練絹(ねりぎぬ)の袋に螢を集めて、その光で書を読んだ晋の車胤の故事(『蒙求』)を踏まえての滑稽句。

615 ○不足いふ　不満を言う。「蚊」を擬人化しての滑稽句。○紙帳　紙を張り合わせて作った蚊屋。

617 ○仮枕　仮寝。うたたね。ちょっと寝ること。

水馬

618 聴きつけて山の小池や水馬

619 さかのぼる心優しや水馬

蝙蝠

620 蝙蝠や足洗ひとて児は呼ばる

鷺

621 天龍や夏白鷺の夕ながめ

納涼

622 天龍や夕白鷺の橋近間

蛇

623 ぬぎすてよ人の心の蛇の衣

618 ○聴きつけて　噂を聞いて（水馬のことを）知って。

619 ○心優し　（流れを溯る水馬が）健気（けな）である。

620 ○下五「児を呼ばる」とも。

621 ○天龍　天龍川のこと。「諏訪湖ノ末流ヨリ発シテ上下伊那郡ヲ貫通シ遠江国懸塚港ニ下流シテ海ニ入ル」（『南信伊那史料』）。

623 ○人の心の蛇　蛇心。蛇のように執念深く陰険な心。それを「蛇の衣」（蛇の表皮）と表現したところから「ぬぎすてよ」となる。教訓臭の強い句。

蠖

624 蠖(しやくとり)の心はしらぬ毛虫かな

植　物

牡　丹

625 姿鏡(すがたみ)にうつる牡丹の盛りかな

626 人も見る脇本陣の牡丹かな

627 心して蝶(てふ)立ちまはる牡丹かな

628 牡丹見や芸者たいこも利に落る

624 ○心はしらぬ　鴨長明『方丈記』に「魚(いを)と鳥のありさまを見よ。魚は水に飽かず。魚にあらざればその心を知らず。鳥は林をねがふ。鳥にあらざればその心を知らず」。芭蕉句に「魚鳥の心はしらず年わすれ」。

625 ○姿鏡　大型の鏡。

626 ○脇本陣　大名や幕府重臣が泊まる本陣に対しての予備の宿舎。

627 ○心して　気をつけて。○立ちまはる　飛びまわる。擬人化による滑稽句。

628 ○たいこ　幇間(たいこもち)。職業として酒興の場を盛り上げる男。○利に落る「理に落ちる」を「利に落ちる」とした滑稽。「利に走る」こと。○諺「花より団子」(『せわ焼草』等)を意識しての句作。

629 牡丹見や流石（さすが）に落（おち）もなく曇る

630 いひにくき牡丹の花の無心かな

631 蝶や蝶牡丹の花に覆（おほは）れな

632 一（いっ）品（ぴん）の肴（さかな）あらそふ牡丹かな

633 えだ振（ぶり）も木（き）ぶりも云はぬ牡丹かな

634 翠（み）簾（す）ほしき吉扇亭の牡丹かな

629 ○落もなく　手落ちもなく。天候の擬人化。

630 ○無心　ねだること。○野坡の付句に「御頭（おかしら）へ菊もらはるゝめいわくさ」（『炭俵』）。

631 ○蝶　「胡蝶」と「ぼたん」は付合語（『類船集』）。宗信句に「ぬる蝶も夢の中にや花の王」（『詞林金玉集』）。

632 ○諺「花より団子」（『せわ焼草』等）の作品化。滑稽句。牡丹見の席での出来事。『改正月令博物筌』に「花ヲナガメテ終日酒宴ヲナスナリ」。

633 ○木ぶり　木の幹の様子。○ひたすら花に注目。芭蕉句に「枝ぶりの日ごとに替る芙蓉かな」。沾荷（せんか）句に「我庭や木ぶり見直すはつ桜」（『続猿蓑』）。

634 ○吉扇亭　脚注546参照。

635 会釈して行や牡丹の簾さき

636 牡丹咲く庭の制札誰が筆ぞ

飯島吉扇子の庭前に又なき牡丹あり

637 たきものは蘭麝なるらん深見草

人間我慢あり。聖人も誤ちて改むるに憚ることなかれとや。されば松を画いて筆を捨て反つて其名を拾ふ。牡丹を望まれて爰に一句の慰みを失ふものは、柳の下に釣りを垂るゝ酒中叟。

638 天人も雲ふみ外す花王かな

中村大人の子息誕生の祝に一句

639 子供等を今日は叱らぬ牡丹かな

635 ○634参照。一茶句に「すだれのみ青き屑屋(やくづ)のぼたん哉」。

636 ○制札　禁止事項を書いた立札。二四八頁脚注四参照。

637 ○飯島吉扇子　脚注546参照。○又なき　たぐいまれな。素晴しい。○蘭麝香(うこ)。蘭や麝香の香り。○深見草　牡丹の異名。藤原教長歌に「くれなゐのいろ深見草さきぬればをしむこゝろもあさからぬ哉」(『夫木和歌抄』)。

638 ○我慢　仏教の七慢の一。自分自身に固執すること。○誤ちて…憚ることなかれ「過則勿憚改」(過(あやま)てば則ち改むるに憚(はば)かること勿(な)かれ)(『論語』「学而」「子罕」)。「聖人」は孔子。○松を…捨て「松ニ株有リ。筆捨松ト名(なづ)ク。此

芍薬

640 芍薬（しやくやく）や花に似合ぬ咲（さき）どころ

蓮

641 蓮の香や客座清める片すだれ

642 曙を客の込（こみ）あふ蓮見かな

罌粟の花

643 白（しろ）牛（うし）を見に行く家や罌粟（けし）の花

644 けし畑や年貢の沙汰にかゝはらず

卯の花

645 卯（う）の花に三日月（みかづき）沈（しづ）む垣根哉

ノ辺無双ノ風景ニシテ言語ヲ絶ス。昔シ画工金岡、写ント欲シテ不能（よくせず）。因テ筆ヲ捨ツト」（『和漢三才図会』「藤白山」の条）。巨勢金岡（こせのかなおか）の故事。○慰み楽しみ。○柳の下…酒中叟井月は、自らをこのように名乗っている。○花王　牡丹の異名。○親重（ちかしげ）句に「天も花にゑゝるか雲の乱足」（『犬子集（えのこしゅう）』）。

639 ○中村大人　「伊那村大久保、中村新六」（底本頭注）。

641 ○片すだれ　二連の一枚だけを下した簾。

642 ○蓮見　夏の早朝の蓮の開花見物。

643 ○罌粟も白色か。○この句『越後獅子』所収の半歌仙発句。

644 ○けし畑　乙州句に「けし畑や散（ちり）しづまりて

646 卯の花の盛や空もくもり勝(がち)

647 卯の花の雪やあやなき月の照(て)り

648 卯の花や戸ざしもやらぬ夕間ぐれ

649 卯の花の雪に埋れて水車(みづぐるま)

杜若

650 水際(みづぎは)は白縮緬(しろちりめん)や燕子花(かきつばた)

651 是(これ)がその江戸紫や燕子花

仏在世」(『続猿蓑』)。年貢の対象外。

645 ○去来句に「うのはなの絶間たゝかん闇の門」(『猿蓑』)。

---

647 ○あやなき　道理に合わない。卯の花を雪に見立てており、そこに月が照っているので。

648 ○戸ざしもやらぬ　戸締まりもしない。卯の花で明るいので。

649 ○647参照。

650 ○白縮緬　白地の縮緬。白色の燕子花の譬喩。貝原篤信『大和本草』(宝永六年刊)「燕子花(かきつばた)」の項に「濃紫色にして四時花開くあり。又白花あり。猶異品あり」と。○上五「誰(た)が目にも」とも。

651 ○江戸紫　藍色の勝った明るい紫。

筍

652　白あやめ水を後（うしろ）に日に匂ふ

653　花聟の手際所望や燕子花

654　竹の子の育ちから見む四（し）十（じふ）四（し）節（ふし）

655　筍（たけのこ）や露も零（こぼ）さぬ育ちぶり

鍬給りし三澤氏を祝す

656　筍も黄（こ）金（がね）の鍬（くは）の光りかな

出産を祝うて

657　筍や一本で足る男振り

652　○匂ふ　色がよく映える。○脚注650参照。

653　○花聟の手際　燕子花を花嫁の譬喩として、花嫁の披露を求めた。俚諺「いづれ菖蒲か杜若」を利かせての句作。吟松句に「あやめにも似たるや美目の顔よ花」（『詞林金玉集』）。「顔よ花」は燕子花の異名。

654　○四十四節　大竹になる予測。節の数は、筍において決定しているという（上田弘一郎『竹と日本人』）。

656　○三澤氏　俳人。「伊那町福島、名は勘次郎、号は富哉。明治七年三月六日筑摩県権参事正七位高木惟矩より、篤農家として鎌を授けらる。尚慶応の初年には鍬を授けられた由」（底本頭注）。

657　○筍　男児の隠喩。○中七「一本出たる」とも。

里鶏氏の初孫を寿(ことほ)ぎて

658 直(す)ぐなるを見る竹の子の育ちかな

若竹

659 若竹に月の名残や露の音

660 若竹や雀が宿の新(にひ)まくら

661 若竹や露を眺める朝の膳

学校教員の昇進を祝す

662 直(すぐ)なればこそのびつらめ今年竹

若葉

663 重(ぢゅう)づめに泡(あわ)盛(もり)酒や若葉蔭

658 ○里鶏氏　俳人。「富県村福地の人」(底本頭注)。

659 ○露の音　鼠弾句に「葉より葉にものいふやうや露の音」(『あら野』)。

660 ○新まくら　男女が初めて一緒に寝ること。雀を擬人化しての作。

663 ○重づめ　重箱に詰めた料理。

664 もてなしや若葉の上の花松魚（はながつを）

665 うと〱と旅のつかれや若葉かげ

夏木立

666 網を干すとつつき村や夏木立（なつこだち）

667 夏木立宇治（うぢ）は名所の多かりき

合歓の花

668 象潟（きさかた）の雨なはらしそ合歓（ねぶ）の花

669 さゝ鮠（あめ）は子供まかせよ椨（ねぶ）の花

664 ○花松魚　鰹節を花弁のように薄く削ったもの。

666 ○とつつき村　一番手前の村。この句では漁村。一茶句に「とつ付に先（づま）紅葉ゝ（ば）や竜田村」。

667 ○名所　宇治山、宇治川、宇治の渡、宇治橋等（『歌枕名寄』）。

668 ○芭蕉句「象潟や雨に西施がねぶの花」を念頭に置いての句作。○中七下五「雨な降らしそ蝸牛」とも。

669 ○さゝ鮠　小鮠。鮠は淡水魚。同音で「笹飴」（越後名物）を含意させている。○椨　合歓の異名「夜合樹（やがうじゆ）」（中村惕斎（てきさい）『訓蒙図彙』）による和訓であろう。

茄子

670 嬉しさや鬼灯(ほほづき)ほどに初茄子(はつなすび)

671 羽(は)二(ぶた)重(へ)の袂(たもと)土産や初茄子

672 曬(もら)ふ〔う〕てもくれても嬉し初茄子

初夏

673 時めきし魚にあらそふ茄子かな

三子君短夜の折から茄子を曬ひし夢を見られしとき丶て

674 茄子だけは覚えて夢のさめにけり

茂

675 朝(あさ)暾(あけ)を鳩のなき消す茂りかな

671 ○364と類句。

672 ○くれても　与えても。

673 ○時めきし魚　初鰹のこと。一茶句に「馬上からおゝいおいとや初松魚」。

674 ○三子君　俳人。「富県村南福地宮下与一郎」(底本頭注)。

675 ○朝暾　朝になって明るくなること。「暾(ト)」は「アケボノ」「日出ント欲也」(『会玉篇大全』)。

676 遠山もいつか茂りて風の色

百合の花

677 鬼の名は咲きかくされず百合の花

678 花は根に構（かま）はず咲て五月（さつき）百合

桐の花

679 よく保つ俄日和（にはかびより）や桐の花

680 樋（ひ）の口に桴（いかだ）を組（くむ）や桐の花

681 糠（ぬか）雨（あめ）に寒さもちけり桐の花

677 ○鬼の名　『改正月令博物筌』「鬼百合（おにゆり）」の項に「花赤く六弁也。黒点あり」と。

678 ○五月百合　『俳諧歳時記』の「五月」の条に「百合」。○崇徳院歌「花は根に鳥はふるすに返（かへ）るなり春のとまりを知る人ぞなき」（『千載和歌集』）を踏まえての作。

679 ○俄日和　雨が降りそうな天候が晴れること。

680 ○樋の口　水門。○桴「竹木ヲ編ムデ小キ者ヲ桴ト曰（いふ）」（『会玉篇大全』）。

681 ○糠雨　こまかな雨。

麦

682 いつとなく雁(かり)行(ゆく)跡(あと)や麦のいろ

683 走り穂を花と眺めて麦処

夏柳

684 金(こん)神(じん)も鬼門も除(よ)けて夏柳

685 葉柳も日(ひ)覆(よけ)となるや貸座敷

夕顔

686 夕(ゆふ)顔(がほ)やひとりながむる懐手(ふところで)

687 夕顔や日(ひ)掛(がけ)の順の行(ゆき)どまり

683 ○走り穂　他に先がけての穂。源家長歌に「門田うゑし昨日の早苗はやわせのはしりほに出て秋はきにけり」(『夫木和歌抄』)。

684 ○金神　陰陽道で大凶方にいる神。方祟(ほうだたり)の禍がある。

685 ○葉柳　葉の茂った柳。白雄句に「葉柳の寺町過る雨夜かな」(『しら雄句集』)。

687 ○日掛　日掛無尽。○行どまり　全員に行きわたったこと。

688 夕皃（ゆふがほ）や壁に挟（はさ）みし柄なし鎌

689 夕顔や清水の里の仮住居

葱

690 よき風の生れどころや釣葱（つりしのぶ）

691 折れ曲り来る風筋や釣葱

花柚

692 袖笠（そでがさ）や花柚（はなゆ）囉（もら）ひの戻りみち

693 貰ひ人の来て気のつきし花柚かな

688 ○柄なし鎌　刃先だけの鎌。嘱目吟で、「風切鎌」ではない。○上五「行秋の」「冬隣る」「冬ざれや」等とも。

689 ○清水の里　信濃の歌枕の地。斎宮宣旨歌に「まだしらぬ人をこふればしなのなる清水のさとに袖ぞぬれける」（『歌枕名寄』）。

690 ○生れどころや　「風」を擬人化しての表現。

691 ○一茶句に「涼風の曲りくねつて来たりけり」。井月は、嘉永版『一茶発句集』に拠り披見していたか。○中七「通ふ風あり」とも。

692 ○袖笠　袖を笠のかわりにすること。○花柚　柚子の一種。柚子より小ぶり。子規句に「吸物にいさゝか匂ふ花柚哉」。

石菖

694 石(せき)菖(しやう)や焼(せう)酎(ちう)店(だな)の明(あ)け放し

695 石菖やはあげにかゝる刀研(かたなとぎ)

696 石菖やいつの世よりの石の肌

早苗

697 一(ひと)気(け)色(しき)有(ある)や早(さ)苗(なへ)の取残し

698 玉(たま)苗(なへ)や乙女が脛(はぎ)の美しき

699 囉(もら)ひ人の初(しよ)手(て)から有(ある)や余り苗

694 ○石菖 『滑稽雑談』に「四時ありて最清玩とす。夏に許用する事、新葉出るの時をいふ歟(か)」。○焼酎店 『守貞漫稿』に「焼酎、大坂幸町に製レ之家数戸あり。酒粕に籾を交へ蒸て、其酒粕を取る也。又腐酒よりも取レ之也。諸国製レ之。江戸にも有レ之」。

695 ○はあげ 刃の仕上。○中七「仕上にかゝる」とも。

696 ○石の肌 「石菖」の呼称からの発想。青流句に「若鮎やうつゝ心に石の肌」(『住吉物語』)。

698 ○玉苗 早苗。

699 ○初手から 最初から。○余り苗 一茶句に「余苗(あまりなへ)馬さへ喰はず成(なり)にけり」。

青梅

700 青梅や筒井づゝなるその昔

蓴菜

701 蓴菜やときに取ての料理種

夏菊

702 夏菊や陶淵明が朝機嫌

703 夏菊や霧吹いて書く酒筵

704 夏菊や蔵の杜氏の朝掃除

新茶

705 そこらからひと捻づゝ新茶かな

700 ○筒井づゝなる　幼かったころの。○その昔『伊勢物語』の「筒井づゝ」の条の冒頭の「むかし、田舎わたらひしける子どもの」を意識しての措辞。

701 ○ときに取ての　時宜を得た。

702 ○陶淵明「飲酒二十首幷びに序」中の「其五」の「菊を采(と)る東籬の下　悠然として南山を見る」による句作。○「菊さくや陶淵明が酒機嫌」とも。

703 ○酒筵　酒屋の筵暖簾か。○井月付句に「莚暖簾に字を太くかき」(『越後獅子』)。

704 ○蔵　酒蔵。

昼顔

706 飲口（のみくち）を問（とは）れてこまる新茶かな

707 世は花と誉る新茶の薫り哉

708 下戸（げこ）たちは花といひなす新茶哉

709 旋花（ひるがほ）や切れぬ草鞋（わらぢ）の薄くなる

710 旋花の折角（せつかく）さくや庭のうち

711 昼顔やほこりをたつる程の風

706 ○飲口　飲んで感じる風味。普通は、酒の舌ざわりに言われる。

708 ○707の類句。

709 ○旋花　中村惕斎（てきさい）『訓蒙図彙』に「ひるがほ、鼓子花（くしくわ）也。又名二旋花（せんくわ）、旋葍花（せんふくわ）ト一」。

710 ○折角　苦心して。一生懸命。「旋花」を擬人化。

712
昼顔や牛の嗅ぎ行く咲き処（どころ）

712　○芭蕉句「道のべの木槿は馬にくはれけり」を意識しての句作。

秋の部

時候

立秋

713 秋立や糀に換るはした物

714 在宿の札かけさせて今朝の秋

715 秋立や声に力を入れる蟬

713 ○糀　酒、甘酒、醬油、味噌などの醸造の主要原料。『人倫訓蒙図彙』（元禄三年刊）に「麹屋」の挿絵あり。また「糀師」の条に「味噌や、饅頭や等、其外万民これをもちゆ」と。○はした物　はんぱもの。不用品。処分して糀購入の費用に。○上五「初秋や」とも。

714 ○在宿　在宅。

715 ○蟬　秋の蟬（蛁蟟（つくつくぼうし）、茅蜩（ひぐらし））。ただし『改正月令博物筌』の「蛁蟟」の項に「此（この）せみは夏鳴かず。俗にうつくしよしと鳴といへり。しかれども初秋にはいづれのせみもなくなり」と。

716 ○塗り下駄　漆（うるし）を塗った下駄。『我衣』に

716 塗り下駄に妹(いも)が素足や今朝の秋

初秋

717 初(はつ)秋(あき)や分(ぶん)別(べつ)つかぬ鳶(とび)の顔

718 初秋や往(わう)来(らい)端(ばた)の竹細工

719 初秋の心づかひや味噌醤油

残暑

720 夜は夜とて市の賑ふ残暑かな

721 き丶酒の心もとなき残暑かな

「宝永頃より、上方色々の塗下駄を下す。皆女下駄なり。」。○重頼句に「秋や今朝一足に知る拭(のご)ひ椽(えん)」（『俳諧古選』）。

717 ○初秋　『改正月令博物筌』七月の条に「朔日より三、四日をいふ。されど和歌にはひろくよみて七月なかばまでのけしきもよみたり」。○分別　区別。

718 ○往来端　道端。

719 ○心づかひ　心付け。

720 ○夜は夜とて　夜はまた。桐栖句に「夜は夜とて人来て春を語り皃(けり)」（『俳諧発句題叢』）。○市夜市。宝の市（升市）か。柳居句に「飲ほして升を枕や市の月」（『古今俳諧明題集』）。

721 ○き丶酒　酒のよしあしを味わって品評すること。○心もとなき　自信がない。

722 きゝ酒に小首かたげる残暑かな

723 秋も未(ま)だ暑し裏の戸おもての戸

724 秋もまだ暑し祭の客座敷

725 行(ゆく)人(ひと)の笹をかざせし残暑かな

726 油断なく残暑見舞や帘(さかばやし)

727 朝(あさ)寒(ざむ)の馬を待たせた帘

朝寒

722 ○小首かたげる　小首をかしげる。不審がる。

724 ○祭　この場合は「霊祭(たままつり)」のことか。『改正月令博物筌』の七月の条に「十四日より人家に新に棚をまふけ先祖の霊(れい)を祭る也」と。

725 ○笹　七夕の笹。一茶句に「涼しさは七夕竹の夜露かな」。

726 ○帘　脚注344参照。ここは酒屋の意。727も。

729 ○片がり鍋　火の上で傾いた鍋。火箸で調節。

731 ○朱樹叟　「名古屋の士朗」(底本頭注)。士朗は、文化九年(一八一二)没、享年七十一。○久米地の橋　「上水内郡と更級郡の境犀川に架した橋で有名な歌枕」(底本頭注)。士朗句に「山吹

728 朝寒や豆腐の外(ほか)に何もなし

729 朝寒や片がり鍋に置く火ばし

730 朝寒や人の情(なさけ)は我が命

朱樹叟も久米地の橋を見んと、木曽に杖を曳(ひか)れて、しばらくかしこに旅寝して。明治十六年未とし時雨月下浣(かくわん)。

夜寒

731 蕎〔蕎〕麦切も夜寒の里の馳走かな

二百十日

732 翌(あす)しらぬ日和を二百十日かな

九月

733 菊と紅葉名残争ふ九月かな

やくめ路の橋は見たけれど」(『鶴芝』)。よみ人知らず歌に「埋れ木は中むしばむといふめれば久米路の橋は心して行け」(『拾遺和歌集』)。○杖を曳れて　(士朗が)旅をされて(私井月もそれに倣って旅寝して)。○時雨月　旧暦十月の異称。冬の季語であるが、井月は秋の意識か。○下浣　下旬。○蕎麦切　蕎麦のこと。一茶句に「草のとや先(づま)蕎麦切をねだる客」。○中七「夜寒の庵の」とも。

732 ○翌しらぬ　明日がわからない。一茶句に「翌しらぬ盥の魚(うを)や夕涼」。○二百十日　立春から数えて二百十日目。『改正月令博物筌』の七月「二百十日」の項に「今日の風を恐る、は、二百十日は早稲(わせ)の花ざかり」と。

行秋

734 行秋(ゆくあき)や酒沢山を小たのしみ

天文

秋の風

735 大事がる馬の尾筒(をづつ)や秋の風

736 秋風や身方(みかた)が原(はら)の大根畑(だいこばた)

737 草木のみ吹くにもあらず秋の風

小松近衛先生の霊前捻香

738 土用芽(どようめ)のたのみがひなし秋の風

734 ○小たのしみ　楽しみ。「こ」は、語調を整える接頭語。

735 ○大事がる　いかにも大事そうにする。○尾筒　馬の尾にかぶせる袋。

736 ○身方が原　三方原。遠江国(静岡県)浜松の北方。元亀三年(一五七二)、武田信玄と徳川家康が戦った所。○上五「冬ざれや」とも。

737 ○一茶句に「秋の風人の顔より吹きそむる」。子規句に「秋の風われを相手に吹きにけり」。

738 ○小松近衛先生　「伊那里村杉島の人」(底本頭注)。○捻香　拈香。焼香。○土用芽　夏の土用の頃に芽ぶいたもの。○たのみがひなし　土用芽が枯れてしまったこと。○一句全体、小松近衛先生の逝去の隠喩。

天の川

739 飛ぶ星もそれかと見えて銀河（あまのがは）

740 兎（と）角（かく）して明がた近し天の川

741 およびなき星の光りや天の川

盆の月

742 酒の座を皆ちりぐ〵や盆の月

月

743 誰やらが身を泣きしとや秋の月

744 月さゝぬ家とてはなき今宵かな

739 ○飛ぶ星　青藍（馬琴編『増補俳諧歳時記栞草』の増補者）句に「飛ブ星の使はしげしあまのがは」（『古今俳諧明題集』）。○それかと見えて　牽牛星、織女星の使と。○上五「飛ぶ星の」「星とんで」とも。

740 ○兎角して　あれこれするうちに。

741 ○およびなき　及ぶものがない。素晴らしい。

742 ○盆の月　旧暦七月十五日の月。

743 ○誰やら…とや　「かぐや姫」のことか。「月のほどになりぬれば、なほ時々はうち嘆き、泣きなどす」（『竹取物語』）。

744 ○西鶴句に「鯛は花は見ぬ里も有けふの月」「内裏様のとて外になしけふの月」。其角句に「鯛は花は江戸に生まれてけふの月」。

745 旅役者もてはやされて月の秋

746 宵の間(ま)に露けき月の光りかな

747 月の夜やなすこともなき平家蟹(へいけがに)

748 松風を吐き出す月の光りかな

749 出来揃ふ田畑の色や秋の月

750 てる月の露ともならず夜の花

747 ○平家蟹 「本名鬼面蟹をいふ。諸国其地にて憤死せし勇士の名をもて呼ぶ。西国にては平家蟹」(『増補俚言集覧』)。

748 ○松風 謡曲「松風」のシテ。「さては此(こ)松は。いにしへ松風村雨とて。二人の海人(まあ)の旧跡かや」(「松風」)。幻想的滑稽句。「松風」と「謡」は付合語(『類船集』)。

751 ○けふの月 旧暦八月十五日の満月。名月。

752 ○駒の毛色 涼袋句に「駒牽や暮て騣(ゲツキ)を見うしなひ」(『古今俳諧明題集』)。○「駒迎(こまむかへ)」を詠んだもの。去来句に「駒牽(こまひき)の木曽や出らん三ヶの月」。

753 ○月今宵 名月。蕪村句に「月今よひあるじの翁舞出よ」。751・752・753句は

名月

751 山を越(こえ)川越(こえ)けふの月見かな

752 誰(たれ)殿(どの)の駒(こま)の毛色や今日の月

753 酔(ゑひ)てみな思ひ〳〵や月今宵

754 名月や院へ召さるゝ白(しら)拍(びやうし)子

755 名月に寝よとの鐘も聴かざりし

756 名月は空に気の澄む今宵かな

底本とした『井月全集』では「月」の部に置かれているが、「名月」に移した。

754 ○院へ…白拍子　『平家物語』に「抑(そも〳〵)我朝にしら拍子のはじまりける事は、むかし鳥羽院の御宇に、しまのせんざい、わかのまひとて、これら二人がまひいだしたりけるなり。はじめはすいかんにたて烏帽子、白ざやまきをさいてまひければ、おとこまひとぞ申ける」。

755 ○寝よとの鐘　亥の刻(午後九時から十一時頃)に打った鐘。戌の刻説も。『万葉集』に笠女郎(かさのいらつめ)歌「皆人を寝よとの鐘は打つなれど君をし思へば寝(い)ねかてぬかも」。

756 ○気の澄む　「気の済む」(満足する)も含意。

後の月

757 後(のち)の月須磨から連(つ)れに後(おく)れけり

758 いつの間に松を放れて後の月

759 客になる覚悟は持たず十三夜(じふさんや)

760 後の月松風さそふ光りかな

761 臼(うす)を借(かり)杵(きね)を貸(かし)たり十三夜

762 苅り初(そ)めし門田(かどた)祝ひや十三夜

757 ○後の月　旧暦九月十三夜の月。栗名月。○連れに後れけり　歌枕の地のためか。

760 ○脚注748参照。748・760とも、実際に松吹く風のイメージも。

761 ○十三夜も餅を供えた。一茶句に「あてにした餅ははずれて十三夜」。

762 ○門田祝ひ　十三夜を私的な「門田祝」としたということか。不詳。766も同様。

763 芋堀〔掘〕りに雇はれにけり十三夜

764 遠慮なく厠（かはや）あるきや後の月

765 身にあたる風に気の付く後の月

門田

766 秋の田の苅（かり）穂（ほ）祝ひや十三夜

稲妻

767 稲（いな）妻（づま）や藻の下闇に魚（うを）の影

768 稲妻のひかりうち込（こむ）夜（よ）網（あみ）かな

764 ○厠あるき　不詳。飲食を乞い、処々の家の厠を使用し歩くことか。

765 ○風　世俗の風か。芭蕉句に「身にしみて大根からし秋の風」。

766 ○一茶句に「夕月や刈穂の上の神酒（きみ）徳り」「御祝儀と犬にも負（はお）す刈穂哉」。

767 ○中七「網にこたへし」とも。この句形で木鶖編『きせ綿』（嘉永六年刊）所収。

768 ○夜網　夜の漁。投網漁ゆえの「ひかりうち込」表現。

秋の雨

769 よみ懸(かけ)し戦国策や稲光り

770 夕虹に空もち直せ秋の雨

霧

771 朝霧や実(み)のりを急ぐ川の音

772 霧深し駕籠(かご)から捨てた梅の実(さね)

露

773 おどろ野や露にされたる蛇の衣(きぬ)

774 露に実の入(いり)て飜(こぼ)る丶月夜かな

769 ○戦国策　前漢の学者劉向(りゅうきょう)により命名された戦国時代の策士策謀の書。
771 ○実のり　稲の結実。
772 ○梅の実　子規『仰臥漫録』に「梅干の核(たね)ハ幾度吸ハブッテモ猶酸味ヲ帯ビテ居ル。ソレヲハキダメニ捨テ、シマフトイフノガ如何ニモ惜クテタマラヌ」。井月の駕籠に乗った体験の叙述か。
773 ○おどろ野　草木、荊棘の茂っている野。○されたる　さらされている。○蛇の衣　蛇のぬけがら。
774 ○実の入て飜る、　露が散り翻(こぼ)れるさまの表現。
775 ○戸ざゝぬ　戸を閉じない。
777 ○露寒し　『改正月令博物筌』に「秋の末になりて露もむすんで霜とならん

775 露深し草に戸ざゝぬ庵の留守

776 除(よ)け合うて二人ぬれけり露の道

777 露寒し衣(ころも)の勧化(くわんげ)まだ出来ぬ

778 露の音虫の音(ね)色(いろ)に替りけり

779 秋の寂(さび)尽(つき)せぬ露の紀念(かたみ)かな

峰雲ぬしの愛子をかへらぬ旅に送られしときゝて

780 秋の寂つゆも谺(こだま)となる夜哉

とするゆへ、此頃の露はさむくおぼゆる故、つゆさむしといへり」。○衣の勧化　衣服を喜捨すること。『撰集抄』中の増賀上人の逸話「着給ひける小袖衣、みな乞食どもにぬぎくれて、ひとへなる物をだに身にかけたまはず、あかはだかにて下向し給ひける」を踏まえての句作り。芭蕉句に「はだかにはまだ衣更着(きさらぎ)のあらし哉」。

778 ○脚注659参照。

779 ○秋の寂　藤原公蔭歌に「夕日さす外山の梢あきさびて麓の小田もいろづきにけり」（『風雅和歌集』）。○この句、伊那福島の俳人里井(りせ)の父のための悼句の由（底本左注）。

780 ○峰雲　「東春近村殿島飯島源重」（底本脚注）。○つゆ　『改正月令博物筌』

781 乾く間もなく秋くれぬ露の袖

地文

花野

782 休らふ〔う〕て居(を)れば鐘きく花野かな

783 方角を富士に見て行く花野かな

784 切れ味のすゞしき鎌(かま)や野の千草

785 弁当の午刻(ひる)には遅き花野かな

に「くさの葉にもろき露を見てはかなき世をどろき、草のはらよもぎが本のゆふ露になき人をこひ、あだし野の露になき人のをもかげのこるとも」。一茶句に「露の世は露の世ながらさりながら」。

781 ○露の袖　『改正月令博物筌』に「袖の露は、袖にをきたるをも、袖のしめりたるをも云」。「露」と「命」は付合語(『類船集』)。○嘉永五年(一八五二)刊、木鵞の母の追悼一枚摺所収句。

782 ○花野　秋草の咲く野。

783 ○鬼貫句に「馬はゆけど今朝の富士見る秋路哉」。

豊年

落し水　786 足延し手伸し落て行く水か

人事

七夕　787 七夕(たなばた)の夜はかりそめの踊(をどり)かな

788 明ぼのをたよりに星の逢ふ夜かな

789 七夕の夜は常ならず夜這(よば)ひ星

梶の葉　790 その願ひ梶の一葉(ひとは)と思(おも)はれず

786 ○「落し水」(稲を刈る前に田を干すために流し出す水)を擬人化しての作。○上五中七「手を伸し足のばし落て」とも。

787 ○踊　盆踊を意識しての「七夕踊」。「かりそめ」の措辞がそれを示す。柳亭種彦『還魂紙料』に「小女の人情に盆を待かねて、七夕よりをどる故の名なるべし」。○中七「夜をかりそめの」とも。

789 ○夜這ひ星　流星。一茶句に「をり姫に推参したり夜這星」。○芭蕉句「文月や六日も常の夜には似ず」が意識されていよう。

790 ○梶　『改正月令博物筌』に「七夕には七枚の梶の葉に手向の歌をかき五色の糸にまきて屋(ゃ)の上にあげをくものなるよし」。

791 梶の葉や親のなき身の願ひ事

待宵　792 まつ宵やもの学びする軒に寐(ね)し

貸小袖　793 好ましき色とりぐ〳〵や貸小袖

魂祭　794 魂(たま)棚(だな)や拾はれし子の来て拝む

795 拾はれし子の来て取るや苧(を)殻(がら)箸(ばし)

墓参　796 親もちし人は目出度し墓祭り

792 ○まつ宵　旧暦八月十四日。小望月。

793 ○貸小袖　『改正月令博物筌』に「惣じて七夕に供ずる物をかすといふ中にも、いろよき衣をかけわたして是をも手向しなり」。

794 ○魂棚　精霊棚。盂蘭盆会(うらぼんえ)に先祖の霊を迎える棚。○去来句に「玉棚の奥なつかしや親の顔」。

795 ○苧殻箸　魂棚の供え物に添える箸。

796 ○墓祭り　「墓参(はかまいり)」のことか。下五「暮参り」の句形が真蹟にて伝わる。○鬼貫『独ごと』に「中元の日は蓮葉に飯をもり、鯖といふいをに鯖さし入(れい)て、生きる身をことぶき」。

踊

797 盆近し何踊るやら下稽古

798 声かけて盃とらす踊かな

799 母は子の為に案山子の踊りの場

三国志ノ内

800 一踊りして来て酒の未だぬくし

高灯籠

801 消えやらぬうちに更けるや高灯籠

802 露けくも火影たもつや高灯籠

799 ○案山子の踊り　不詳。下手な踊りの意か。『増補俚言集覧』の「か、し揚」の項に「信濃にて十月十五日をカ、シアゲと云、カ、シを祭るなり」とあるが、これは冬の行事。

800 ○三国志　魏・呉・蜀三国の歴史書。関羽が華雄を打った後で曹操がつがせた酒がまだ温かった（酒なほ温き時に華雄を斬る）故事（『三国志演義』第五回）による句作りか。

801 ○高灯籠　盂蘭盆会に七回忌まで立てる丈の高い灯籠。○一茶句に「来て見れば在家也けり高灯籠」。

角力

803 同じ手を二度して勝ぬ辻角力(つじずまふ)

804 勝(かち)負(まけ)にさがなき声や辻角力

砧

805 山の端の月や砧(きぬた)の片明り

806 草樹にも響くや月の遠(とほ)砧(きぬた)

807 酒を売る家に灯(ひ)はなし遠砧

808 酒を売家ははや寝て遠砧

803 ○辻角力　草相撲。

804 ○さがなき声　やかましい声。

805 ○片明り　脚注489参照。○中七「月や鵜舟の」とも。

足柄

809 山姥も打（うつ）か月夜の遠きぬた

鳴子

810 鶏（にはとり）の耳そば立てる鳴子（なるこ）かな

鳥おどし

811 鶴を追ふ手際（てぎは）ではなし鳥おどし

新米

812 餅も酒も皆新米の手柄（てがら）かな

813 新米や塩打つて焼く魚の味

814 方丈へ嫁の使や今年米

809 ○足柄　相模国（神奈川県）足柄山（含公時（きんとき）山）のこと。○山姥　近松門左衛門「嫗山姥（こもちやまうば）」等で知られている坂田金時（怪童丸）の母、坂田時行の妻八重桐のこと。

810 ○鳴子　田畑の鳥獣除けのための音のする様々な仕掛。飼育されていて鳴子とは縁のない「鶏」の描写は、一種の滑稽。○中七「き丶耳立る」とも。

811 ○手際ではなし　ためのものではない。○鳥おどし　鳥獣の撃退装置。

812 ○「新米」を擬人化しての表現。豊作を祝して。

814 ○方丈　寺の住職。○嫁　檀家の農家の嫁。

地蔵祭

815 煩悩の闇路も地蔵祭かな

穂屋祭

816 芒(すすき)さへ花と見られて穂屋祭(ほやまつり)

新酒

817 早稲酒(わせざけ)や店(たな)も勝手も人だらけ

818 杉の葉も自慢ごゝろやことし酒

819 早稲酒や難波長者の笑ひ声

820 早稲酒に誉めそやされつ旅角力(たびずまふ)

815 ○地蔵祭　地蔵盆とも。『改正月令博物筌』の七月二十四日に「諸方地蔵祭」。

816 ○穂屋祭　『増補俚言集覧』に「穂屋祭・信濃」。御射山祭(みさやままつり)とも。『改正月令博物筌』の七月二十七日の同項に「穂屋作りの御神事なり。信濃国諏訪明神、此(この)日薄(すすき)にて神殿をつくる。其(その)外、人家も祭りの程はすゝきをふくなり」。芭蕉句に「雪ちるや穂屋の薄の刈残し」。一茶句に「月かげや山の芒も祭らるゝ」。

817 ○早稲酒　新酒。虚谷句に「早稲酒やほこらにかけし竹の筒」(『続虚栗』)。○店　酒家。

818 ○杉の葉　『滑稽雑談』の「新帘(しんさかばやし)」の項に「今、都城、酒林と称し、

821 早稲酒や自慢せぬ間(ま)に誉めらるゝ

822 早稲酒やくれ振りさへも早や噂さ

823 早稲酒や人の噂も其(そ)の当座

824 早稲酒や朝市ひけし肴河岸(さかながし)

825 取越(とりこし)て米の祝や今年酒

826 よき声のすなり酒屋の酒番目(さかばんめ)

杉葉を以て壺瓶の形を造り、四時に掛たり。「新帘」とは、鄙地には秋月、新酒を売(る)ため幟を掛、或は杉葉、篠葉を軒に釣(る)す類い侍る也」。

820 ○早稲酒に　早稲酒を飲んだ勢いでの意か、早稲酒の飲振での意か。○旅角力　旅興行の相撲。一茶句に「投たのをさすつてやるや旅角力」。○中七「誉めそやしけり」を推敲。

822 ○くれ振り　振舞振り。飲ませぶり。

823 ○人の…当座　諺「人の噂も七十五日」（『譬喩尽』等）を意識した措辞。

825 ○取越て　時期を繰り上げて。

826 ○酒番目　ここでは酒宴の当番の意か。不詳。

827 相伴（しやうばん）の聟（むこ）に飲み勝つ新酒かな

828 新酒とも云はずに古酒の著（いちじる）し

829 貯ひ〔へ〕し古酒に直（ね）をもつ新酒かな

830 孫六の切あじ〔ぢ〕談（かた）る新酒かな

831 善しあしは客の儘なり今年酒

832 親椀につぎ零（こぼ）しけり今年酒

828 ○古酒　殺菌のため火入れをし貯蔵、熟成させた酒。

829 ○直をもつ　値打のある。

830 ○孫六　関孫六。刀工孫六兼元の鍛えた刀剣。○新酒　名柄は、孫六の刃文にちなんだ「三本杉」。

832 ○親椀　大形の椀。

祝ひ

833 老松（おいまつ）も友鶴（ともづる）もあり古酒新酒

加納五声ぬしの新酒披露を寿（ことほ）ぐ

834 味（あぢは）ひは水にかなうて今年酒

豊年

835 早稲酒も半ら肩持つ祭かな

新蕎麦

836 村酒に客もてなすや今年蕎麦

837 新蕎麦や夜（よ）寒（さむ）の客を呼びにやる

838 新蕎麦に味噌も大根（だいこ）も誉められし

833 ○老松も友鶴も　「宮田村山浦山圃方銘酒」（底本頭注）。

834 ○加納五声　俳人。「西春近村下牧、名は与惣、有隣の兄」（底本頭注）。

835 ○祭　米の祝。825参照。

836 ○一茶句に「そば咲て菊もはら〳〵新酒哉」。

837 ○竹泉句に「僧や呼ばん禰宜や招かん走りそば」（『月分新派句選』）。

838 ○味噌も大根も　味噌、大根は、二つながら蕎麦切の「つけ汁」として用いる（『本朝食鑑』参照）。也有句に「大黒の大根を抱たる絵に」との前書のある「新蕎麦をいざや打出の土大根」（『蘿葉集』）。

菊の酒　839 ときめきし炮(はう)ろく蒸しや菊の酒

刺鯖　840 さし鯖は表使か女の児(こ)

841 表から来る刺鯖の使ひかな

動物

鹿　842 痩ながら出る月影や鹿の声

渡り鳥　843 はら〱と木(こ)の葉交(まじ)りや渡り鳥

839 ○ときめきし　時流に乗って栄えての。○炮ろく蒸し　焙烙により魚、野菜を蒸焼きにする料理。○菊の酒　菊酒(きくざけ)。重陽の節句に飲む菊の花を浸した酒。芭蕉句「草の戸や日暮てくれし菊の酒」を意識しての句作り。

840 ○さし鯖　『改正月令博物筌』の「盂蘭盆」の条に「鯖のせ(背)を開きて塩につけ二尾を合して一刺と云。是と蓮の飯(いい)と親族たがひにおくりて今日の祝儀とす」。脚注796参照。○表使　単なる使者役を誇張して表現したもの。841参照。

842 ○痩ながら出る　「月」の擬人化表現。正陣句に「影細きはつかの月や鼠の尾」(『詞林金玉集』)。

雁

844 風さそふ朝の木の葉や渡り鳥

845 初雁や二た立ち三たち越の空

846 雁鳴くや上げ潮はかる夜の船

847 雁鳴くや夜は幾瀬にも見ゆる川

848 さそひあふ湯治迎ひや雁の声

849 雁鳴くや旭の出をいそぐ湖の空

844 ○風さそふ　「風」の擬人化表現。西行歌に「風さそふ花のゆくへはしらねどもをしむ心は身にとまりけり」。

846 ○847参照。○中七「上げ潮乱る」とも。

847 ○幾瀬　多くの瀬。藤原俊成歌に「大井河かゞりさしゆく鵜飼舟いくせに夏の夜をあかすらん」（『新古今和歌集』）。

848 ○湯治迎ひ　治癒した湯治治療者を待ち受けることか。一茶句に「日帰りの湯治もす也春の雨」。

849 ○旭の出をいそぐ　「湖の空」の擬人化表現。

850 酔(ゑひ)醒(ざめ)や夜明に近き雁の声

851 雁鳴くや炭火を移す炉の湿(しめ)り

852 雁の声旅から旅の首途(かどで)かな

帰る燕

853 子供等も羽づくろひして行く乙鳥(つばめ)

国へ帰ると云うて帰らざること三度

854 立ちそこね帰り後(おく)れて行(ゆく)乙鳥

鶉

855 声よさに聴くも難面(つれ)なし片鶉(かたうづら)

851 ○炉　火鉢(の灰)。

854 ○国　井月の故郷越後(新潟県)長岡。○井月の自画像としての一句。

855 ○難面なし　冷淡だ。「片鶉」の擬人化表現。○片鶉　番(つが)いではなく一羽だけの鶉。

856 ○鳥羽　歌枕。京南部の地名。芭蕉句に「鴈さはぐ鳥羽の田づらや寒の雨」。「鳥羽」と「鴈」「鶉」は付合語(『類船集』)。○たじなき　余念なくひたすらに鳴く。擬人化表現。

857 ○深草　歌枕。『改正月令博物筌』の「鶉」の項に「歌には多く深艸野によみ合せて、これ山城の名所なり」。藤原俊成歌に「夕されば野辺の秋風身にしみてうづらなくなり深草のさと」(『千載和歌集』)。○声に日の当る　声が注目され

856　鳥羽へ来てたじなき鶉聞にけり

名所

857　深草や鶉の声に日の当る

858　元政が留守はまれなり啼（なく）うづら

百舌鳥

859　売（うり）に来る鋸鎌（のこぎりがま）や百舌鳥（もず）の声

鴫

860　鴫（しぎ）鳴くや酒も油もなき庵（いほり）

861　鴫なくや宿（やど）引（ひき）戻る手持なき

る、の意の滑稽表現。

858　○元政　深草称心庵（瑞光寺）住の江戸前期の僧、文人。○元政歌に「すまでやはかすみもきりもおり〳〵のあはれこめたる深草の里」（『草山和歌集』）。

859　○鋸鎌　刃が鋸のような鎌。稲や麦を刈るのに用いる。○百舌鳥の声　『改正月令博物筌』に「秋にいたりて声キイと啼」。「鋸鎌」と「百舌鳥」（鵙）の声の取合せ。

860　○鴫　『改正月令博物筌』に「田野の間に住む。夜更て羽を鳴らす。閑寂（さびしき）趣きにて歌人の詠多し」。○油　行灯の油。芭蕉の付句に「あぶらかすりて宵寝する秋」（『猿蓑』）。

861　○宿引　客引き。○手持なき　客がいなくて格好がつかない。

鶺鴒

862 鶺鴒（せきれい）や飛石ほしき朝の川

山雀

863 山雀（やまがら）や愚（おろか）は人に多かりき

鮀

864 星かげは網にこぼれて鮀（あめのうを）

初鮭

865 鮭の登る川風寒し二十日月（はつかづき）

866 初鮭（はつざけ）やほのかに明けの信濃川（しなのがは）

虫

867 虫の音も稀に聞へ〔え〕て草の花

862 ○飛石ほしき 「鶺鴒」の異名が「いしたゝき」(『和歌藻しほ草』)であることからの発想。

863 ○山雀 『本朝食鑑』に「性慧巧テ能囀ス。久養馴致ストキハ則籠中飛舞スル者ノ最巧也」。「慧巧」に対する「愚」。

864 ○鮀 669・768参照。

866 ○信濃川 「千曲川ハ源ヲ甲武信ヶ嶽ニ発シ(中略)越後ニ入テ、信濃川トナリ、新潟ニ至テ海ニ注ク、蓋シ水源ヨリ越後国境ニ至ルマデ、大約六十里、夫ヨリ海ニ至ルマテ四十里、皇国第一ノ長流ナリ」(『信濃国地誌略』)。○中七 「越路の曠（れは）の」とも。

868 虫鳴くや寐よとの鐘も聞(きけ)ぬ庵(いほ)

869 明けかゝる夜(よ)の手間取るや虫の声

870 虫鳴くや嵯(さ)峨(が)に宿借るよしもなき

871 打(うち)返(かへ)す枕に虫の遠(とほ)音(ね)かな

872 おしまげしむぐらの中や虫の声

873 虫は居(ゐ)て夕べを鳴くに草枕

868 ○寐よとの鐘　脚注755参照。

869 ○手間取る　時間がかかる。『改正月令博物筌』に「永き夜を秋の季とするは、夏の夜の余りにみじかきに此月はたゞちに長く覚ゆる故なるべし。八月より九月に渡るべし」。

870 ○嵯峨　藤原実定歌に「かなしさは秋の嵯峨野のきり〴〵すなを古里に音をやなくらん」（『新古今和歌集』）。○よし　手段。

871 ○打返す枕　寝返りを打つ枕。宇路句に「うち返し寐られぬ背戸の蛙哉」（『卯辰集』）。

872 ○むぐら　八重葎などつる草の総称。

873 ○草枕　旅寝。井月の自画像であろう。

蜻蛉

874 蜻蛉(とんばう)のとまりたがるや水の泡(あわ)

875 言分(いひぶん)のなき空合や赤蜻蛉(とんぼ)

876 蜻蛉の夕空頼む九月かな

877 空に散る蜻蛉の群(むれ)や潦(にはたづみ)

878 蜻蛉の罔両(かげぼし)見たり水の泡

蟷螂

張飛

879 蟷螂(たうらう)やもの〱しげに道へ出る

874 ○この句、『家づと集』では桃五(ごとう)句。井月の代作か。○中七「降りんとするや」とも。

875 ○空合　空模様。

876 ○頼む　力とする。暮秋(九月)の「蜻蛉」。「蜻蛉」は七月の季語(『改正月令博物筌』)。

877 ○潦　水たまり。

878 ○罔両　影。脚注329参照。芭蕉の「幻住菴記」の「灯を取ては罔両に是非をこらす」による用字か。

879 ○張飛　『三国志』中の登場人物。関羽とともに劉備に仕えた。豪傑(『三国志演義』第一回)。800参照。

植物

朝顔

880 朝顔(あさがほ)に急がぬ膳や残り客

881 朝顔や膳を急がぬ残り客

882 朝顔の命は其日〳〵かな

883 朝顔に夜曇りはなし花の艶(つや)

萩

884 ちり初(そめ)てしきりに萩の盛かな

880 ○下五「祭り客」とも。

881 ○880の類句。ただし、主客が変換。

882 ○命は其日〳〵　『改正月令博物筌』の「朝㒵(あさがほ)」の項に「朝花ひらき辰の時にしぼむ蔓艸(つるくさ)なり」。一茶句に「蕣(あさがほ)や朝な〳〵のあはれ咲」。

883 ○艶　杜柳句に「降さうな空に含むや花の艶」(『余波の水くき』)。一茶句に「蕣のつや〳〵しさよ家の迹」。

884 ○井月編『家づと集』(元治元年刊)には「しほらしくもいとなつかし」の前書で「ちりそめてから盛なりはぎの花」とも。

885 杖かしてやりたき萩の盛かな

886 白萩や露に争ふ花の艶

荻

887 出後れて泊る舟あり荻の声

柚

桑原てふ里に柚を採りに罷りて

888 遠しともおもはず月の料理ぐさ

女郎花

名所

889 娘へし水よき里の育ちかな

890 娘へし気づよく立てり男山

886 ○883参照。

887 ○荻 『改正月令博物筌』に「風に葉のすれあふ音の秋かなしく聞ゆれば、和歌には大かた風をむすべり」。○表六句中の発句。脇は雲鈴句「影冷かにすめるゆふ月」(『家づと集』)。

888 ○桑原 「南向村の内」(底本頭注)。○料理ぐさ 「ぐさ」は種。料理の材料。

889 ○娘へし 一般的には「女郎花」。『万葉集』に「娘子部四(をみなへし)」の用字(六七五歌)。頼広句に「茶屋ものか行人とむる女へし」(『詞林金玉集』)。○擬人化による句作り。

890 ○男山 山頂に石清水八幡のある京の山。布留今道歌に「をみなへし憂しと見つゝぞ行すぐるおとこ山にし立てりとおもへば」(『古今和歌集』)。○擬人化

鶏頭

891 鶏頭(けいとう)やおのれひとりの秋ならず

西春近村日蓮宗信盛寺会式に望みて

892 鶏頭の曠(は)れがましさや仏(ほとけ)の日

薄

戸田氏の祖母追悼

893 節(ふし)折(をれ)の芒(すすき)眼(め)に付く夕部(ゆふべ)哉

吾亦紅

信濃なる伊那郡に十年の星霜を経て今度古郷へ帰らんと思ひて

894 虫まけもせぬを手柄か吾(われ)亦(も)紅(かう)

散る柳

895 散る柳(やなぎ)二階の簾(すだれ)まかせけり

896 場を替てほす網重しちる柳

による句作り。

891 ○おのれ…ならず　大江千里歌「月見れば千々にものこそかなしけれわが身ひとつの秋にはあらねど」（『古今和歌集』）を意識。

892 ○信盛寺　開山廣政。創立明治十三年（一八八〇）。西春近小出（『南信伊那史料』）。○会式　信盛寺の開山式。御会式（御命講(おめいこう)）は、日蓮の忌日の旧暦十月十三日。○仏の日　会式（開山式）のこと。井月参加。○中七「手がらがましや」とも。

893 ○戸田氏　「上水内郡栄村下長井神主頼司」（底本頭注）。

894 ○虫まけ　一茶句に「茨の花虫まけさへもなかりけり」。○「吾亦紅」は井月の隠喩。

茸

897 朝川を渉(わた)る人あり散柳

898 茸(たけ)狩(がり)や温泉(ゆ)を小休みの先使(さきつか)ひ

899 里の子が草びら取りや茸狩(きのこがり)

900 茸狩や見付日和の俄事

901 茸狩の小荷駄奉行(こにだぶぎやう)や太郎冠者(たらうくわじや)

902 草にぬき笠に並べて木の子狩

897 ○朝川　朝の川。子規句に「朝川の薑(しやうが)を洗ふ匂かな」。○蕪村句「夏河を越すうれしさよ手に草履(ざうり)」が意識されているか。

898 ○小休み　少し休むこと。○先使ひ　先触れ。温泉場への伝達。

899 ○草びら取り　きのこ取り。

900 ○俄事　急な出来事。見付かったので急遽茸狩を。

901 ○小荷駄奉行　武家の職名。収穫した茸の運般責任者を滑稽化しての表現。○太郎冠者　先輩格の召使の通称。この呼称も滑稽化の装置。

902 ○草にぬき　松春編『祇園拾遺物語』(元禄四年刊)中に「かぞへてはすゝきにつなぐ黄蕈(いぐち)かな」(「黄蕈」は羊肚菜(いぐち))。蜂の巣のように穴のあいてい

瓢

903 温泉(ゆ)といはずして茸狩の催(もや)ふかな

904 松茸や薪拾ひの狐(きつね)福(ふく)

905 茸狩や知らぬ祠(ほこら)に手を合す

906 朝市の魚にならべし木(き)の子(こ)かな

出産を祝うて

907 松茸や一本で足る男振り

908 秋も良(やや)面白うなる瓢(ふくべ)かな

る茸）。一茶句に「青芒(すすき)さ、れたうちがはつ茸ぞ」。

903 ○催ふ　集まって行う。名目はあくまでも茸狩。898参照。

904 ○狐福　思いがけない僥倖。「薪拾ひ」の途中で「松茸」を発見。

905 ○祠に手を合す　「狐福」を期待して。○中七「知らぬ社に」とも。

906 ○木の子　『改正月令博物筌』に「和名にきのこと称することは、夫々の木の下に生ずる子のごとしといふ心にて、椎の木の下に椎たけを生じ、榎の下に榎たけを生ずる類なり」。

907 ○松茸　男児の隠喩。657の類句。

908 ○「面白うなる」は、上五、下五の双方に掛る。

南瓜

909 たち割りし南瓜(かぼちゃ)の先(さき)や通(とほ)り雨

910 唐茄子(たうなす)のつけこむ垣の弱さかな

西瓜

911 作事小屋(さくじごや)さして持ち込む西瓜(すいくわ)かな

912 その蔓(つる)の細きには似ぬ西瓜かな

913 秋暑し昼寐の夢に見る西瓜

914 忘れたる野を手かるがる西瓜かな

909 ○中七「西瓜の先や」とも。この句形は『家づと集』では四端の句。井月の代作か。

910 ○唐茄子　南瓜の異名。素堂句に「南瓜(たうなす)やずしりと落て暮淋し」(『とく〳〵の句合』)。「唐茄子とかぼちゃや兄やら弟(おとと)やら」(『柳多留』三十四篇)。○つけこむ　蔓を伸ばすことの擬人化表現。

911 ○作事小屋　脚注583参照。○さして　目ざして。

915 鮪（まぐろ）切る庖（はう）丁（ちやう）は見ぬ西瓜かな

青瓢

916 ふらくとして怪我もなき青瓢（あをふくべ）

蕎麦の花

917 取りとめぬ里（さと）の日和や蕎麦の花

918 取りとめた日和もまたず蕎麦の花

919 糠（ぬか）雨（あめ）は里のこやしや蕎麦の花

920 迷（まよ）ひ入る山に家あり蕎麦の花

915 ○庖丁は見ぬ　「庖丁」の擬人化表現。魚調理用の庖丁がいまだ見たこともない「西瓜」。

916 ○青瓢　「あをびやうたん」「青瓢」の擬人化表現。『改正月令博物筌』に「世俗に青白なる人の面色にたとへたり」。

917 ○取りとめぬ　はっきり定まらない。

918 ○917の類句。

919 ○「糠雨」を「こやし」（肥）に見立てての句。

稲の花

921 夜(よ)は闇と成て明るしそばの花

922 駒(こま)が根(ね)に日和(ひより)定めて稲(いね)の花(はな)

923 小(こ)流(ながれ)に上(のぼ)る魚あり稲の花

924 折(をれ)曲(まが)り水は流て稲の花

925 つゝがなき十日〳〵や稲の花

926 簗掛ける村相談や稲の花

922 ○駒が根　信州（長野県）南部、伊那盆地中央部の地名。

925 ○十日〳〵　『改正月令博物筌』の「二百十日」の項に「今日の風を恐るゝは、二百十日は早稲（わせ）の花ざかり、二百廿日は中稲（なかて）、二百卅日は晩稲（おくて）の花盛り也」。

926 ○簗　水をせき止めて簀（す）で、魚を捕獲する仕掛。

927 ○嵐山　京嵐山（あらしやま）。紅葉の名所。○ふくべ　酒を入れた瓢簞。○豊作予祝の遊興か。○字余り句。

928 ○仕ぐせ　習慣。

929 ○井月編『余波の水くき』（明治十八年刊）所収巻軸句。明治十八年の作。

927 嵐山(らんざん)にふくべ提行く稲の花の盛哉

落栗

928 落栗(おちぐり)や朝起き習ふ子の仕ぐせ

929 落栗の座を定(さだ)めるや窪(くぼ)溜(たま)り

桐一葉

930 是(こ)れ見よと桐は無言の一葉かな

931 人肌に石はさめたり桐(きり)一(ひと)葉(は)

932 猪(ちょ)牙(き)で来し客驚かす一葉かな

○井月（よし貞）歌に「述懐」の詞書で「今は世に拾ふ人なき落栗のくちはてよとや雨のふるらん」。

930 ○季語「桐一葉」による句作り。『淮南子(えなんじ)』巻十六に「見二一葉落一而知二歳之将一暮」（一葉落つるを見て歳の将(まさ)に暮れんとするを知る）。『為尹(ためまさ)卿千首和歌』中「寄桐恋」に「あぢきなき桐の一葉のおちそめて人の秋こそ頓(やが)て見えけれ」。『連歌至宝抄』に「梧桐一葉落知天下秋と作り候」。井月句は、無常か恋か。

931 ○鬼貫句に「なんとけふの暑さはと石の塵を吹(ふく)」。

932 ○猪牙　猪牙船。細長い棚なし小舟。吉原、深川の遊廓通いの客が利用。○客　遊客(ゆうかく)。脚注930参照。

紅葉

933 いつ虫の手をつけ初(そめ)て桐一葉

934 山冷えに濃き薄きある紅葉(もみぢ)かな

935 照り返す紅葉気高き時雨(しぐれ)かな

936 鍬(くは)を取る人の薄着や柿紅葉

937 姿鏡(すがたみ)に映る楓(かへで)の夕日(ゆふひ)かな

938 濃く薄く酔(ゑふ)て戻るやもみぢ狩

933 ○「桐一葉」を茶化した滑稽句。

936 ○「薄柿色」を利かせた句作り。「薄柿色」の野良着。芭蕉句に「川かぜや薄がききたる夕すゞみ」。

937 ○625参照。着想が似ている。

938 ○濃く薄く 「紅葉」の縁語。酒の酔い。『犬子集』に「上戸下戸まじる座敷や村紅葉」。

939 ○注文の 注文通りの。希望通りの。○かしま立 鹿島立。旅立ち。

939 注文のもみぢ日和やかしま立(だち)

940 傾城(けいせい)の朝酒たしむ紅葉かな

941 妻によし妾(めかけ)にもよし紅葉狩

942 撞きもせぬ鐘を見に行く紅葉かな

943 日に乾く露も見らるゝ紅葉かな

944 手の込んだ普請(ふしん)の目立つ紅葉かな

940 ○傾城　遊女。○たしむ　嗜む。たしなむ。○紅葉酒の酔いにも利かせていよう。貞徳句に「酒や時雨のめば紅葉(もみ)ぢぬ人もなし」(『犬子集』)。

941 ○妻に…にもよし　妻にとっても妾にとっても(紅葉狩は)よい遊興。○紅葉狩　『改正月令博物筌』に「山路にもみぢをたづぬるなり」。

942 ○撞きもせぬ鐘　駿河国(静岡県)掛川観音寺の無間の鐘。撞くと無間地獄に落ちる。『東海道名所図会』に「この鐘を撞けば、現世にては無量の財宝を得るといへども、未来は無間地獄に堕落すとなり」。○見に行く　「鐘」「紅葉」双方に掛る。○下五「霞かな」とも。

944 ○948参照。

945 紅葉見に又も借らるゝ瓢(ふくべ)かな

946 鳴く鳥のあとを定める紅葉かな

三石(みついし)途中

947 温泉(ゆ)の利(きき)て廻(まは)り道する紅葉かな

棟上(むねあげ)賀

948 夕栄(ゆふばえ)やもみぢの中のしら幣(にぎて)

鬼灯

949 鬼灯(ほほづき)の色にゆるむや畑(はた)の縄(なは)

950 鬼灯や知らぬ子どもの連(つれ)になる

945 ○瓢　酒器としてのもの。927参照。

947 ○三石　「伊那里村の奥、下伊那郡鹿塩(かしお)の湯の方面」(底本頭注)。

948 ○棟上　柱、梁(はり)の上に棟木(むなぎ)をあげること。○しら幣　白和幣。榊の枝に付ける生地のままの白色の麻、楮の布。棟上に用いる。

949 ○畑　鬼灯畑。『本朝食鑑』「酸醬子(ほほづき)」の項に「今、農家西瓜番椒(たうがらし)ト同ク貨殖ヲ作ス者也」。○縄　盗難被害除けのもの。953参照。○中七「為にゆるむや」とも。

950 ○無邪気な鬼灯盗り仲間ということか。○中七「見知らぬ子さへ」とも。

蓮の実

951 鬼灯を上手(じやうず)にならす醫(ゑくぼ)かな

952 鬼灯や仇(あだ)にながめる植木鉢

953 縄張て青鬼灯の畑かな

954 色白や鬼灯はさむ耳のたぶ

955 鬼灯や青きを染めもし晒(さら)しもし

956 蓮の実の飛びさうになる西日(にしび)かな

951 ○一茶句に「鬼灯の指南をするや隣の子」。

952 ○仇に　婀娜に。色っぽく。

954 ○『栄花物語』の中宮彰子の描写に「御色白く麗しう、酸漿(ほほづき)などを吹きふくらめて据ゑたらんやうにぞ見えさせ給」。子規句に「鬼灯をほうと吹きたる禿(かむろ)かな」。

955 ○鬼灯の殻の変化を「鬼灯」を主体に擬人化して描写した句。

菊

957 鉢（はち）数（かず）にその色分てけふの菊

958 一枝は肴（さかな）代りや菊の花

959 見る人の違（たが）はぬ菊の日和かな

960 よく咲（さけ）ば大事がられて菊の花

961 菊白し露の実の入（いる）軒（のき）の畑

962 霜除（よけ）る菊の小庭やしき松葉

958 ○菊の一枝を愛でながらの一杯。

959 ○違はぬ　思い定めた通りの。

960 ○擬人化的表現。

961 ○露の実の入　菊に下りた露をこのように表現。

962 ○しき松葉　霜除けのための松の枯葉。

963 俤(おもかげ)は斯(か)くぞと菊の枯れにけり

964 霜の菊酒かもす家(や)の暖かさ

965 菊の香(か)や客呼(よび)にやる夕月夜

966 延年(えんねん)の薬も出来て菊の主(ぬし)

967 菊咲や陶淵明が朝機嫌

968 白菊の露にわかるゝ匂ひかな

965 ○837参照。同じ発想の句。蕉門のいわゆる「同巣」の句（『去来抄』参照）。

966 ○延年の薬　重陽の菊酒のこと。貝原好古編録『日本歳時記』（貞享五年刊）に「今日菊花酒をのめば、長寿ならしむ」。

967 ○脚注702参照。

968 ○露に…匂ひ　朝の日差しを浴びての匂い。

ある人を尋ねて

969 何がしと聞き〳〵菊の径(こみち)かな

唐木亭にて

970 白菊や闇にかくれのなき酒屋

梅擬

971 秋経(ふ)るや葉に捨てられて梅擬(うめもどき)

残菊

972 香に誇る私(わたくし)はなし残り菊(ぎく)

末枯

973 末(うら)枯(がれ)や襟かき合す扇(あふぎ)折(をり)

秋雑

974 売(うり)に来る早稲かり鎌やのこぎり歯

969 ○聞き〳〵　聞きながら(行く)。○頭韻による句作り。

970 ○唐木亭　「伊那町上牧菊園の家」(底本頭注)。唐木文左衛門家。代々酒造業(『長野県俳人名大辞典』)。○かくれのなき　白菊が闇の中でもはっきりわかるように、よく知られている。有名な。「闇に」は、序詞的修辞。

971 ○梅擬　『和漢三才図会』に「子を結ぶ初は青色、十月葉落て子紅熟枝幹に添て多美なり」。加生句に「残る葉ものこらずちれや梅もどき」(『あら野』)。○逆転した擬人化的発想で、枝に残っている赤い実を葉に捨てられたと表現。○上五「世の沙汰や」「世のさまや」とも。

975
笠を荷にする旅空や秋の冷(ひえ)

三ツ石にて

976
虫食ぬ十月(じふぐわつ)桃(たう)や温泉(ゆ)の径(こみち)

972 ○私　私心。私情。○菊の異名、隠君子。『改正月令博物筌』に「菊惟(だた)介烈高潔にして百草と其盛衰を同じうせず」。○下五「鳳仙花」とも。

973 ○末枯　草木の先が枯れること。侘しさも含意。○扇折　扇を作る職人。

975 ○荷にする　厄介なものとする（暑くもなく、晴天続きのため）。得志句に「笠ひとつ荷になるみちや冬の旅」（『余波の水くき』）。

976 ○三ツ石　三石。脚注947参照。○十月桃　桃の一種。十月に熟する（諸橋轍次『大漢和辞典』）。

冬の部

時候

初冬

977 初冬（はつふゆ）や清水がもとの燕子花（かきつばた）

978 初冬や庵（いほ）のあたりを去らぬ鳥

979 苫舟（とまぶね）に初冬らしきけぶりかな

977 ○燕子花　『和漢三才図会』に「五月を盛りとす。又、四時に花を開く者有り」。初冬の燕子花。○上五「我冬や」とも。

979 ○苫舟　苫で屋根を葺いた舟。乙由句に「笘舟の隣もなふてちどりかな」（『麦林集』）。○精知編『とくさかり』（慶応三年序）所収句（底本頭注参照）。

寒の入

980 ゆるむ日の罔両（かげぼし）見るや寒の入（いり）

寒さ

981 雲切れて日あしを翫（こぼ）す寒さかな

982 酒となる間の手もちなき寒さ哉

983 降りものは雪ともつかぬ寒さかな

984 何云はん言の葉もなき寒さかな

鐘氷

985 叩ては汲（くみ）とる水や鐘（かね）氷（こほる）

980 ○ゆるむ日　寒さがやわらぐ日。○罔両　脚注329・878参照。○寒の入　冬至から数えて十五日目。

982 ○手もちなき　手持無沙汰の。これといってやることのない。

983 ○降りもの　空から降ってくるもの。雪、霰等。○雪ともつかぬ　雪かどうか見当もつかない。

984 ○何云はん　どう表現したらよいのか。何と言っていいか。○蔵六氏（亀の家蔵六。俳人。本名、松崎量平。明治三十八年没、享年七十九）息の追悼句の由（底本左注）。

985 ○鐘氷　『改正月令博物筌』に「かねの音のさえて氷るが如きなり」。子規句に「湖の静かに三井の鐘氷る」。

冬ざれ

986 冬ざれや身方が原の大根畑

小春

987 賑ふや小春の市の独楽廻し

988 小春にも盛りのあるや昼の月

春待

989 鉄漿親をきめて春待つ娘かな

990 春を待つ娘心や手鞠唄

991 庵の夜や春待兼て人のよる

986 ○冬ざれ　いかにも冬らしい様子。『改正月令博物筌』に「冬の物さびしき心にあらず」。子規句に「冬ざれの厨に赤き蕪かな」。○身方が原　脚注736参照。○上五「秋風や」とも。

987 ○小春　春のように暖かな旧暦十月。○独楽廻し　曲芸。独楽の曲回し。『貴賤上下考』(弘化四年序)に「源十郎などはこま廻しにて、香具師なり」。

988 ○昼の月　東順句に「昼の月ぬるさ尋ん三輪の森」(『虚栗』)、「ぬるさ」は寝時の意)。

989 ○鉄漿親　はじめて鉄漿を用いてお歯黒にする時、世話をする女性。

990 ○手鞠唄　童女が手鞠をつく時の唄。新年(春)の季語。一茶句に「手まり唄一ヒ二フ御代の四谷哉」。

師走

992 言伝手（ことづて）を忘れて仕舞ふ師走かな

993 朝市の昼へ待〔持〕越す師走かな

994 鍛冶（かぢ）の槌（つち）桶屋の槌も師走かな

冬至

995 帘（さかばた）に旭（ひ）のいろ栄（はえ）る冬至かな

996 なにがなと冬至の門へのぞきけり

歳の暮

997 ないそでをなを〔ほ〕ふる雪の歳暮（せいぼ）かな

991 ○人のよる　人の寄る。
992 ○言伝手　ことづけ。伝言。高明句に「言伝や詞の花の枝くばり」（『大海集』）。
993 ○持越す　継続する。（朝市が）昼まで続く。
994 ○槌　鉄槌、木槌など。
995 ○帘　脚注344参照。
996 ○なにがなと　なにか（面白いことは）ないかなと。○門　寺の門か。凡兆句に「門前の小家もあそぶ冬至哉」。○冬至　『日本歳時記』に「陽気の始て生ずる時なれば、労働すべからず。安静にして微陽を養ふべし。閉戸黙坐して、公事にあらずんば出行すべからず。又奴僕をも労働せしむる事なかれ」。「閉戸」の風習に反して出行する人物。井月の自画像か。

998 行く年や尾鰭（をひれ）も広き鮭の魚

999 帘に近道もなし年の暮

天文

初時雨

1000 売に来る薄塩物や初しぐれ

1001 紙漉（かみすき）の天気都合や初雺（はつしぐれ）

1002 初時雨（はつしぐれ）榎（えのき）はづるゝ日脚（ひあし）かな

---

997 ○俚諺「ない袖ふる」(無理質段する)を裁ち入れての句作り。西鶴『世間胸算用』「伊勢海老は春の栬(もみぢ)」に「伊せゑびの名代に車ゑび、いかにしてもかり着のごとく、ない袖ふる人は是非もなし」。「ふる」は「振る」(袖)、「降る」(雪)の掛詞。

999 ○帘　995参照。ここは酒店の意。

1000 ○薄塩物　魚などの塩加減の薄い加工物。冬季は塩分を必要としない。信浄に「うす塩やふりみふらずみあめの魚」(『詞林金玉集』)の滑稽句。

1001 ○天気都合　天気事情。○初雺　初時雨。「雺」は、『元和本下学集』『増補下学集』(寛文九年刊)に「雺(シグレ)」と。

時雨

1003 はつ時雨鯉も浮(うく)がにのぞく池

1004 暇乞(いとまごひ)
初時雨からおもひ立(たつ)首途(かどで)哉(かな)

1005 原里ぬしの需(もとめ)に応じて
猿(さる)もなけ虎(とら)も嘯(うそぶ)け初しぐれ

1006 時雨(しぐ)るや馬に宿貸す下隣(したどなり)

1007 はれくちの初手(しよて)から見ゆる時雨かな

1008 時雨(しぐ)れても中〱ぬくき庵(いほり)かな

1003 ○浮がに　浮いてくれたらなと。「がに」は、希望表現の接続助詞。

1005 ○原里　俳人。「赤穂村の問屋にて原源八」（底本頭注）。「赤穂村」は、今の駒ヶ根市赤穂。○画讃を望まれての句であろう。○虎も嘯け　『毛吹草』に「とらうそぶけば風さはぐ」。○芭蕉句「初しぐれ猿も小蓑をほしげ也」（『猿蓑』）が念頭にあろう。

1006 ○馬に宿貸す　池月句に「馬宿（うまやど）に牛もとまるや積る雪」（『余波の水くき』）。「馬宿」は、馬を預る備えのある宿屋。○下隣　下手に当る隣の意か。黄宇句に「隣家（となりや）もなくて住よし蔦紅葉」（『余波の水くき』）。○下五「冬隣」とも。

1009 しぐれても流石（さすが）にぬくし帘（さかばやし）

1010 良（やや）有て田へ移り行く時雨かな

1011 掃（は）きよせて時雨の音を聴く落葉

1012 風呂焚や時雨の庵（いほ）の主（ある）じぶり

1013 枯れ蓮も眺められたり時雨の日

1014 霎（しぐれ）まつ柴の庵（いほり）のけぶりかな

1007 ○はれくち　晴口。晴れとなった天候。○初手　最初。○風山句に「晴行や波にはなるゝよこしぐれ」（『桜川』）。

1009 ○帘　脚注344参照。○ぬくし　「帘」に対する井月の感情。

1015 時雨（しぐ）るゝや清水がもとの燕子花（かきつばた）

1016 水ぬくし時雨の空を燕子花

1017 積み込みし俵（たはら）にぬくきしぐれかな

1018 狐火（きつねび）の次第に消えて小夜時雨（さよしぐれ）

1019 時雨来る榎（えのき）が本の小家かな

木枯

1020 凩（こがらし）やとまり烏の横にゆく

1015 ○977と類句。

1017 ○積み込みし　船や車に。

1018 ○狐火　山野に出現する怪火。燐化水素による自然現象。一茶句に「ついそこに狐火もえて春の月」「狐火の行衛見送るすゞみ哉」。「狐火」が冬の季語として定着するのは明治時代（『新修歳時記』参照）。

1019 ○榎　1018とのかかわりで、あるいは装束榎か。馬琴『俳諧歳時記』の「王子の鬼火」の項に「江戸近郷王子村稲荷の森辺に装束榎といふ榎樹あり。毎年十二月晦日の夜半、この木の下にて群狐火をともす也。その鬼火（きつねび）を以（もって）農民、明年の豊凶を卜（ぼく）す」。

1020 ○とまり烏　泊烏。ねぐらに帰る烏。

初雪

1021 遠山の初雪(はつゆき)見する日和かな

1022 初雪や紫(むらさき)手(た)綱(づな)朱(あけ)の鞍(くら)

1023 初雪や小(こ)半(なから)酒(ざけ)も花ごゝろ

1024 初雪や目上の人を呼びにやる

1025 初雪や手に汗握る料理人

1026 兎角して初雪消(けす)な料理人

1021 ○「日和」(上天気)の擬人化表現。

1023 ○小半酒　二合五勺の酒。少量の酒。○花ごゝろ　陽気な気分。野坡の付句に「人の物負(はお)ねば楽な花ごゝろ」(『炭俵』)。○上五「春の日や」「雪の日や」とも。

1025 ○手に汗握る　緊張する。熱中する。「初雪」の消えぬ間の料理。雪見の宴であろう。雪見船か。1026参照。○料理人　料理することを業とする人。三喜句に「料理人もかき初をする鰹哉」(『詞林金玉集』)の滑稽句。

1026 ○兎角して　あれやこれやと料理が手間取って。○消な　(調理の終らないうちに)雪を消してはいけないぞ。

1027 ○初雪　馬琴編・青藍補『増補俳諧歳時記栞草』

雪

1027 初雪は顔洗ふ間（ま）の眺めかな

1028 打解て落人（おちうど）囲ふ深雪（みゆき）哉

1029 雪の興梅もさくらも右ひだり

1030 雪の歩（あゆみ）歯のたけ下駄の小道哉

1031 起る竹寐る竹雪の谺（こだま）かな

1032 山までは幾（いく）度（たび）も来て雪おそし

（嘉永四年刊）に「初雪は積らぬさまによめり。故に消（ゆき）るといひても冬なり」。芭蕉句に「はつゆきや幸（いさ）庵（ひは）にまかりある」。

1028 ○落人　戦に敗けるなどして逃げている人。

1029 ○興　座興。季吟句に「かれ木にも花さきの宿や雪の作」（『山の井』）。吟松句に「つむ雪は花のふったる見物（みもの）哉」（『詞林金玉集』）。「枯木に花」の興。○芭蕉句「両の手に桃とさくらや草の餅」が意識されているか。

1030 ○歯のたけ下駄　竹の幹を二つ割にした下駄。歯の部分は当然、竹。長翠句に「竹下駄の心つめたし初蛍」（『俳諧発句題叢』）。○上五「雪の丈」の説（竹入弘元氏）も。

1033 雪の日や無尽済(すみ)ての送船(おくりぶね)

1034 松の雪暖かさうに積りけり

1035 畳みかけて降る雪消えぬ覚悟かな

1036 雪の日や酒の機嫌を訪(とひ)に寄(よ)る

1037 雪(ゆき)散(ちる)や黒(くろ)羽(は)二(ぶた)重(へ)の五(いつ)ツ紋(もん)

1038 雪散るや鉢の覇王樹(さぼてん)まだ裸(はだか)

1033 ○無尽　無尽講。掛金を持ち寄り、抽籤等で順番に掛金を給付する庶民の金融組織。○送船　無尽講の遠来の客を乗せて送る船。

1034 ○雪を綿に見立てての句作り。維舟句に「つむ雪の綿に和(やはら)ぐや松の声」(『詞林金玉集』)。

1035 ○畳みかけて　どんどんと続けて。○雪の擬人化表現。滑稽句。

1036 ○酒の機嫌　酒を飲んでいるかどうかを。飲み仲間訪問。相伴に。

1037 ○黒羽二重　黒色に染めた礼装用羽二重。○五ツ紋　羽織、着物についている五箇所の紋所。井月の自画像か。一柳句に「袴着て武士(もののふ)ぶりや筆はじめ」(『余波の水くき』)。

1038 ○まだ裸　雪覆をしていないこと。覇王樹は、江

1039 雪散るや酒屋の壁の裏返し

1040 世の塵を降りかくしけり今朝の雪

1041 莚帆(むしろほ)に風筋(かざすぢ)見せる粉雪(こゆき)哉(かな)

1042 何がなとこゝろ遣ひや雪の宿

1043 雪の日や鬮(くじ)とり当てゝ蓑(みの)を着る

1044 錦木(にしきぎ)や百夜車(ももよぐるま)の雪の道

戸時代初期渡来。

1039 ○壁の裏返し　両面の壁で、一方を塗って乾いた後で反対側の壁下地を塗ること。酒屋の普請。素牛句に「新(あら)壁や裏も返さぬ軒の梅」(『藤の実』)。

1041 ○莚帆　莚をつなぎ合せて帆としたもの。

1042 ○何がなと　何かやることはないかと。

1043 ○無尽講の結果を詠んだものであろう。1033参照。

1044 ○錦木　陸奥の習俗で、男が恋する女の家の門に立てた五色に彩色した一尺ほどの木。女が応ずる場合は取り入れる。大江匡房(おおえのまさふさ)歌に「思ひかねけふたてそむる錦木の千束(ちつか)もまたであふよしもがな」(『詞花和歌集』)。○百夜車　深草四位少将が小野小町のもとに百夜通った牛車。謡翁柳川君の尊父、死出の旅路に趣き給ひしを悼（いたみ）て、捻香に換るものは柳の家井月拝。

1045 西方（さいはう）をこゝろに雪の首途（かどで）かな

小町谷鹿笛ぬしとは年頃わりなき飲友なりしに云々。管鮑の如く、泪も氷りて胸裏を寒からしむ。捻香に換へて禿筆を採り即身仏を心におもふ。

雪仏

1046 俤（おもかげ）の眼にちらつくや雪仏（ゆきぼとけ）

初霜

1047 霜はやし今に放さむ籠の虫

1048 霜風や伊勢の下向の迎ひ馬

1049 初霜の心に鐘を聴く夜かな

曲「通小町（かよいこまち）」に「思ひもよらぬ車の榻（しじ）に、百夜通へと偽りしを、まことと思ひ、暁毎に忍び車の榻に行けば」。○「錦木」習俗と深草少将の百夜通い伝説とを合わせて一句に構成。

1045 ○翁柳川　俳人。「翁は姓、柳川名は杢三、美篶村青島の人、明治四十年歿す」（底本頭注）。○西方　西方浄土。娑婆世界に対しての阿弥陀仏の浄土。○首途　死出の旅路への。○追悼句。柳川の父は、明治十六年（一八八三）十月没、享年七十八の由（底本頭注参照）。

1046 ○小町谷鹿笛　俳人。「赤穂村の人。明治十一年冬歿」（底本頭注）。○管鮑の如く　中国春秋時代の管仲と鮑叔（ほうしゅく）の交り（管鮑の交り）のようであり。

霰

1050 霰（あられ）にも夕栄（ゆふばえ）もつや須磨の浦

1051 麁（そ）相（さう）でもしたやうに降（ふる）霰哉

冬の月

1052 桐の実の鳴る程なりて冬の月

1053 肴（さかな）から酒をもとめて冬の月

1054 松よりも杉に影あり冬の月

『列子』の「力命」に「管仲嘗て嘆じて曰、吾少（わか）うして窮困せし時、嘗て鮑叔牙と賈（こ）し、財を分つに多く自ら与ふ。鮑叔我を以て貪（たん）と為さず。我が貧しきを知ればなり」ではじまるエピソードが見える。○雪仏　雪を固めて作った仏の像。鹿笛を指す。

1047 ○今に　すぐに。

1048 ○霜風　霜のおりそうな風。○伊勢参り風景の句。

1050 ○夕栄　夕方、物が美しく見えること。○須磨の浦　歌枕。脚注257参照。

1051 ○麁相…やうに　大、小便をもらしたように。俳諧的卑俗表現。

1052 ○桐の実　希因句に「桐の実の吹（かふ）れ〳〵てはつしぐれ」（『古今俳諧明題集』）。○中七「鳴（なり）草臥て」とも。

地文

氷

1055 出来上る其日(そのひ)普請(ぶしん)やはつ氷(こほり)

1056 われるのはとける下地か厚氷

1057 はつ氷朝顔ほどの盛(さかり)かな

1058 それと見る魚(うを)かげもがな薄氷

枯野

1059 曬(もら)ふ〔う〕たる火(ひ)種(だね)なくする枯野かな

1055 ○其日普請　一日だけでの建築。豊臣秀吉の一夜城（箱根石垣山の城）を念頭においての句作か。

1057 ○下五「命かな」とも。

1058 ○魚かげもがな　魚影があったらなあ。

1059 ○火種　八坂神社（祇園神社）の「朮祭(おけらまつり)」の火種。鬼貫『独ごと』に「手毎に火縄かひふりて、いさみもて帰るは、あすの竈を賑しそめんとならし」。

人事

芭蕉忌

1060 我道の神とも拝め翁の日

1061 明日知らぬ小春日和や翁の日

神楽

七十五社

1062 さまぐの面数ありて里神楽

1063 しめやかに神楽の笛や月冴る

神の留守

1064 日和にも腰折のして神の留守

1060 ○翁の日　芭蕉忌。翁忌とも。芭蕉は元禄七年（一六九四）十月十二日没、享年五十一。

1061 ○小春日和　支考『笈日記』（元禄八年刊）の十月十二日の条に「その日は小春の空の立帰りてあたゝかなれば、障子に蠅のあつまりいけるをにくみて、鳥もちを竹にぬりてかりありくに、上手と下手のあるを見ておかしがり申されしが、その後はたゞ何事もいはずなりて臨終申されけるに、誰もく茫然として終（ひつ）の別とは今だに思はぬ也」。

1062 ○七十五社　「南向村四徳の中古以来の氏神」（底本頭注）。○面　神楽面。

1064 ○腰折のして　曲がってしまった腰を伸ばして。○神の留守　旧暦十月。

豊明節会

1065 豊の明り檜垣の茶屋のもん日かな

蛭子講

1066 羅は当座帳なり夷講

1067 誉めそやす鉢の蘇鉄や夷講

1068 酒好きの取持顔や蛭子講

1069 掛け引は当座帳なり夷講

1070 下戸ならぬ取もち顔や夷講

1065 ○豊の明り 豊明節会。酒を飲んで催す宴会。○檜垣の茶屋 遊女檜垣嫗が営む茶屋の意か(『袋草子』参照)。架空の引手茶屋か。不詳。○もん日 紋日。遊里での五節句等、特別の日。

1066 ○羅 穀を買い入れること。○当座帳 仕分けをしないで順番に記録する帳簿。多忙のため。○夷講 『改正月令博物筌』十月二十日の条に「此日、商家一統にいはひ日として、戎(えびす)を祭り酒宴を催して客をもまねく」。

1068 ○取持顔 主人のもてなす顔つき。

1069 ○掛け引 商売の交渉。○1066の類句。

1070 ○1068の類句。

1071 下戸の座の笑ひ小さし蛭子講

1072 下戸ならぬこそよけれとや夷講

1073 此人にしてこの魚や夷講

1074 此上もなき取持や夷講

網代守

1075 物好きに日和蓑着て網代守

薬喰

1076 薬喰相客のぞく戸口かな

1073 ○此人　恵比須様。七福神の一。○この魚　鯛。良保に「ゑびす殿の牲（いけにへ）なれや桜鯛」（『詞林金玉集』）の滑稽句。「夷（エビス）」と「鯛」は付合語（『類船集』）。

1075 ○日和蓑　好天に着る蓑の意味の井月の造語か。一茶句に「ことしからまふけ遊びぞ日和笠」。○網代守　篝火を焚き網代の番をする男。躬恒歌に「川上にしぐれのみふるあじろ木にもみぢ葉さへぞおちまさりける」（『古今和歌六帖』）。

1076 ○薬喰　『改正月令博物筌』に「鳥獣の肉、其外陽物を食して寒をふせぐをいふ」。○相客　来合わせた客。○のぞく　一部分が見えている。

冬籠

1077 見てとりし後(うしろ)姿(すがた)や薬喰

1078 師走なぞあたりへよせず薬喰

1079 薬喰した夜は聴かず松の声

1080 注文の炭よ松葉よ冬(ふゆ)籠(ごもり)

1081 鶯の餌(あ)種(じき)囲(かこ)ふ〔う〕て冬籠

1082 鉢に見る梅の莟(つぼみ)や冬籠

1077 ○見てとりし　誰であるか見抜いた。○1076と同じ発想。

1078 ○よせず　近寄らせない。「師走」を擬人化。寒さ知らず。

1079 ○1078と同じ発想。

1080 ○松葉　炭の焚付のための松葉。一茶句に「翌の茶の松葉かくらん秋の雨」。

1081 ○餌種　餌として与える食物。

1082 ○移竹句に「鉢の梅待(つま)も二粒三粒かな」。○上五中七「赤みもつ鉢の莟や」とも。

1083 花数を囲ふ小鉢や冬籠

1084 窓一つ思ひのまゝや冬籠

1085 酒といふ延齢丹や冬籠

1086 一字づゝ孫に教へて冬籠

1087 朝夕に大根の恩や冬籠

埋火

1088 埋火や何を願ひの独りごと

1083 ○脚注1082参照。

1084 ○窓一つ　李東句に「窓ひとつ有(る)とて暮る春日哉」（『卯辰集』）。

1085 ○延齢丹　健康常備薬。『毛吹草』の「山城　畿内」の「名物」の条に「延寿院延齢丹」。○諺に「酒は百薬の長たり」（『譬喩尽』）。○この句、井月編『余波の水くき』（明治十八年刊）では竹隠妾の作。井月の代作か。

1088 ○埋火　灰に埋めた炭火。

紙衣

1089 羽二重の上に着こなす紙衣(かみこ)かな

1090 精進(しやうじん)のものを嗜(たしな)む紙衣かな

紙衾

1091 浮雲気(あぶなげ)な富は願はず紙衾(かみぶすま)

火桶

1092 活(いけ)る間の花をながめて桐火桶(きりひをけ)

火燵

1093 家例までつい待ちかねて置火燵(おきごたつ)

1094 子供等が寒うして行く火燵かな

1089 ○羽二重　脚注364・1037参照。○紙衣　和紙に柿渋をぬって、夜露にさらし、もみやわらげた衣服。芭蕉句「狂句こがらしの身は竹斎に似たる哉」の前書に「笠は長途の雨にほころび、紙衣はとまり〳〵のあらしにもめたり」(『冬の日』)。○井月の自画像か。

1090 ○精進　精進料理。魚介、肉類を用いない料理。○紙衣　紙衣を着た人、の意。子規『俳諧大要』(明治三十二年刊)に「「うたふ頭巾かな」といふ続きにて、頭巾着た人が謡ふとなること、俳句に於て通例の句法なり」。○井月の自画像か。

1091 ○浮雲気　「浮雲(あぶなし)」(『節用集大全』)。「気」は「…の様子」。○紙衾　紙で作った夜具。

榾火

1095 奢る座を逃(のが)れ支度や置火燵

1096 若後家の目利き次第や置火燵

1097 不(ふ)届(とどき)な宿の馳走や置火燵

1098 行(ゆき)暮(くれ)し越(こし)路(ぢ)や榾(ほた)の遠(とほ)明(あか)り

1099 腹に合ふもの拵(こしら)へる榾(ほた)火(び)かな

由井民部修行中

1100 ひそ〳〵と何料(れう)理るやら榾明り

1092 ○桐火桶　桐の幹で作った火鉢。

1093 ○家例　その家での習慣。家例よりも早めに置火燵を設置。

1095 ○奢る座　分不相応に贅沢な接待の座（で居心地が悪い）か。不詳。

1096 ○目利き次第　目配り次第。気が利き次第。

1097 ○不届な　行き届かない。○馳走　もてなし。芭蕉の付句に「旅の馳走に有明(ありあか)しをく」（『猿蓑』）。新花句に「草の戸に蠅も居ぬ日を馳走哉」（『余波の水くき』）。

1098 ○榾　炉や竈(かまど)で使う薪。○井月の帰郷体験か。○中七「山路や榾の」とも。

1100 ○由井民部　由井民部之助橘正雪。由井正雪。慶安四年（一六五一）没、享年四十七。

炭

1101 炭の香や尾ひらをつゝむ魚の丈(たけ)

柴漬

1102 柴漬(ふしづけ)や罪作るにも場所選(えら)み

1103 柴漬や拵(こしらへ)淀(よど)に魚(うを)の影

袴着

1104 袴着(はかまぎ)や尻鞘(しりざや)かけし刀持

1105 袴着に持ち込む老の祝ひかな

1106 袴着や酒になる間(ま)の座の締(しま)り

1101 ○尾ひら　底本、「尾ひれ」の誤刻か。386・998参照。あるいは「御平」(おひら)(大平わん)のことか(『上伊那方言集』)。

1102 ○柴漬　『改正月令博物筌』に「生柴を枝葉とも三、四尺づゝに切て川水の浅きところに積事、水の面より少し高し。左すれば雑小魚(ざこ)は柴の下に集る」と。

1104 ○袴着　『改正月令博物筌』の十一月の条に「民家の男子五歳になる時は、此月吉日をゑらび袴着ととなへて碁盤のうへにて上下(かみしも)を着(き)る」。子堂句に「袴着や子の草履とる親心」(『雑談集』)。○尻鞘　太刀の鞘を包む毛皮の袋。○この句は武家の袴着か。

1106 ○この句、『井月の句集』(大正十年十月刊)の編者

節分

1107 節分や又とり出（いだ）す延喜式

1108 年の豆鬼とりひしぐ礫（つぶて）かな

1109 三方（さんばう）の豆にも添へよ熨斗（のし）包（づつみ）

納豆

1110 室（むろ）咲（ざ）きの花におとらぬ納豆（なつと）かな

風呂吹

1111 風呂吹や降（ふる）は〱と人通り

氷餅

1112 その里の古（いにし）へぶりや氷餅

空谷下島勲の袴着の折の句の由（底本左注）。

1107 ○延喜式　平安中期の法典。『嬉遊笑覧』に「昔はかたくろしき事をいふ者をば延喜式と云へり」。○一句、なにかというと「延喜式」を持ち出す人物をやや茶化しての滑稽句か。ただし、「延喜式」に「追儺」の記述はある。

1108 ○とりひしぐ　おしつぶす。和歌に「拉鬼体」「鬼拉体」。

1110 ○納豆　一茶句に「百両の松をけなして納豆汁」。

1111 ○降は〱　雪が。

1112 ○氷餅　寒中にさらし凍らせた餅。信州の名産。「浅間信濃」と「氷餅」は付合語（『類船集』）。

湯豆腐

1113 柚の匂ひ豆腐の軽み覚えけり

鶏卵酒

1114 別れ端(ばな)のきげむ直しや玉子酒

餅搗

1115 餅(もち)搗(つき)や恥(はづか)しながら聟(むこ)と嫁(よめ)

鉢叩

1116 有(あ)りし世の憂(う)さをも語れ鉢(はち)叩(たた)き

寒声

1117 寒(かん)声(ごゑ)や何に成(なる)児(こ)かしらねども

歳暮

衣配

1118 色わけは弁(べん)の内(ない)侍(し)か衣(きぬ)配(くばり)

1115 ○餅搗　男女交合の隠喩を含意させての中七下五文字。一茶句に「高砂のやうな二人や餅をつく」。

1116 ○鉢叩き　『改正月令博物筌』の十一月十三日条に「空也堂の僧、今日より四十八日の間、洛中洛外の火葬場を巡りて瓢簞をたゝきて高声に念仏和讃を唱ふ」。

1117 ○寒声　『改正月令博物筌』に「謡(うた)ひ、端歌など諷(うた)ふ者、寒風に向ふて修行す」。

1118 ○弁の内侍　鎌倉中期の女流歌人。○衣配　『改正月令博物筌』に「年のくれに人々の装束などをやんごとなきかたにくばらせ給ふ云々。(中略)民間にも親属、奴婢などにあたゆるしきせ処物(つぶ)などもみなきぬくばりなり」。弁内侍の

煤払

1119 迷惑の日も家礼（かれい）とや煤払（すすはらひ）

年忘

1120 鬢（びん）鬚（ぴげ）も染めたき夜なり年忘れ

1121 そゝのかす狐（きつね）狸（たぬき）や年わすれ

1122 朝の間に文（ふみ）使（づか）ひして年忘れ

1123 若後家のあたりに酔うて年忘れ

梅里先生のもてなしに預りて

1124 飲み喰ひの心に合ふや年忘れ

元日拝礼の歌に「今日ぞとて袖をつらぬるもろ人のむれたつ庭にはるは来にけり」（『弁内侍日記』）。

1119 ○煤払　西鶴『世間胸算用』中「芸鼠の文づかひ」に「毎年煤払は極月十三日に定めて」とあるが、「家礼」（その家独自の礼儀作法）によった。

1120 ○鬢鬚も染めたき　謡曲「実盛」中の詞章「老武者とて人々に、侮（あなづ）られんも口惜しかるべし、鬢鬚を墨に染め、若やぎ討死（うちじに）すべきよし」を意識しての措辞。

1121 ○狐狸　人をたぶらかす人々。

1123 ○1096参照。

1124 ○梅里先生　俳人。「赤穂の人」（底本脚注）。「赤穂」は今の駒ヶ根市。○心に合ふ　満足する。

動物

1125 旭(ひ)は浪(なみ)を離(はな)れぎはなり鷹の声

1126 鷹鳴くや日を遮(さへぎり)て何か降る

1127 鷹(たか)匠(じやう)の洟(はな)すゝり込(こむ)旭(あさひ)かな

1128 旭の匂ふ裏見が滝や鷹の声

1129 鷹鳴くや富士に曇りのなき夕(ゆふべ)

1125 ○中七「離れころなり」とも。

1128 ○匂ふ　照り映える。○裏見が滝　脚注64参照。

1129 ○「鷹」と「富士」は付合語（『類船集』）。

千鳥

後藤紫水氏の老祖母の高年を寿(ことほ)ぎて

1130 鷹鳴くや朝日のとゞく峰の松

1131 時雨ともならで夜更けし千(ち)鳥(どり)かな

1132 釣棚は焚(たく)にも足らずなく鵆(ちどり)

1133 酒さめて千鳥のまことときく夜(よ)かな

1134 ぬけ星は石ともなるか鳴く千鳥

1135 粥(かゆ)烹(にる)や手に取るやうに鳴く千鳥

1130 ○後藤紫水　「赤穂村後藤鹿次郎」（底本頭注）。○中七「旭(あさひ)に匂ふ」「旭の匂ふ」とも。

1131 ○中七「ならで夜深き」とも。

1132 ○釣棚　茶の湯に用いる棚。○焚にも足らず　謡曲「鉢木」の詞章「某(それがし)が秘蔵にて候へども、今夜のおもてなしに、これを火に焚きあて申さうずるにて候」を意識しての措辞。

1133 ○千鳥のまこと　『改正月令博物筌』に「鳴音の寒深く、あはれなるこゝろをもいふ」。

1134 ○ぬけ星　抜星。流星。

1135 ○手に取るやうに　明瞭に。はっきりと。

1136 夜(よ)も霞む流れの音や千鳥鳴く

1137 矢がらさへ焚(たき)て鵆をきく夜かな

1138 なく鵆(ちどり)帆にくるまつて寝(ぬる)夜(よ)哉

1139 磯に群れ洲にむれ明けの千鳥かな

河豚

1140 聴きにくい手柄話や河豚汁(ふくとじる)

1141 河豚(ふぐ)売(うり)やあと振り返り〳〵

1137 ○矢がら　矢柄。矢の幹。篠竹で作る。○佐野源左衛門（謡曲「鉢木」の主人公）とは対極的武士。風狂の人。脚注1132参照。

1140 ○聴きにくい　聴くにたえない。

1141 ○河豚売　永吟句に「鰒売(ふぐうり)の請合(うけあひ)て行く命かな」（『俳諧古選』）。

1142 河豚(ふぐ)汁(じる)や無銘の刀誰誉(ほ)めし

1143 河豚の座を遁(のが)れて焚や夜の柴

1144 河豚汁や女あるじの皮褥(かはじとね)

1145 河豚汁や女だてらの茶碗酒

1146 河豚喰ふた其夜(そのよ)は聞ず松の声

1147 河豚(ふくとう)やひそ〱咄(ばなし)壁を洩(もる)

1142 ○無銘の刀　製作者の名が入っていない刀。○上五「河豚の坐や」とも。

1143 ○河豚の座　やや頽廃的雰囲気か。命を惜しまぬ無頼の人々の集まりの座。芭蕉誤伝句に（賀子の付句）「腹（ふぐ）汁や鯛も有（ある）のに無分別」（『俳諧古選』）。○1095参照。

1144 ○皮褥　皮製の敷物。

1145 ○1144とともに鉄火肌の女。

1146 ○1079の類句。

1148 方円の器(うつは)仲間や河豚汁(ふくとじる)

1149 河豚の座や女の衣(きぬ)の裏返し

鮟鱇

1150 鮟鱇(あんかう)や兎角ものの憂き懸処(かけどころ)

海鼠

1151 下手(へた)に値を付けて売(うら)る、生海鼠(なまこ)哉

冬の蠅

1152 冬の蠅牛に取りつく意地もなし

1153 哀れさに憎気(にくげ)もさめて冬の蠅

1148 ○方円の器仲間　「水は方円の器(うつはもの)にしたがふ」(『毛吹草』)から、気心の知れた無頼仲間か。

1149 ○女の衣の裏返し　座の乱れている様子。「裏を返す」(客が同じ遊女を二度目に揚げる)の意味ではない。1140から1149まで、「河豚」の十句、いずれも異様猥雑な世界。

1150 ○懸処　「鮟鱇」の「懸処」。『本朝食鑑』に「凡割二鮟鱇一法、庖人秘レ之妄不レ伝授。呼曰二釣切一」(凡そ鮟鱇を割く法、庖人之を秘して妄りに伝授せず。呼て釣切(つるしぎり)と曰ふ)。其角句に「鮟鱇をふりさけ見れば厨(クリヤ)かな」。

1151 ○下手に　なまじっか。○生海鼠　一茶句に「人ならば仏性(ほとけしやう)なるなまこ哉」。

1154 薬煉る窓下ぬくし冬の蝿

鴨

1155 横に降る雨のなはてや鴨の声

植物

茶の花

1156 茶の花や見つけし時は盛りすぎ

山茶花

1157 山茶花やかもじ揃ゆる縁のさき

冬牡丹

1158 切り張のよくも届て冬牡丹

1153 ○一茶句に「やれ打な蝿が手をすり足をする」。
1154 ○薬煉る　乳鉢にての煉薬の調合。
1155 ○なはて　縄手。畷。畦道。
1157 ○かもじ　髢。ここは普通の髪の意か。
1158 ○切り張　障子の破れを紙で張っての修繕。○よくも届て　きちんと行き届いていて。○下五「冬の梅」とも。

1159 冬牡丹切の折の丶沙汰でなし

1160 餅配る老の祝や冬牡丹

馬場氏の酒造を寿ぎて

1161 常に云ふ望みは足りて冬牡丹

加納氏の賢息を寿ぐ

1162 重代の折紙もがな冬牡丹

原里君の男を寿て

1163 又となき鉢の莟や冬牡丹

散紅葉

1164 漕ぎ分る筏日和や散る紅葉

1159 ○冬牡丹　樗堂句に「冬牡丹切るべき日なく乱れけり」(『樗堂俳句集』)。

1161 ○馬場氏　俳人。「伊那村塩田、号吐月名伊三郎」(底本頭注)。「屋号米屋。酒屋を業とする」(『長野県俳人名大辞典』)。

1162 ○加納氏の賢息を寿ぐ「明治三年十二月四日五声の子英三郎誕生。その七夜の詠」(底本頭注)。○重代の　祖先伝来の。○折紙「重代の太刀(たち)」ならぬ「折紙」。誇張表現。

1163 ○原里君　脚注1005参照。○莟「原里君の男」の隠喩。

1164 ○漕ぎ分る　漕いで物の間を分けて進む。川面に散った紅葉を。

落葉

1165 掃(はき)よせて落葉(おちば)に雨を聞(きく)夜(よ)かな

1166 吹(ふき)よせるかぜも木の葉の名残かな

1167 日和にも露にも積る落葉かな

新生姜

1168 馬(うま)差(さし)が志(こころざし)なり新生姜

大根

1169 霜を置く畑(はた)に肌ぬぐ大根(だいこ)哉

1170 引き上手ひかれ大根の素性かな

1165 ○1011参照。

1166 ○名残　惜別の情。「木の葉」を擬人化。○一茶句に「地炉口(ちろぐち)へ風の寄(よせ)たる木の葉哉」。

1168 ○馬差　宿駅で人馬の用立て、指図をする役人。○志　気持を表す品。贈り物。○新生姜　『改正月令博物筌』は、十一月（旧暦）の「艸木」の条に掲出。

1169 ○肌ぬぐ　「大根」の擬人化的滑稽表現。

1170 ○全体「大根」の擬人化。「大根」を遊女に見立てているか。

水仙

1171 水仙の根〆に赤し藪柑子

1172 水仙や雪ともつかぬものが降

1173 水仙や今朝突ぬけし花袋

1174 水仙にひやく当る日影かな

1175 水仙や空の曇りも気に止めず

石蕗の花

1176 鳴かぬ蚊の日向を飛ぶや石蕗の花

1171 ○根〆 根もとを整える他の草木。○藪柑子 球形で赤い果実をつける。

1172 ○雪ともつかぬ 霙(みぞれ)をいうか。983参照。

1173 ○花袋 花茎。蕪村句に「水仙や鵙の草ぐき花咲ぬ」。太祇句に「水仙や胞衣(なえ)を出たる花の数」(『太祇句選』)。

1177 大事がる布目瓦(ぬのめがはら)や石蕗の花

1178 石蕗さくや丘へ上りし亀の甲

1179 邂逅(たまさか)に羽虫も飛ぶや石蕗の花

1180 誂(あつらへ)の精進物(しやうじんもの)や石蕗の花

1181 菊の香を偸(ぬすむ)や石蕗の咲いそぎ

南天

1182 雪に寝た南天起す柄杓(ひしやく)かな

1177 ○布目瓦　布目のあとを持っている古い時代の瓦。愛蔵品か。○大事な「布目瓦」と、関心がなかった「石蕗の花」の「取合せ」。蕪村句に「咲(さ)(く)べくもおもはで有(あ)(る)を石蕗の花」。

1178 ○甲　甲羅。ここでは、亀そのものを指す。

1180 ○1090参照。

1181 ○石蕗　『毛吹草』中「誹諧四季之詞」の「十月」（旧暦）の条に「つはの花」。貝原篤信『大和本草』（宝永六年刊）の「橐吾(つは)」の項に「世俗、庭中にうゑて玩ぶ。秋黄花をひらく。冬は其実房をなして、一茎に数顆あり」。○一句、「菊」と「石落の花」の同色であることによる作意。

冬の梅

1183 よき酒のある噂なり冬の梅

1184 寒梅(かんばい)や無心いはるゝ鳥の糞

1185 寒梅や宿かす家も春の内

1186 寒梅のひらくも知らず年の暮

枯柳

1187 馬の飲む水はけぶりて枯柳

1188 枯れてから花と折らるゝ柳かな

1183 ○冬の梅 『改正月令博物筌』の「冬梅(ふゆむめ)」の項に「梅は春の物なれど年の内より咲をいへり」。

1184 ○寒梅 『改正月令博物筌』の「早咲梅(はやさきのむめ)」の項に「寒梅を十月の季に出したる俳書もあれども、俳には十月の梅はかへり咲とするゆへいづれも十二月にて可ならんか」と。○無心いはるゝ 無趣味、無風流を指摘される。

1188 ○正月の餅花用にと折られる枯柳。

枯尾花

1189 かぜはみな松に戻りて枯尾花（かれをばな）

冬木立

1190 冬木立責てもあかき華表（とりゐ）かな

帰り花

1191 不断来た茶売もしらず帰り花

換焼香

1192 復花（かへりばな）けふの仏の馳走かな

葱

1193 葱（ねぶか）白し足のしびれを火に当（あた）る

1189 ○子尹（しいん）句「秋風やとても薄はうごくはず」（『猿蓑』）等の世界を前提としての句。「薄」に対する「枯尾花」。

1190 ○責ても　それでもわずかに。

1191 ○不断来た　いつも来ていた。

1192 ○馳走　この場合は手向。供物。

1193 ○「葱」の白さと、正座して「しびれ」た「足」の白さとの「取合せ」か。

新年の部

時候

元日

1194 元日や入(いり)来(く)る人は皆長者

1195 元日や熨斗(のし)も取端(とりは)に今朝のちり

1196 正月や下戸(げこ)の来てさへ酒を出す

1195 ○熨斗　三余斎麁文『華実年浪草』(天明三年刊)に「常ニ嘉祝之供ト為、五万米(ゴマメ)鰮(イワシ)ト鮑熨斗ト並べ用フ」。○取端に　取った途端に。○中七「熨斗も松葉も」とも。

1197 ○秦の掟　『平家物語』の「大衆揃」中の「昔秦の昭王のとき、孟嘗君めしいましめられたりしに、きさきの御たすけによて兵物三千人をひきぐしてにげまぬかれけるに、函谷関にいたれり。鶏のなかぬかぎりは関の戸をひらく事なし。云々」(原典は『史記』の「孟嘗君伝(もうしょうくんでん)」)の故事

1197 元日や秦の掟をおもはるゝ

向山氏の愛孫を寿(ことほ)ぐ

1198 元日や昨日目見えの年男

明の春

1199 鶏の鳴く函谷関や明(あけ)の春

1200 紐を解(とく)大日本史や明の春

花の春

1201 年々や家路忘れて花の春

旅の春

1202 目出度さも人任せなり旅の春

による。元朝が待たれること。

1198 ○向山氏　俳人の向山田畝（竹入弘元氏説）。井月は、田畝と両吟を巻いている。

1199 ○脚注1197参照。なお「彼鶏鳴たかきところにはしりあがり、にはとりのなくまねをしたりければ、関路のにはとりきゝ、つたへてみななきぬ。其時関もり鳥のそらねにばかされて、関の戸あけてぞとをしける」（『平家物語』）と続く。

1200 ○大日本史　徳川光圀の命による南朝正統の歴史書。井月没後の明治三十九年（一九〇六）完成。

1202 ○一茶句に「目出度さもちう位(くらゐ)也(なり)おらが春」「ともかくもあなた任(まか)せのとしの暮」。○上五「目出度さは」とも。

君が春　1203 君が春花と眺めぬものもなし

去年今年　1204 橋供養時こそ得たれ去年今年

1205 雪ながら梅は開くや去年今年

今年　1206 雪ながら富士は今年の物らしき

寿

睦月　1207 嫁と呼び聟と云(いひ)つゝ睦(む)月(つき)かな

三ケ日　1208 今日までは罪も作らず三ケ日

1203 ○君が春　芭蕉句に「かびたんもつくばはせけり君が春」。

1204 ○橋供養　橋が完成した時の供養。○去年今年『改正月令博物筌』に「君が春」も含めて、「元日より年始の心也」。

1206 ○吐月句「雪ながら今年の富士と成にけり」(『俳諧発句類聚』文化四年刊)が先行。吐月は安永九年(一七八〇)没。

1207 ○睦月　北村季吟『増山井』(寛文七年刊)に「正月は親疎ゆきむつぶ故にむつみ月ともいへり。それを略してむ月とはいへり」。「睦月」の呼称を意識しての句作り。

1209 なすとなくするともなしに三ケ日

小町谷氏を訪（たづね）て

1210 泣くこともぱつたり止（や）んで三ケ日

天　文

初　日

1211 犬ころの雪ふみ分てはつ日かげ

1212 初日影富士に位階の沙汰なきや

1213 はつ日影難有（ありがた）がらぬもののもなし

1210 ○小町谷氏　脚注1046参照。鹿笛没後、同氏宅訪問の折の句か。

1211 ○はつ日かげ　初日の光。

1212 ○位階　令制で規定する官人の序列。正月五日の「叙位」を意識しての措辞。○初日の「富士」の荘厳なる姿を称賛しての擬人化。

1214 とくよりも出向ふ士峯(ふじ)や初日影

1215 梅の有(ある)裏からさして初日影

1216 千年(ちとせ)ふるたづの頂(かしら)や初日出

1217 空色も花と染めなす初日かな

1218 さゞ波に落つく風や初日影

1219 ふりのよき松ににほふや初日影

1214 ○とくよりも　説くよりも。諺「論より証拠」(『俚言集覧』等)を意識しての句作り。

1215 ○「裏梅」を意識しての句作りか。暁台(きょうたい)句に「火ともせばうら梅がちに見ゆるなり」(『暁台句集』)。

1216 ○千年ふるたづ　諺「鶴は千年亀は万年のうぶぎ」(『やぶにまぐわ』享保三年刊)を踏まえての句作り。「ふる」は「経る」。

1217 ○花と染めなす　「花染」とすること。『古今和歌集』のよみ人しらず歌に「紅(くれなゐ)の初花ぞめの色ふかく思(おも)ひし心われわすれめや」。

1219 ○ふり　姿。○にほふ　美しく映える。光りかがやく。

1220 觴(さかづき)に受けて芽(め)出(で)たし初日影

1221 又となき高根の雪やはつ日影

1222 待ちかねし出合頭や初日影

1223 世の塵をぬぐうて匂ふ初日かな

1224 鉢(はち)数(かず)を並(ならべ)る椽(えん)や初日影

1225 已(すで)に雪消えんとしたり初日影

1221 ○又となき高根　富士山のこと。

1222 ○出合頭　「初日影」とのそれ。擬人化表現。

初空

1226 初空を鳴きひろげたる鴉かな

1227 初空は顔洗ふ間（ま）のながめかな

1228 初空を心に酒をくむ日かな

初東風

1229 はつ東風（こち）や朝荷の嵩（かさ）む問屋前

初霞

1230 日の匂ふ松から近しはつ霞（がすみ）

1231 酒の香（か）の立ちそふものや初霞

1226 ○主観的心象。

1227 ○初空　この句では、元日の早朝の空の意で用いられている。一茶句に「初空や緑の色の直（す）ぐさむる」。

1228 ○1027句の同巣句。○「初空」を見ずして酒を酌む元日。一茶句に「初空を夜着の袖から見たりけり」。芭蕉句に「宵（よひ）のとし、空の名残おしまむと、酒のみ夜ふかして、元日寐わすれたれば」の前書で「二日にもぬかりはせじな花の春」。この句が意識されているか。

1231 ○立ちそふ　「初霞」に酒の香が移り添う。

1232 酒蔵(さかぐら)のけぶりもつゞけはつ霞

1233 松が根に雪は煙(けむ)りて初霞

庭前の老松

1234 日の匂ふ寝そべり松や初霞

1235 旭(ひ)の匂ふ程つゝ立(たち)ぬはつ霞

御降

1236 御(お)降(さがり)や樹々はあれども松の花

1237 御降りの晴間覗くや庵(いほ)の窓

1232 ○酒蔵　酒を醸造する蔵。1231参照。

1233 ○雪は煙りて　積雪が風で煙のように舞って。

1235 ○つゝ立ぬ　「はつ霞」の様子の擬人化。霞が勢いよく立つ。一茶句に「昼風呂の寺に立也(たつなり)春がすみ」。○中七「つゝ立や」とも。

1236 ○御降　『改正月令博物筌』に「元日より三ケ日迄の間の雨也」。○松の花　『改正月令博物筌』に「若みどりに黄なるものあり。是を松の花といふ」。

1237 ○一茶句に「御降りや草の庵ももりはじめ」。

人事

蓬莱
1238 蓬莱のうつる夜明けの障子かな

若水
1239 若水となるやら人の井に通ふ

1240 若水や恵方と聞いて後戻り

年礼
1241 年礼や普請見舞も其序

注連飾
1242 一と注連に睦み合けり長屋の戸

1238 ○蓬莱 『改正月令博物筌』に「蓬莱島は仙人の住処にて此処の菓物を喰へば不老不死に至ると也。依て年始に命遠久（ながく ひさし）と祝ひて三方に種々の物をつみ重ね蓬莱と名づけ祝ふ也」。

1239 ○若水 『改正月令博物筌』に「公事には立春にくむ水をいふなり。連俳には元朝くむ水をいふなり」。○井月の自画像か。

1240 ○1239参照。○井月日記、明治十八年二月一日の条に「若水や恵方を聞（きき）に後もどり」の句形で井口里遊句。類句（句意は異なる）。

1241 ○年礼 新年の挨拶。年賀。○普請見舞 家普請の挨拶。

1242 ○注連 注連飾（しめかざり）。『改正月令博物筌』に「注連なわをひくは不浄をはらふ心なり」。長屋ゆえ

1243 叮嚀にする筈なれど輪七五三かな

屠蘇

1244 屠蘇と声かけて手間とる勝手かな

1245 屠蘇酌むや梅も薺も目のさかな

1246 屠蘇の座や立まはる児の姉らしき

数の子

1247 数の子や土器したむ山折敷

太箸

1248 太箸を児のほしがるや膝のうへ

共用の注連。

1243 ○輪七五三　輪飾。注連（七五三）より略式。一茶句に「輪飾や辻の仏の御首へ」。

1244 ○声かけて　声をかけてから。○下五「坐敷かな」とも。

1245 ○目のさかな　目で楽しむ酒（屠蘇）の肴。

1247 ○したむ　滑む。「土器」が（酒を）山折敷ににじませる。「土器」の擬人化表現。もったいないこと。○山折敷　正月に神への供物をのせる白木の角盆。

1248 ○太箸　『改正月令博物筌』に「おれざるやうに年始の箸はふときを用ゆ也」。安静句に「太箸は命をつなぐはしら哉」（『故人五百題』）。

年男

1249 気配りに人のなつきて年男

1250 鍬(くは)にそへる折(をり)紙(がみ)にがな年男

子の日

1251 野(の)気(げ)色(しき)の千代にわりなき子(ね)の日かな

1252 小弓など有(ある)や子の日のわき遊

野月子の老を賀す

1253 経(ふ)る年をこゝろ例(ためし)や曳(ひく)小(こ)松(まつ)

雑煑

1254 夜深しとおもふ間(ま)もなき雑煑かな

1249 ○年男　『改正月令博物筌』に「正月の儀式をつとむる人を云」。

1250 ○鍬　「鍬初(くわぞめ)」の儀式の鍬か。正月十一日に恵方に向って三所に鍬を打ち、そこに松の小枝をさし、注連を掛け、米を供えた。○折紙　「鍬初」に用いるものか。あるいは656と関係あるか。不詳。

1251 ○わりなき　心ひかれる。○子の日　正月初子日に野辺に出て小松を引いて遊ぶこと。『改正月令博物筌』に「小松は千年の寿あるうへに行末栄ゆる心をふくみ目出度もの故也」。

1252 ○小弓　小児用の雀小弓。○わき遊　小松引きの傍での遊び。

1253 ○野月子　俳人。「中沢村高見野村清兵衛」(底本頭注)。○例　より長寿の

1255 盃（さかづき）の用意も見ゆる雑煮膳

1256 気に取て雑煮半（なかば）や小盃

筆始

1257 試る筆の力や不尽（ふじ）の山

三子ぬしの四十二を賀（が）す

1258 積年の弱みも見えず筆はじめ

旅客

着衣始

1259 妻持ちしことも有りしを着衣始（きそはじめ）

宝船

1260 敷（しき）妙（たへ）の枕（まくら）紙（がみ）なり宝（たから）船（ぶね）

先例として。脚注1251参照。素性法師の賀歌に「古（いにしへ）にありきあらずは知らねども千年（ちとせ）のためし君にはじめむ」（『古今和歌集』）。

1255 ○下五「雑煮かな」とも。

1256 ○気に取て　心を配って。

1257 ○芭蕉句に「大津絵の筆のはじめは何仏（なにほとけ）」。「筆始」としての「不尽の山」の絵。

1258 ○三子ぬし　脚注674参照。

1259 ○旅客　旅人。井月自身を言ったものか。269参照。○着衣始　『改正月令博物筌』に「衣服を着そむる祝ひ也。三ヶ日の内に吉日を撰んで用る也」。

1260 ○敷妙の　「敷栲の」。枕言葉。「枕紙」に掛る。○枕紙　木枕の上の小枕をおおって汚れを防ぐ紙。○宝船　七福神を乗せた帆掛け船の絵。

七草

1261 七草の宵や薺（なづな）のもらひ風呂

1262 鈴つけて猫も爪とげ薺の日

1263 名のうれた果報めでたし芹薺（せりなづな）

若餅

1264 若餅や杵（きね）借りて来て洗（あらふ）臼（うす）

初夢

1265 初夢やかたりあふ間（ま）も玉手筥（たまてばこ）

1266 初夢を合せ鏡や旭（ひ）の出前

1261 ○薺のもらひ風呂　「薺爪」のための「もらひ風呂」。他家の風呂に入れてもらうこと。井月の体験か。

1262 ○爪　「薺爪」のこと。千艸園『季寄新題集』（嘉永元年刊）の「薺爪（なづなつめ）」の項に「薺の茹汁にて爪をぬらし取（ると）こと也。邪気を払ふ」。はやく黒川道祐『日次紀事』（貞享二年刊）に「俗間、七草を燖（ゆでたる）の湯をもつて爪を漬（たひ）して、これを切る」。この句の場合は、猫の爪も視野に。

1263 ○名のうれた　七草粥の食材として。定信句に「つみて後ももてはやしたる薺哉」（『詞林金玉集』）。

1264 ○若餅　正月につく餅。○一拍遅れていること。

1265 ○玉手筥　『倭訓栞』に「是は法苑珠林に龍宮宝篋亦未㆑能㆑算といへる意な

人日

1267 人の日や鳥かげさへもまつたより

1268 人の日や釜にこゝろの移る朝

万歳

1269 万歳（まんざい）や人が笑ひはしたり顔

1270 万歳のしたり顔なる笑ひかな

1271 万歳の笑貌（ゑがほ）をかくす扇子（あふぎ）哉

1272 万歳のつゞみや門（かど）に入（いる）はつ音（ね）

るべし」と。ここでは話の先が予測不能の意か。

1266 ○初夢を合せ鏡　「夢合せ」（夢によって吉凶を占うこと）と「合せ鏡」（二枚の鏡で後を見ること）を掛けているか。隈光句に「はつ夢のよき歌占や三ヶ日」（『俳諧古人続五百題』）。「初夢」を思い出しながらの化粧。

1267 ○人の日　人日。旧暦正月七日。○鳥かげ　「七種をはやす詞」である「七草薺唐土の鳥と日本の鳥と渡らぬ先に」が意識されているか。

1268 ○釜　「七草粥（七種粥）」の「釜」ということか。

1269 ○万歳　『人倫訓蒙図彙』の「万歳楽」の項に「年の初、めでたきためしをいへば、万歳楽とは聞た事也」。『嬉遊笑覧』に「千秋

福引

1273 福引や慾に根(ね)のない笑ひ声

1274 福引の座へ打込むや紙つぶて

新年塩田鶴年老人愛孫を寿(ことほ)ぐ

1275 引きあてし宝くらべや男の子

宵夷

1276 試る新酒の出来や宵夷(よひえびす)

稲積

1277 稲(いね)積(つむ)や鶯の餌を摺ながら

1278 稲積や人の笑ひも花(はな)心(ごころ)

万歳法師白き装束して鳥冠(とりかぶと)を着、手に扇を持てまふ。鼓うつをのこはあさぎの衣きて坐せり」。○したり顔　得意顔。自慢顔。

1271 ○扇子　脚注1269参照。

1272 ○つゞみ　脚注1269参照。

1273 ○福引　北静廬『梅園日記』(弘化二年刊)に「正月福引とて、鬮(じく)にて人に物とらする事あり」。

1275 ○鶴年老人　俳人。「馬場吐月の祖父、名は佐伝治」(底本頭注)。脚注1161参照。

1276 ○宵夷　正月九日の十日戎の前夜祭。今宮、西宮等へ参詣。

1277 ○稲積　『改正月令博物筌』に「いねるを稲にとりなし、積はたのしきをつみかさぬる心なり。元日の寝るを云」。

動物

嫁が君

1279 人馴れて宵とも云はず嫁が君

1280 何くはぬ顔して覗け嫁が君

1281 嫁が君いたづらものと云はるゝな

1282 宵の間もいそがし振や嫁が君

1283 嫁が君馬には深きゐにしかな

1279 ○嫁が君　去来『旅寝論』（元禄十二年成）に「思ふに嫁が君は鼠の事也。大黒柱のあかしは、嫁が君にさゝげたる灯明なるべし。しかれば大年の夜、元朝にかけて鼠の事を嫁が君と云（ふい）にや」。

1282 ○いそがし振　忙しいと思わせる様子。

1283 ○馬に乗っての嫁入ということか。一茶句に「行としや午（まう）に付たる娵（めよ）が下駄」。

初鶏

1284 初鶏（はつとり）や寝（ね）ぬかして灯の見ゆる家

1285 初鶏やはり合になる壁どなり

初鴉

1286 亡八（くつわ）屋（や）の灯も朧（おぼろ）なりはつ烏

1287 小（こ）村（むら）までとりも残さずはつ烏

1288 先（さ）きがけにあける戸口や初鴉

1289 夜をこめし朝灯（とう）明（みやう）や初鴉

1285 ○はり合　競争。「初鶏」（元日の朝最初に鳴く鶏）を聞くのは誰か。

1286 ○亡八屋　轡（くつわ）。藤本箕山『色道大鏡』（元禄初年成）に「轡　傾城屋の異名なり。此名目の来由をしらざれば、年比諸書を考るといへども所見なし」。松葉軒東井編『譬喩尽』（天明六年序）に「忘八（ばうはち）とは廓（くるは）をいふ。廉義礼耻信忠孝弟の八を忘る」。

1287 ○上五「小里まで」とも。

1289 ○夜をこめし　夜明けまでの間灯していた。

植物

福寿草

1290 座のしほに下戸の誉るや元日草

1291 持仏へは向ぬ花なり元日草

1292 余の花にけふの栄なし元日草

若菜

1293 露きるや若菜の籠の置きどころ

1294 嬉しさに袖なぬらしそ若菜摘

1290 ○しほ　よい機会。○元日草　福寿草の異名。『改正月令博物筌』に「元日に花さくゆへ、元日艸ともいふなり」。

1291 ○持仏　守り本尊。○上五「仏には」とも。

1292 ○余の花　他の花。

1293 ○上五「露ちるや」とも。

1295 里の子の重荷おろすや若菜籠

1296 翠簾(みす)近に置て勅(ちょく)待つ若菜かな

1297 若菜野や摘みよくなれば人も来ず

1296 ○翠簾　宮中の簾。○勅　天皇の言葉。○『万葉集』の「籠もよ　み籠持ち　ふくしもよ　みぶくし持ち　この岡に菜摘ます児」を踏まえての句作り。

1297 ○「若菜」と「雪間の野べ」は付合語（『類船集』）。嵐蘭句に「はつ市や雪に漕来る若菜船」（『猿蓑』）。一茶句に「ちる雪をありがたがるやわかなつみ」。

俳論篇

俳諧雅俗伝[1]

抑(そもそも)、[2]和歌の初は大凡(おほよそ)物につきて悲しき時は悲しと云ひ、嬉しき時は嬉しと云ひしが其儘一首の歌と成りて、実(げ)に心に余りて言(ことば)に発せるもの故(ゆゑ)[3]感情少なからず。夫(それ)より世々押し移りて[4]雅言俗言(がげんぞくげん)と二方(ふたかた)に別れて、意もまた[5]雅意俗意と分ちあることになりぬ。されば[6]悲しきことを悲しと云ひ、嬉しき事を嬉しとのみ云ふは常のことにて、別に[7]詞(ことば)に文(あや)をなして歌一首に言ひつづくれば、かの俗意も雅意に移り、上古の人の言ひ出たることの直(すぐ)に歌に成りたる世の心にかよひて、[8]深切に感情まさ

一 文政八年(一八二五)識語の早川漫々『俳諧発句雅俗伝』が甲州文庫に伝存(辻清司氏よりの教示)、井月がこの俳論に共感、文意をより鮮明に再構成したもの。近世歌論ではしばしば問題となる「雅俗」の視点から俳諧を論じたもの。

二 漫々の師闌更『有の儘』(明和六年刊)に「世に謂(ふい)風流の一筋は、只物に感じて情を動かし、終に言葉に吐(はい)て句となる。是(これ)詩歌連俳のもとづく所にして、此(この)間に一毫の私を容(れい)ざるを、誠の風雅躰とはいふなるべし」。

三 いわゆる「余情」。はやく藤原公任『和歌九品』(寛弘六年以後成)には「是は詞たへにして余りの心さへあるなり」と。

四 「雅言」は和歌、和文に用いる文芸的言葉、「俗言」は世俗の日常的言葉。

五 「雅意」は風雅(和歌的)な心、

りて賞翫少からず。[一]古今集の序に、花に啼く鶯、水に住む蛙の声を聴けば、生きとし生けるもの何れか歌を詠まざりけると云へるも、[二]心に余りて声に発するが歌なればなり。夫を後の世となりて[三]題を得て席上の花となすことになりしに、雅言俗言の別ち有りて、[四]常には俗のみにて雅言にうとければ、雅情を発しても俗言を云ひて心遣りにすることとはなれるなり。俳諧は僅かに十七言を以て一句とすれば、[五]作意異なる所あれども其大意は歌にひとし。歌は、今の世には詞乱れて、歌詞と常の詞と別ものになり行きたれば、別に学ばざれば言ひ難く学ぶべきの暇またむづかしければ、(俳諧はノ意、下島勲註)俗談を交へて、格別もの学びなくとも先づ入り安く、[六]田夫野人に風情を学ばしむる道なり。

「俗意」は世俗的(日常的)な心。

六 心敬『ひとりごと』(応仁二年成)に「哀なることを哀といひ、さびしきことをさびしきといひ、閑なることをしづかといふ、曲なき事なり。心にふくむべきにて候」。

七 村田春海『琴後集』(文化十一年刊)に「詞にあやをなすは、文雅の本(もと)なるを、おしこめて狂言綺語なりなどいひて、そしるべき事に侍らず」。

八 (世の人々の心が)甚だ深く。

一『古今和歌集』仮名序。作者は、紀貫之と言われている。

二 前頁に「心に余りて…少なからず」と。『古今和歌集』仮名序に「心に思ふ事を、見るもの、聞くものに付けて、言ひ出せるなり」と。

三「題詠」を指す。例えば源俊頼『俊頼髄脳』に「おほかた、歌を詠まむには、題をよく心得道に入てよく修する時は又和漢の学広く学ぶにしくはなけれども、[七]学文(がくもん)と言ひてはいとむづかしければ自ら(おのづから)入り難し。[八]俳諧の俗談よりいとたやすげに入り始めて、月日を経る(ふる)ままに学ぶともなく彼を聞き是を見て、終には和漢の学に近づくべし。又一つには[九]風情ある時は、[一〇]邪智愚智を知り、理と理窟との界(さかひ)を悟り、執著の念をはなれ、心の転じ易きこと[一一]世人の一助ともなるべきものなり。是(これ)吾が俳諧を学ぶの大意なり。俳諧は何故するぞと了簡してみれば、上に云ふ雅情を知り、雅言を知るがためなり。[一二]翁曰く、俗談平話を糺(ただ)さんが為なりと。夫を他門にては俗談平話の俳諧と心得て、糺さんと言ふ意を弁へ(わきまへ)ず、俗言に俗意を言ひなす故、一向に見苦しく、[一三]前句附川柳点などと唱へしもののやうに成

べきなり」と見える。「席上の花」とは観念的詠み振(ぶ)り。
四 日常生活においては(「雅言」と無縁である)。
五 俳諧と、和歌の趣向とは。
六 教養に欠けている人々。
七 漫々『俳諧発句雅俗伝』は「学問」。
八 「俗談」は俗世間で使われる言葉。「俗言」。伝北枝『山中問答』に「俳諧のすがたは俗談平話ながら、俗にして俗にあらず、平話にして平話にあらず、そのさかひをしるべし」。
九 「雅情」に近い。情趣を解する心。
一〇 邪(よこしま)な智と愚かな智の意か。漫々『俳諧発句雅俗伝』は「愚痴」。芭蕉の「胸中一物なきを貴(たふとし)とし、無能無知を至(いたれり)とす」(「移芭蕉詞」)の境地への志向。
一一 世間の人。
一二 「翁」は芭蕉。芭蕉伝書『二

り行くなり。[一] [二]詞は俗語を用ゆると雖も心は詩歌にも劣るまじ、と常に風雅に心懸く可し。[三]句の姿は水の流るるが如くすら〳〵と安らかにあるべし。木をねじ曲げたるやうごつ〳〵作るべからず。良き句をせんと思ふべからず。只易すく〳〵と作るべし。何程骨折りけり〔た〕とも骨折の表へ見へざるやうに、[四]只有の儘に打聴ゆるが上手のわざなりと心得べし。[五]俗なる題には風雅に作り、風雅なる題には俗意を添へをかしく作るは一つの工風なり。されども定りたる格にはあらず。[六]俳諧は夏炉冬扇なりと古人の語を考ふべし。言の葉の道なれば言の葉をよく考へ糺し、前後の運びつゞけざま深切にあるべし。てにをは仮名遣ひよく吟味すべし。句は有げなる所を考ふべし。極めて有る処を考れば[七]理屈になるな

十五箇条』(享保二十一年刊)に「俗談平話をたゞさむがためなり」。

三 発句とは別種の雑俳文芸。

一 漫々『俳諧発句雅俗伝』は、この後「古人には風情なきやうなる句もあれども、よく〳〵意味を心得れば風情はある也」と続くが、井月は論旨を鮮明にするためか、省略している。

二 土芳『三冊子』中の「詩歌連俳はともに風雅なり。上三のものには余す所も、その余す所まで俳はいたらずといふ所なし」に通う。

三 宗長『連歌比況集』の「連歌の仕立は、五尺の菖蒲に水をかけたらんがごとく成べし。本より菖蒲も清らかなる物に、水をかくれば一点もとゞこほる所なく流るゝがごとし。すこしも口にさはらずゆう〳〵として長〔た〕も高く、とゞこほる所もな

り。理は言ふべし、理屈は言ふべからず。

人として物学びをこそ心懸けたきものなれ。大凡(おほよそ)世の中を見るに、勝負事を好む者の子は、必ず勝負事を好む。慾にふける時は、子孫慾に耽(ふけ)る。親理屈を言ふ時は、子孫必ず理屈を好む。親不孝なれば、子も亦(また)不孝なり。親酒を嗜(たしな)めば、子もまた酒を好む。適(たまたま)是に違(たが)ふものあれども、大方は其筋を伝ふるものなり。されば物学びする事は我身の為のみにあらず、子孫の為なり。学ばざれば子孫必ず愚かならん。適是に違ふものあれども、夫は稀(まれ)々なる事にて親の所業を真似ることは子孫の常なれば、何事によらず善道を心懸けたきものなり。さりとて和漢の学は仮初(かりそめ)には入り難かるべし。さる暇(いとま)もなく常に農業商業にのみ日を送るいとせ

く仕立たらんぞめでたかるべき」の記述が意識されているか。

四 漫々の師闌更の俳諧理念。

五 村田春海『琴後集』中の文言「今の世にありては、心のまゝをたゞにいひ出づるにも、雅なると俗なるとあり。あやをなして詞をかざるにも、雅なると俗なると侍ることなれば、其けぢめをよく考へおもひて、其おもむきをえらばずしてはあるべからず」が参照されていよう。

六 支考『俳諧十論』(享保七年刊)に「我いふ俳諧は夏炉冬扇にたとへて、例のをかしく、例のさびしく、桃紅李白の世情にもあそびて、人のかずまへざらんにも、道ある物のおこなはれずといふ事なし」。「古人」は支考。

七 許六『宇陀の法師』(元禄十五年刊)に「当流はむつかしき事なく無分別に理屈のなきがよしといひなぐる人ゝあれど、それはさる事にして少子細有べし。」

はしき身にも、格別の暇もいらねば俳諧にてもせぬには優(まさ)るべし。一生涯下手にても苦しからず。子孫の為に少しも心懸けてあらば、子孫もまた心懸くべし。其(その)中には物学びするものも出来(いでく)るべし。斯(か)く言へばとて、俳諧をよきものとして強ひて人に勧むるにはあらず。家業の暇に学ばんには、[一]神儒仏の道何れにても学びたきものなり。然れども其(その)良き道あるを知りてありながら、入難く学び難き人あり。その人は俳諧にても学ばずば[二]一向に道の端(はし)をも覗くまじければ、俳諧を勧むるなり。絶食の病者に飯のとり湯[三]を勧むるが如し。

[四]明治乙亥(きのとゐ)晩夏応需柳廼家井月誌

随分腸(はらわた)をつよく案じて、口外へ出す時無分別に理屈なくいふ事也」と。

一 芭蕉伝書『二十五箇条』に「仏道に達摩あり、儒道に荘子あつて道の実有を踏破せり。歌道に俳かいある事もかくのごときとしる時は、道に反て、道に叶ふの道理なり。され共俳かいのすがたは歌、連歌の次に立て、心は向上之一路に遊ぶべし」とあるのが参照されていよう。

二 ちっとも。まったく。

三 重湯(おもゆ)。

四 明治八年(一八七五)。

用文章前文

世に[五]用文章と唱る手習人達のもて扱ふ書類数多の中に、[六]御家流と申て東京の高名は(1)芝泉堂先生を第一として、(2)尊円親王の筆蹟と聞。[七]門人の諸先生何れも能書にして種々の手本を弘て枚挙するに遑あらず。[八]嵯峨様と申は、風雅の手跡にして、専ら歌道にたづさはる人々のもてはやさるゝ随一なり。[九]定家様もおなじく歌よむ人の学ぶ流なり。当時は御家流等廃止にて、[一〇]唐様の先生(3)菱湖大任の書風を慕ふ者不少。因茲門人に四天王と称し、(4)雪城、(5)秋巌が徒又一家をなす。東都は本朝

五　実用文例集、書簡文例集の類。
六　書道流派。鎌倉時代に始まる。道風、行成の書法に宋風を加えた穏和、流麗な書体。
七　芝泉堂門に柳沢暘岳、北川暘洲、疋田暘泰、鈴木暘嵩等(『筆道師家人名録 初編』)。
八　書道流派。本阿弥光悦門角倉素庵が創始。
九　書道流派。藤原定家を祖とする。
一〇　明風の書体の流派。

の都会にして、海内(かいだい)の高名、此(この)所に集(つど)ひ、励業勉強殊勝也。(6)細井広沢、(7)米庵三亥(さんがい)等は近頃の高名、其人々の徳によりて世上の流行[一]甲乙あり。[二]日本三筆三跡の、衆(しゅ)中(ちゅう)各人のしる所なり。[三]空海の投筆、[四]弁慶の制札、当世に不叶(かなはず)。唯雖然(しかりといへども)その名四海に隠れなきが故、[五]知(しる)もしらぬも是を奔走す。[六]小野道風は水蛙の柳葉に飛をみて、耳順の学業諸人の感ずる所なり。[七]菅公の能書于今(いまに)筆学の祖とす。

凡読書の道、各(おのおの)其好む所によりて勉励すべし。[八]聖人も行(かう)、余力あるときは文を学ぶの語(ことば)あれば、おのれ〳〵が今日の産業をはげみ、其(その)寸隙を得ては学文手習ひに心を傾るこそ、人たるものゝ嗜み也。仮令(かり)にも、天下法度の事、朝暮不相忘(あひわすれず)者、大切ニ可心得(こころうべき)事也。学

一 甲某であったり乙某であったりする。
二 三筆は嵯峨天皇、橘逸勢(はやなり)、弘法大師、三跡は小野道風、藤原佐理(すけまさ)、藤原行成。
三 天野信景『塩尻』(巻之四十六正徳)に「弘法大師の投筆といふは、本朝神仙伝に応天門の額は大師の書せ給ふが、応の字の上の点を落し給ふ。額を上げて後、大師筆を点し遥に投たまふに、よき程に点すはれりと云々」。
四 西村白鳥『煙霞綺談』(安永二年刊)に「摂津国須磨寺に弁慶が手跡ありて、人能(よ)く見知りたる花の制札なり」と見える。
五 空海や弁慶の筆の真価を知っている者もいない者も、筆蹟を訪ねて走りまわる、との意。
六 三浦安貞『梅園叢書』(安政三年刊)に「小野道風は、本朝名誉の能書なり。わかゝりしとき手をまなべども進まざることを

文は世の移り変るに随ひ、時の化ニよりて、[九]道春点より[一〇]後藤点、一斎点杯と、ことの珍敷を賞美する者海内にみちて、実は源を失ふに至れり。筑前の篤信(8)、おのれ大医にして更に儒名世に鳴る。雖然著述の書類、漢文を用ひず、ひら仮名を以て童蒙児女によめ〔み〕安きを便りとす。医の甲乙を平生に論じて世に高ぶらず。同藩に近頃[一一]田原養伯と云て、眼科は東京拾年の勤番中、眼療繁昌眼薬尤名高し。表長屋に住して、窓より薬を求むる看板に緋のきれを出し置。其頃難治の眼病有て、田原に投ず。田原おのれを卑下して、町医鮎沢氏に療治を乞ふて其名益高し。[一二]医は仁の術也と云て聖賢も此を称し給ひき。[一三]兼好の編るつれ〴〵草にも、三益友のうちに物くれる人を第一とし、医術有ものを其

いとひ後園に躊躇(たちやすらひ)けるに、蟇(かへる)の泉水のほとりの枝垂たる柳にとびあがらんとしけれどもとゞかざりけるが、次第々々に高く飛で後には終に柳の枝にうつりけり。道風是より芸のつとむるにある事をしり学でやまず」。

七 菅原道真の敬称。

八 「聖人」は孔子。『論語』(学而一)に「行有余力、則以学文」。

九 儒者林道春(羅山)による訓点。漢文訓読の原型。

一〇 「後藤点」は儒者後藤芝山、「一斎点」は儒者佐藤一斎による訓点。それぞれ特色がある。

一一 田原流眼科医。嘉永二年(一八四九)没の九代目養伯か。以下の挿話、井月が見聞したか。

一二 貝原益軒『養生訓』(正徳三年刊)に「医は仁術なり。仁愛の心を本とし、人を救ふを以志とすべし」。「聖賢」は益軒。

一三 兼好『徒然草』第百十七段。

次とせり。管鮑貧事〔時〕の交、よく思ふべきなり。朋友の信は五常の一にして同貴事也。

今般諸方小学校流行して海内の学生此処に集ひ彼〔ママ〕彼処に寄りて、孔孟の道亦盛なり。我朝大儒の聞之有し人々には、(9)徂来物茂卿、(10)太宰純春台、(11)石川丈山、(12)伊藤仁斎、(13)林道春。国学和歌の人々は、万葉集古今集に其雷名いちじるし。近頃の大人、(14)賀茂の真淵、(15)橘の千蔭、(16)〔季〕末鷹、(17)篤胤達を賞美す。尤天神七代地神五代の御治世は、御記録も慥かならざれば、中〳〵及べくもなし。神武天皇より此方、世々の史記成て、抑日本紀、王代一覧、本朝通記、前々太平記前太平記類、不残可読者也。歌書は万葉集を男の姿とし、古今集を女の姿なりと先哲の申されしとぞ。代々の歌集其家

一『列子』(「力命第六」)中の故事。「生ㇾ我者父母。知ㇾ我者鮑叔世」。(管仲と鮑叔牙の)親しい交わり。

二 儒教で人が行うべき五つ。仁、義、礼、智、信(『和漢名数』)。

三 明治五年(一八七二)の「学制」第二十一章に「小学校ハ教育ノ初級ニシテ人民一般必ズ学バズンバアルベカラザルモノトス」。

四「天神七代」は国常立尊、国狭槌尊、豊斟渟尊、泥土煮尊、沙土煮尊、大戸道尊、大戸間辺尊、面足尊、惶根尊、伊弉諾尊、伊弉冊尊。「地神五代」は天照太神、正哉吾勝勝速日天忍穂耳尊、天津彦彦火瓊瓊杵尊、彦火火出見尊、彦波瀲武鸕鷀羽葺不合尊(『和漢名数』)。

五 六国史(『日本書紀』等)。

六 年代記。『日本王代一覧』。林恕編。慶安五年自跋。

七 長井定宗編。元禄十一年刊。

八 戦記。『前々太平記』は橘墩著、正徳五年刊。『前太平記』

くに有(あり)。亦物がたりと唱(となふ)る本ども不少(すくなからず)。源氏、一〇靫(うつぼ)、竹取、伊勢物語、土佐日記、つれぐ〵草、何(いづ)れも本書斗(ばか)りにては解し難きことになめれば、通俗類の抄物一一等を求めて、勤学の失問一二尤大切也。四書五経、唐詩選、一三蒙求、一四古文、一五小学等を読て、一六文選(もんぜん)をよむ。此書や中華の一七英章にして、章句の変無究、賦類の文体さながら羊腸たり。是を教る者是を習ふもの、粗(ほぼ)その心を得ずしては空読(そらよみ)更に詮なし。今や世の中隈(くま)なきまでに開けて、潮木拾ふ蜑(あま)が子、たきゞ樵(こ)るそま人すら、一八難波津、あさか山の流れを汲(くみ)しる事とは成ぬ。士農工商とわかれども、文章のみちに於て更にへだてなし。各その分限に応じ、師を撰(えらみ)て学文〔学ぶカ〕を教ゆべきなり。書はいか成(なる)本たりとも捨べからず。たとひ仮名書、草双紙、浄瑠理

は藤元元著、享保三年刊。

九 賀茂真淵が『にひまなび』(明和二年成)で「万葉集の歌はすべて丈夫(ますらを)の手振なり」「古今歌集の歌は専たをやめの姿なり」とした。「先哲」は真淵。

一〇『宇津保物語』。

一一 北村季吟『湖月抄』『徒然草文段抄』等を指すか。

一二 疑問が解消するの意か。「質問」の誤記か。

一三 唐李瀚(りかん)撰の古代から南北朝までの人物の挿話集。

一四『古文真宝』。詩文集。

一五 中国の初学者への作法、道徳の編纂指導書。

一六 周から梁に至る詩文集。

一七 すぐれた文章。

一八『古今和歌集』仮名序で「歌の父母」とされている「難波津に咲やこの花冬こもり今は春べと咲くやこの花」「安積山かげさへ見ゆる山の井の浅き心をわが思はなくに」の和歌二首。

本、謡本、みな博学多才の編集にして、勧善懲悪自(おのづか)ら備り、著者の学才におゐては、戯作といふ共(とも)、十遍〔返〕[一]舎は弥次郎、北八に千金の元〆を請合(うけあひ)、為永春水[二]は生涯のはかりごとを、巽(たつみ)の園(その)、八幡鐘(はちまんがね)に尽せり。京伝老[三]人はうその皮を好で、ムスコビヤと云ふ最上の烟草入(たばこいれ)を手作して、ひとり吉原の穴さがしと出かけられしなど、柳[四]の家が越後流の角兵衛獅子を真似ても、中々追(おひ)付(つく)事ではなし。馬琴[五]が著述は、現八が信乃捕手(とりて)に向ふを華とし、浜路が実情、網干(あぼし)がぺてんに百年の命を縮めしと聞(きく)。椿説弓張月(ちんせつゆみはりづき)には、八郎が英雄を惜み、木曽の外伝には、冠者(くわんじや)に田鼠の化するを観せ、阿闍梨(あじやり)が恨〔魂〕[六]胆に猫鼠の論を引(ひけ)り。もとより博識の逸人にして又風流の徒なり。此頃(このごろ)流行の書籍には、日本外史[七]、国史略[八]

一 十返舎一九の弥次郎兵衛、喜多八を主人公とする滑稽本『東海道中膝栗毛』の好評を示す。

二 人情本『春色辰巳園』は為永春水の代表作。「八幡鐘」は深川を象徴する。

三 山東京伝が「烟草入」の京伝蔵店を営んだことを踏まえる。洒落本『令子洞房(むすこべや)』の自序「革の極品なるをムスコビヤといひ、女郎の革羽織なるをミジマイベヤと云。(中略)印伝ならぬ京伝が、面と皮を製したる虚言(うそ)の皮を又名号(なづけ)て無粋語歴夜といへども」による。

四 井月自らが越後の産であること。「柳の家」は井月の別号。

五 曲亭馬琴が読本『南総里見八犬伝』の執筆に渾身の力を奮ったこと。犬飼現八、犬塚信乃、浜路、網干左母二郎は登場人物。

六 鎮西八郎為朝は『椿説弓張月』の主人公。「木曽の外伝」以下の記述は『頼豪阿闍梨怪鼠伝』。

を素読すると聞。

[九]おのれ志学の頃は、論語、孟子、大学、中庸を読て五経に移り、春秋、易経、書経、詩経、礼記と習ふて、小学をよみ、蒙求、唐詩選、古文前後を習ひ、失問勤学に及ぶ。初に[一〇]史記の世家よりして[一一]戦国策、[一二]漢書、[一三]十八史略、[一四]三国志、[一五]左伝等を[一六]会読す。邂逅輪講を立て、諸生の強弱を試む。月並先生の講釈には[一七]孝経よりして論孟に至る。大学、中庸も亦其中にあり。人の性により、覚ゆるに早き有、忘るゝに早き有て、教授の丹誠を蒙る事言語に絶す。或ときは何々何之章より何の篇迄、[一八]暗読可致日際を極て、童蒙に便りす。又ある時は[一九]復文を書せて[二〇]錯字忘点を調べて、文章の働などを要とす。素読、[二一]詩会、会読等の定日を立て、昼夜に学問

六 馬琴に『俳諧歳時記』(享和元年刊)の著作がある。
七 漢文体の史書。頼山陽の著作。文政十二年刊。
八 漢文体の史書。岩垣松苗の著作。文政九年刊。
九 井月。二五五頁の「おのれ」も、井月。
一〇 前漢の司馬遷による正史。その中に「三十世家」がある。
一一 前漢の劉向編による雑史。
一二 後漢の班固著の史書。
一三 元の曽先之撰の史書。
一四 晋の陳寿撰による魏、呉、蜀の正史。
一五 『左氏伝』。中国の史書。
一六 何人かで読書し、意見を交換すること。
一七 戦国時代成立の経書。
一八 暗誦。
一九 書下し文を漢文に戻すこと。
二〇 「錯字」は誤った字、「忘点」は返り点の付け忘れであろう。
二一 漢詩を作り、鑑賞する会。

の上達を励む。去(され)ども其人其性に寄りては、馬耳風更に教へ甲斐なし。漸(やうやく)成人に及で恥しき事を思(おもひ)、俄に仮名付(かなつき)にたよりて先非を悔(くい)、通俗軍談の類を読て聊(いささか)[一]忘失(ばうしつ)を補ふに至りても、一向(ひたすら)捨たる者よりはまされり。

夫[二]俳諧の道は、史記の滑稽伝を引て、利口弁舌のそれとはなしに風諫(ふうかん)するに譬ふ。[三]孔子さへ風諫を貴しと仰られたと申(まうす)。ばせを翁も、夫子と心の目あてはおなじ事と見えて、[四]五倫の道はいふに及ばず、喜怒哀楽愛悪欲の七情にわたり、[五]大道にあらずして大道にかのふ〔な〕の意味深長なり。春夏秋冬の季を違(たが)ひ〔は〕ず、其時々の景物を題とし、わづか四十七字の仮名をたどり、森羅万像有(あり)とあらゆるもの、意を了解せしめ、花鳥風月に心を慰む。[六]花は桜木人は武士と誰も羨む[七]世を空蟬のから[八]

一 忘れ去ってしまうこと。

二 藤原清輔『奥義抄』の「誹諧歌」には『史記』の「滑稽伝」への言及があり「優孟は多弁、常に談笑を以て諷諫す」と紹介、「その趣、弁舌利口あるもの、如二言語一、火をも水にいひなすなり」と記されている。

三 劉向『説苑』(巻九正諫)に「孔子曰く、吾は其れ諷諫に従はんと」と見える。

四 支考『俳諧十論』(享保四年刊)に「俳諧は平生の詞にありて、外には五倫の人をなぐさめ、内には七情の我をやはらげて、誠に今日の世法なりし」。

五 『奥義抄』に「滑稽のともがらは、非レ道してしかも成レ道也。又誹諧は非二王道一して、しかも述二妙義一たる歌也。故にこれを准二滑稽一」。

六 諺。例えば『仮名手本忠臣蔵』に町人「天河屋の義平」を評して「花は桜木人は武士と申衣(ごろも)、きつゝ馴にし草枕、彼の西行の俤(おもかげ)とて、九花と散(ちる)身は西念が衣きて、木曽の酢茎に春も暮(くれ)つゝとも見えたり。

おのれ越路の鄙(ひな)に生れ、一〇湖水にそだつ菱草の根なしごとのみそゞろがき、需る人のこゝろにも面白からぬ事よりも、責(せめ)ては四時の手紙の草稿、珍しからぬ愚案のまに〳〵、禿筆(とくひつ)をもてかいつくのみ。

せども。いっかな〳〵武士も及ばぬ御所存ン」と見える。芭蕉が武士であることを前提としての記述。支考『十論為弁抄』に「故翁(編者注・芭蕉)は伊賀の城主藤堂家につかへて、稚名は金作といへるよし」。

七 世をはかないものと感じて。「空蝉の殻」から序詞的に「唐衣」へ繋っていく。

八 『伊勢物語』の「から衣きつつなれにしつましあればはるばるきぬるたびをしぞ思ふ」による。

九 『猿蓑』中「灰汁桶(あくをけ)の」巻の芭蕉の前句と凡兆の付句。「花とちる身は西念が衣着て／木曽の酢茎に春もくれつゝ」。

10 諏訪湖を指すか。

「用文章前文」人名略注

(1) 坂川暘谷。名は平学。御家流の書家。芝泉堂は号。江戸住。天保年中の人(村上帰旭編『筆道師家人名録 初編』、漆山天童編『近世人名辞典』)。

(2) 御家流(青蓮院流)の祖。十七世青蓮院門跡。伏見天皇の皇子。永仁六年(一二九八)—正平十一年(延文元年)(一三五六)。

(3) 書家。巻(右内)弘斎。亀田鵬斎門。新潟の人。安永六年(一七七七)—天保十四年(一八四三)(『近世人名辞典』)。

(4) 菱湖大任門の書家。中沢行蔵。越後長岡藩士。江戸住。慶応二年(一八六六)没(『近世人名辞典』)。

(5) 菱湖大任門の書家。萩原自然。父は常陸国鹿島の神職。江戸住。享和三年(一八〇三)—明治十年(一八七七)(『近世人名辞典』)。

(6) 書家、儒学者。細井次郎太夫。儒学は坂井漸軒門、書は雪山門。遠江国掛川の産、嵯峨住。万治元年(一六五八)—享保二十年(一七三五)(『近世人名辞典』)。

(7) 書家、詩家。市河三亥。江戸上野の産。安永八年(一七七九)—安政五年(一八五八)。

(8) 貝原益軒。名は篤信。福岡藩儒学者。医家。寛永七年(一六三〇)—正徳四年(一七一四)。

(9) 荻生徂徠。物茂卿とも称す。儒学者。江戸産。寛文六年(一六六六)—享保十三年(一七二八)。

(10) 太宰春台。名は純。儒学者。信濃国飯田産。延宝八年(一六八〇)—延享四年(一七四七)。

(11) 文人。三河国碧海郡泉郷産。天正十一年(一五八三)—寛文十二年(一六七二)。

(12) 儒学者。京都産。寛永四年(一六二七)—宝永二年(一七〇五)。

(13) 林羅山。剃髪して道春。儒学者。京都産。天正十一年(一五八三)—明暦三年(一六五七)。

(14) 国学者。荷田春満(あずままろ)に学ぶ。遠江国敷知(ちふ)郡伊場村産。元禄十年(一六九七)—明和六年(一七六九)。

(15) 加藤千蔭。国学者、歌人。真淵門。江戸産。享保二十年(一七三五)—文化五年(一八〇八)。

(16) 賀茂季鷹。国学者。千蔭と交流。京都産。宝暦二年(一七五二)—天保十二年(一八四一)。

(17) 平田篤胤。国学者。本居宣長門。秋田産。安永五年(一七七六)—天保十四年(一八四三)。

参考篇

略　伝（感想を加えて）

下島　勲

井月が、越後の国長岡出身の者であるということは、「越後獅子」と題する、彼が諸国行脚の際、処々で接した俳人の句を書き止めて置いて版にした小冊子の序文と、古老の伝説に由って略ぼ明かなことになっているが、さて長岡の怎う云う家に生れ、如何なる生い立ち或は教養を経た者であるかは、現在では遺憾ながら全く不明である。伝説に由ると井月は長岡藩士の出で姓名は井上勝造或は勝之進と云われていたが、山圃宛書簡に、井上克三の自署あることを高津氏が見出された。また学殖品行のほか骨格の立派さなどからいうても、只の平民ではなく然るべき武家の出ではなかろうかとの想像である（「余波の水茎」の跋に、「古里に芋を掘つて過さんより云々」とあるから、百姓の出であるかのようだが、これは深い意味を持たぬ洒落と見るべき程のものであろう）。

一体井月が如何なる因縁から俳人となったか、而も彼の如き純真な超人といってもよい境涯にまで到達するようになったか、頓と考証の手懸りさえ不明である（一、二俗説もあるが、容易に信じ難い)。この辺が井月の井月たる本来の面目であろう。と云ってしまえばそれまでだが、併し唯これだけでは余りに曲が無さ過ぎる。蛇足かも知れぬが、私の想像を述べてみたい。勿論想像は誤謬の恋人であると云うから、その積りで見て頂きたい。私の稽えでは、仮し如何なることがあったにせよ、矢張り井月はあの時代に超出した生一本の俳人で、普通に云う悟りだの、俗説の動機などから生れて来た、所謂捉われた安価な思想や感情の持主でないということは、彼の行動や作品を見ればわかるように思われる。

そこで、私の想像が仮りに無用の空想だとしても、彼が幼年時代から非常な学文好きであったことだけは事実らしい。――学文好き――思索家――詩人の特質……と云ったようなことから、芭蕉に因って其本然性が目醒めはじめ、終に彼の生きる道とまでに進んだ結果が、「奥の細道」の、「いつの年よりか片雲の風にさそはれ漂泊の念やまず……」の実現となったのではなかろうか。何故幼年時代に学文好きだったかは、彼の家出の年齢が三十歳前ではなかろうかと思う考察から推して、あの時分にあれ程の学殖、書道練磨を得たことだけでも、想像に難くないからである(三十一歳のとき長野に居た証跡あり)。また妻帯したか否かは、「妻持ちしこともありしを着衣始」の句から推定されるようにも思われる。

彼が家出をしてから諸方行脚の径路は怎うであったか。之は矢張り「越後獅子」と、井月自身の俳句とによって大凡判断が出来る。それは先ず北越から奥羽を経て上州から江戸に出で、次で東海道を駿河、三河、尾張、美濃、近江というように経廻って京都に入り、それから大阪を経て須磨明石までの足跡が窺われる。恐らくこれから引返し、大和から伊賀伊勢を経て美濃から木曽に入り、北信から伊那の地に来たものと思われる。初めて伊那へ来た年代は、之も確とは判って居らぬが、安政の五、六年即ち彼の三十七、八歳頃であるらしい。井月が信濃路へ入ったことを知る最も古い文献は、高津氏の研究によれば、善光寺大勧進の役人吉村隼人の母の追弔集によって知ることの出来る、嘉永五年彼の三十一歳の時である。また彼が「越後獅子」の抄録を携えて高遠の藩士岡村菊叟を訪問したのは、文久三年の五月であって、之は同書の序文で明かになっている（従来鶯老人は、美篶村太田窪の俳人塩原梅関と称されていたが、高津氏により岡村菊叟なること判明せり）。

井月の行脚記念物である句集は、鶯老人岡村氏が「越後獅子」と題して序文を書き、挿画は池上秀畝画伯の先考鳳雲画伯の筆を染めたもので、粗末な木版摺ではあるが、兎に角伊那地方の俳人へ配布せられている。勿論少部数であったことは云うまでもない。また死ぬ前年に、梅関、霞松両氏の企で、「余波の水茎」と題する小冊が出来ていて、呉竹園淩冬氏が序文を書き、巻末に井月の跋がある。之は井月の晩年を記念する意味から、諸方俳人の句を請い集めたらしい小冊子で、東京の春秋庵幹雄や、老鼠堂永機あたりの句も載っている。井月が之等の俳人と交遊があったか否かは不明だが、恐らく発企者の配慮で、井月に花を持たせたものであろうと思う（このほか「越後獅子」の姉妹篇たる「家つと集」。日記其他の発見あり）。

井月は痩軀長大、禿頭無髯、眉毛の薄い、切れ長なトロリとした斜視眼の持主で、故大隈侯と石黒況翁の顔貌に似かよった、極めて無表情で間の抜けた、さながら彫刻のような印象が残っている。

扨（さ）て、井月が伊那の地に於ける生活状態は怎うであったかといえば、全然一処不在の浮浪生活で、伊那然（し）かも多くは上伊那の地を、彼処に一泊此処に二泊、気に入れば三泊も五、六泊もする。また随処で昼寝もすれば野宿もする。要するに、行き当りばったりであった。然（しか）し井月の立ち寄る家は、少なくも私の知る頃には殆んど一定していたようである。それは、何処の村落でも大概名望家とか、旧家とか、謂（いわ）ゆる智識階級、或は特に俳諧に趣味のあるような処許りに限られていた。が、併し如何に旧家名望家でも、俳臭のない処や、吝嗇の家や、酒を提供しない家などには、決して立ち寄らなかった。そしてグルグル同じ区域を廻って歩いたのであったが、狭い土地とは云いながら、私の家などへは一年に二度、多くて三度位の程度であった。

その服装はといえば、全然他力の彼方任せで、まるで乞食のような風態をして来ることもあるが、多くは古いながらも袴を着けて、比較的見苦しくない態で来たものである。要するに、人の着せて呉れる儘の服装であったのだ。そんな訣から有名な虱の問屋で、何処へ行っても婦人などから極端に嫌われたのは無理からぬことである。私の知っていた頃、即ち明治九年から十五、六年までは、小さな古ぼけた竹行李と汚れた貧弱な風呂敷包みを両掛けにし、時々瓢箪を腰にぶら下げて、牛より鈍い歩調でトボトボと歩いていたのを記憶している。が、晩年の井月は乞食も乞食、余程極端な状態であったらしい。例えば、以前は比較的理解のあった処でさえ、門前払いをするやら、僅かに軒下で酒食を与えて戸を閉じてしまうというような処もあって、相手どころか、気味の悪い乞食として忌み嫌ったとのことである。尤も初めて伊那へ来た頃は、紋附黒羽二重の小袖に白小倉の袴、菅の深阿弥笠というような、まるで尾羽打ち枯らした芝居の浪人染みた物凄い出立ちであったというような伝説もある。「羽二重の袖から出すや蕗の薹」などの句は、何となくそんな感じがないでもない。

彼の嗜好は酒であった。否、典型的な酒仙の面影が髣髴する。併し嚢中銭のあるのは特別の場合のほか正月の年玉を恵まれた時ぐらいなもので、平生蓄えなどのなかったことは勿論保証が出来る。それでいながら常に多少とも酔うことの出来たのは彼の一徳で、真に天の美禄とも言うべきであろう。尤もこれは寒国、殊に郷里あたりの常習から、人の顔さえ見れば酒を勧めるという、頗る酒を好む悠長な土地柄の賜もので、井月が墳墓の地とまでなったのも、恐らくこれが魅力のあずかったことであろうと思われる。

その飲み振りは真に楽しみつつ飲むという方で、強酒ではなかったようだ。併しそれも相手次第で、強いれば可成り飲んだが、直ぐに泥酔して倒れてしまう。私の父などは強酒の方で、よく井月を相手に寧ろ自分で飲んだものだが、迚も彼は父の敵手どころか、直ぐ泥酔して倒れた結果が、下痢やら寝小便で、祖母や母が迷惑をしたものである。これは何れでも同様有名な話である。茲に特記すべきは、嘗て怒ったところを見ないということ、婦人に戯れたということは、聞いたことも見たこともないということである。

彼は元来、極端な沈黙家であったばかりでなく、口をきいても低音で、而も舌がもつれて何を言うのか明瞭に分ったことが少かった。或は酒精中毒の故もあったであろうが、初めて伊那の地へ現れた頃、即ち比較的若い時分からこの点などは余り変っていないとの説もある。また酒を飲んで差して興奮する様子もなく、多弁になるでもなく、只グズグズ、ヒョロヒョロの度が加わるばかりで、余り平常と変ったことがない。否、井月ばかりは、平常すら酔ているのか醒めているのか、時として死んでいるのか、生きているのか訣（わけ）の分らぬことさえあった。唯言語で吾々に分るのが一つあった。それは千両千両……と言うのである。これは井月の有名な言葉で、謝詞、賞讃詞、賀詞、感嘆詞として使用するは勿論、今日は、左様ならの挨拶にまで、唯この千両千両……を以て済す場合が多いと云う程の有名さを持った言葉である。其他のことは逸話奇行で人となりが判ると思うから略して置く。

井月の無頓着さは、咏草だの抄録だのを持つような、気の利いた人間ではなかったらしい。要するに到る処で咏み放し書き放しであったのと、世人から余り珍重がられない結果として、散逸したり滅亡したりしたものが可成（かな）りあろうと思われるが、併し信州殊に伊那地方廿有余年の漂泊中に遺した俳句が、壱千四百句以上現存しているというのは、実に愉快なことである。猶半年ぐらいではあるが、日記の現れたのは、実に意外なことであった。

扨て、彼が廿有余年の生活は略ぼ前に述べたのと、逸話奇行でも知られる如く、人間普通の生活から離れることの遠い、実に破格な純真無垢の生活相であって、私の浅学寡聞の故かも知れぬが、これを古今に求め、随分ありそうに見えて、その実、余り多くの匹儔（ひっちゅう）を見出し難い。彼のアシジの聖フランシスを引合に出すまでもなく、大燈国師や、風外和尚や、僧桃水や、高遊外や、大愚良寛の如き、高名な禅僧の聖跡に対比するの当否など暫く措き、俳人中でも北枝、惟然または一茶の如き、可成り異常な生活相を露現したものもあるが、その風格はやはり良寛和尚に一番よく似ているように思われる。併しながら、全部を大自然の中へ投げ出した、所謂自然児らしい漂泊詩人井月を思うとき、今更ながら、芭蕉の偉大さを沁々感じずにいられないと同時に、その理想を飽くまで実践しようとしたらしい井月の殊勝さを追憶しずにはいられない。そこで、彼が終期の自然さ沈痛さを略述して、伝記の終りを結ぶことにする。蓋し、芭蕉栖去(せいきょ)の弁に、「拄杖一鉢に命を結ぶ。なし得たり風情遂に菰をかぶらんとは……」の実現以上ではあるまいか。

時は明治十八年師走某の日(高津氏によれば明治十九年)、信州上伊那郡伊那村の路傍乾田の中に、身には襤褸(ぼろ)を纏い、糞まみれとなって倒れている井月を発見した。多分死んでいるのであろうと近寄って見れば、生きてはいたが、最早身動きもならぬ病体であった。そこで当惑の結果が、成る可(べ)く村の厄介にならぬようにと、村人数名が戸板に載せ、芭蕉の松茸の句碑で有名な火山峠を越え、隣村富県村字南福地の某地点に置いて帰ったのである。福地の村人某これを見つけて、旧交の深かった竹松竹風という老人に告げた。竹風老人はまた村人三、四人を頼み、縁故の深い隣村河南村字押出の六波羅霞松氏の処へ担い込んだそうである。霞松氏は予(かね)て井月入籍の家を知っていたので、また若い人達の肩を借りて三峰川を渡り、美篶(みすず)村末広の太田窪、塩原梅関氏方へ送り届けたのである。即ち「落栗の座を定めるや窪溜り」の家である。茲で腰も立たず、口もきけぬ悲惨な病軀を横たえていたが、翌十九年二月十五日（高津氏によれば二十年三月十日、即ち旧暦二月十六日）、霞松氏の勧めた一盞の焼酎を飲み、眠るが如く往生を遂げたそうである（この説は竹風、霞松の両古老より出づ）。年齢は六十七、八歳位の推定であったが、高津氏の研究により、安政五年生れの六十六歳と確められた。

井月の入籍は、徴兵除けの復籍した者の跡へ、塡補の形式か何かで行ったものであるとのことである。

井月にも聊か(いささか)の希望はあったらしい。それは加納五声氏宛の書翰にも書いてある如く、伊那の地に草庵を結んで住したい希望であった。併し斯(こ)んな望みすら果すことの出来なかったのは時世の非もあったであろうが、人間としての彼が思いやられる。

浮浪の井月は、死去の前々年即ち明治十八年頃美篶村末広太田窪の塩原折治（俳名梅関）氏の弟として入籍した。その時「落栗の座を定めるや窪溜り」の句がある。また死去二時間ばかり前、俳友六波羅霞松氏が辞世の一句を請うてみたが、僅かに頭を左右に動かすのみであった。併し強て筆を握らせ白紙を顔前の空間へ拡げてやって、辛うじて書いたのが「何処やらに鶴(たづ)の声きく霞かな」の句だそうである。この句は、以前の吟詠で辞世ではない。唯此時偶(たまた)ま浮んで来たので書いたものとみえる。

井月の墓碑は、死後間もなく梅関氏の建てたもので、高さ一尺八寸、幅一尺一寸、厚さ六寸の三峰川赤御影の自然石で、碑面には井月の「降るとまで人には見せて花曇り」の一句を刻してあるが、浅刻のため肉眼で一寸読めない。実に井月の墓碑らしい無造作なものである。夫(それ)から少し離れた処に、立派な石碑の一つがある。之は梅関氏夫妻の墓碑で、井月の戒名もこの碑の右側に刻されてある。それは、「塩翁斎柳家井月居士」であって、右側面には、明治十九年甲戌二月十五日没、俗名塩原清助と刻されてある（高津氏の研究により、明治二十年丁亥三月十日、旧暦二月十六日歿の確証がある。また明治十九年は丙戌なるに甲戌と刻せるも誤りである）。

奇行逸話

下島　勲
高津　才次郎

井月は元来自ら求めて奇行や逸話を作るような意識的の技巧や、覇気のある気の利いた人物ではなかった。唯偶ま対境或は外部から来る波瀾曲折が、彼をしてそれを生ましめたというまでのことで、一見蠢愚に近い超凡な彼の行動を強て挙げるとしたら、行住座臥悉く奇行逸話ならざるなしということになるであろう。故に蒐集から得た材料は、なるべく確実で特殊なものをのみ伝えることにした。私は僅かの間ではあるが、自分自身の実見から偶像化せられない、奇行といってよい行動の若干を挙げることの出来るのを欣幸とする。

一　不死身の井月

私が十歳位の頃、五、六人の友と小学校の帰り道に、偶ま井月の「トボトボ」とやって行く後姿を見つけたので、その腰にぶら下げている瓢簞を擲石(てきせき)の手練で破ることに相談一決した。そこで大小手頃の石を盛んに擲(なげう)ったが中々うまく当らない。悪太郎の吾々も少し焦(じ)れ気味で一層盛んにやっている中に、誰のが当ったか後頭部から血が流れ出した。が、井月は振り向いても見ず歩調も変らぬ。私はこの時非常な恐怖を感じたので、一生懸命後の方へ逃げ出した。すると、他の友達も私の後から逃げて来た。日の暮れかかる頃家へ帰ってみると、井月は仏間で酒を飲んでいた。祖母が薬を付けて遣(や)ったことは夕食の時に聴いたので、「ビクビク」していたが、吾々の悪戯(いたずら)の結果であったことが家の者に漏れていないので聊(いささ)か安心した。翌日学校で上級生の一人にその話をしたら、井月は不死身である、と言った。

二　万太の悪戯

山吹の咲いていた頃だ。宮坂の曲り角で、井月が天竜川の方面を眺めていた時のことである。原氏方の雇い小僧の万太と云うのが、突然後から石を頭に擲げつけた。その瞬間体をブルブルと振わせて、歯ぎしりをしながら恐ろしい眼つきで振り向いた。が、何も言わず徐(おもむ)ろにまた元の姿勢に向き直った。見ていた私は逃げ出した。今当時を追想してさえ慄然とする。

三 虱と井月

或る夏のことである。学校から帰るが早いか、大笊を提げて独り天竜川原へ飛び出した。それは雑魚(ざこ)を掬うためなのである。天竜の支流深(ふ)ツ川の河べりを漁りながら上って行くと、三、四株柳の茂っている蔭に井月が坐っているのである。午後四時頃の西日を浴びて何をしているのかと近寄って見れば、襤褸(ぼろ)の襟の辺から虱を摘まんで前の石の上へ並べているのである。これは妙だと見物していたが、如何にも悠々緩々採っては並べ、並べては見ていると云うわけで、私も小半時見ていたが人が居るとも感じぬらしい。私は何時結末がつくかわかりそうもないので、また雑魚掬いに取りかかった。それから四、五日して私の家へ来たのを覚えている。

四 施行

或る年の冬のことである、井月が二、三日逗留中、衣類が余りに薄くて寒そうであるからと云うので、祖母が古い綿入羽織を着せてやった。その日祖母は自分の生れた栗林の里へ行ったのである。三日許り遊んでの帰途、伊那村の諏訪社の前で井月に出逢うたが、着せてやった筈の羽織を着ていない。不思議に思うて如何したのかを聴いてみると、乞食が余り寒そうに見えたから呉れてやったと平気なので、祖母も殆んど呆(あき)れていた。

五　野　宿

或る晩秋の頃、私の家に一泊して翌日の午後の五時頃「トボトボ」出掛けるので、今時分何処へ行くかと見ていれば、道を左に曲ったので、さては伊那村方面へ行くのであろうと気にも止めずにいたが、夜に入って瓦屋の主人から注進が来た。それは井月が私の家から約三、四町程は離れた狐窪の萱原へ坐り込んで、何を見ているのか考えているのか、日が暮れても動く様子がない。そこで塩握飯と酒を持せてやったが、握飯を一つ食うて酒を飲んで寝てしもうた。寒かろうと云うので職工が空俵を頭から被せてやったが、身動きもしない、あの儘死んでしまうのではなかろうかと云うのであった。が、翌早朝学校へ行く時に見たら、空俵はあったが井月は居なかった。

六　小溝の井月

或る年の六月頃、宮坂田圃を通ると、井月が路傍の小溝の中へ横さまに落ち込んでいた。如何にして起き上るかと暫く見ていたが、一向身動きもしない。そこで、私は引き上げて下駄まではかせてやったが、礼のつもりか千両千両と言うていた。大分酔ってたらしい。

七　犬と井月

私が十一、二歳の正月、母の生家大久保の中村方に遊んで居た時のことである。前々日頃雪が可成り降って、未だ幾程も消えていない夕方であった。門前で頻りに犬の吠えるのを聴いて飛び出してみれば、井月を目掛けて盛んに吠え付いているのである。子供の私は面白いことにして見物していた。井月は竹の杖をついて稍前屈の姿勢で犬と睨み合いをしている。犬が廻れば井月も廻る、グルグルグル、時の三十分間も廻っていたが、祖母と従姉の姿が門前へ現れたころ、犬の根気が抜けたのか、尾を振って吾等の前へ引き上げて来た。井月は中村方に幾日居たか、私は翌日家へ帰った。

八　酒屋と井月

赤穂の町に銭屋と云う当時有名な造り酒屋があった。それは私の叔母の家である。時は旧暦の正月、祖母と芝居見に出かけて泊っていたときの午後二時頃のことである。井月が飄然店へ這入って来たと思うと、丁度店に出ていた叔父と何やら静かな問答を始め出した。何のことかと聴いていれば、その頃の拾銭紙幣を三枚程、店火鉢の脇に並べて

「ブッブツ」云うている。それは、処々で年玉を貰い成金になったから平生の酒債の幾分に充てると云う意味らしい。叔父は頻りに手を振って先生から銭は取らぬと云うていたが、井月は紙幣を置いた儘、「ヒョロヒョロ」出て行った。何処で飲んだのか余程上機嫌で、然も新らしい大きな瓢箪をぶら下げていた。

九　篆　刻

或る年の初秋の頃、山遊びをして伊那村の八幡社境内に這入ると、鳥居脇の処に座を占めて何か頻りに細工をしている井月を見出した。何をして居るかと覗いて見れば、印を刻している。印材の一つは角形の粗末に削った木材、一つは南瓜の蔕である。また道具は洋傘鉄骨の短くしたものへ尖刃を付けたのであった。これを見学した私は、当時洋傘鉄骨で盛んに出鱈目の印を刻した覚えがある。

以上は空谷下島勲が実際に見聞の奇行逸話である。

十　代用の魚網

或る時中沢村高見の田村平太郎氏(俳名龍尾)、余りに衣服が見苦しいので古い夏羽織と袴とを贈った。夫から数日を経て、某氏が所用のため天竜河原を通行の折り、偶然井月の奇行を発見したのである。それは夏羽織を掬い網に代用して頻りに水溜りの雑魚を漁っているのであった。某氏も呆れて暫く見物していたが、試みに何をしているかと尋ねてみた。「イヤ好い雑魚がおるので某家の土産に掬うている」と平気な答えであったと云う。そこで某氏が実見の儘を龍尾氏に話したので、次回に廻って来た折り「魚網に使う気転や夏羽織」の戯句を示したところ千両千両と云うて笑っていたとのことである。

十一　奉納額

富県村福地の村社に井月選句自筆の奉納額がある。これは井月の書に対する力作で非常に立派な出来栄であると云う。これを揮毫する際の話が振っている。夫（それ）は、酒を飲んでは一、二句書き、また飲んでは寝てしまう、と云うようなことで一向出来上らぬ。四、五日目には村の世話役から大変な苦情が出て来たが、井月はそれがために急いで書き上げようともしず、相変らずの態度なので、皆々愛想をつかして放置して置いたが、漸く八日目の晩に出来上った。その立派な芸術は今に光っているのである。

十二　久蘭堂と井月

久蘭堂は伊那里村杉島の旧家で、人里離れた谿山幽邃の景勝を独占した処である。代々俳道の趣味深く、随って芭蕉、蕪村を始めとして、高名な俳人の短冊遺墨を所蔵しているので、井月がよく訪ねたのも無理がない。殊にその離れ座敷は風流を凝らしたもので、井月の垂涎したのは勿論である。或る年の蛭子講の夜中である。内祝いの酒宴酣なるところ、何処から井月がやって来たのか、「コッソリ」無断で例の離れへ這入り込んで寝てしまったのである。翌朝手を拍つ音が聞えるので、庭に遊んでいた子供が覗いてみると、井月が居るのでびっくりした。そこで井月が紙片に何か書いて、これを本家へ持って行けと云うので、子供は命ずるままに届けたのである。句意は久々で蕎麦焼餅が食いたいと云う意味のものであったと云う。

十三　井月の証文

富県村字福地の火山峠山麓に、当時土地で評判のあった紋十婆茶屋と云うのがあった。無論小さな腰掛け茶屋で、駄菓子と一杯酒を売っていたのであるが、この老婆は中々の奇抜家で、駄馬衆や高遠通いの旅人を見ると必ず、酒くらって行かんか、と高声で呼び込むので、一名酒喰へ茶屋とも称えられたのである。井月も予てから顔馴染で、通行の途すがら立寄っては、一杯一杯が積り、遂い若干の酒債が溜っていたのである。或る時井月が例によって立ち寄った。老婆は待っていたと云わぬ許りに、貸売り控え帳を目の前につき付けて、酒債の仕払いを請求したのであった（老婆は文字を全然知っていないので貸売り控え帳は、心覚えの符牒の口座へ大小の銭或は紙幣の図を描いて置くのであった）。井月は、つき付けられた帳面を物珍らしげに眺めていたが、破顔一笑例の千両千両を連呼しながら、古行李の中を探って白紙を取り出し、自分の口座を丁寧に模写して、その傍へ一句を題し大形の印を捺して老婆に与え、「さて良き証文が出来た。是なら私が死んでも屹度取れる」と云うたのである。老婆は不満ながらも其時一椀の粥を供養し、さて立ち去る時に、「最う来なさんな」と云うたが井月は後振り返って、「また来るよ」の一語を遺して、トボトボ去ったとのことである。その遺墨は今何れへか紛失している。また題句も知れていないのは重々惜しむべきである。

十四　山椒の土産

或る年の春。中沢村曽倉の竹村富吉氏方へやって来て、袂を探って何やら恭しく紙包を差出した。それが土産のつもりらしいので、主人が早速開いて見れば山椒の若芽であった。主人は即座に、「酒出せの謎か山椒のひと捻り」と戯れたので、井月は手を拍って、千両千両を連呼したと云う。

十五　戯れ対吟

西春近村下牧の加納豹太郎氏とは平生心易い間柄であった。或る時井月がやって来たので「井月の色の黒さや時鳥」と戯れたが、井月は直に「豹太郎真向(まむき)に見れば梟かな」と、酬(むく)いて笑ったと云う。

十六　付け句

六波羅霞松氏が井月の入籍を祝いて、「心よき水の飲み場やさし柳」と云いしに、「雁の帰らぬうちに乙鳥(つばくら)」と付けたが、其速度の早かったのに驚いたとのことである。

十七　せけつ

中沢村字高見中割の田村甚四郎氏俳名を梅月と云い、井月と交り深く時々立ち寄った家である。梅月氏は近処の子供に寺小屋式の読み書きを教えていたので、恰も泊っていた井月が今出て行こうとした時、稽古中の一人の子供が、半紙に丸坊主を描き、「せけつがひひひひゆていくとこ」と題して見せた。この時井月喜色満面で、例の千両千両を連発して出て行ったと云う。

十八　御留守か

農蚕（のうさん）多忙の期節であった。梅月氏の内君が只一人蚕室で蚕（かいこ）の世話をしていると、井月がやって来て、「お留守か」と声を掛けたので、「居ります」と返辞をした。すると、井月が「御留守かへ居ります茲（ここ）に桑くれて」と、戯れたとのことである。

十九　投げ盞

或る陽春の頃、井月が田村稲置氏の厳父龍尾氏（平太郎と云う）と対酌中、阿保陀羅経読みの乞食が来たので一盞を与えたその時、「乞食にも投げ盃や花の山」の吟があったと云う。

二十　幻住庵記

中沢村本曽倉の竹村熊吉氏は、当時紺屋を兼業し極めて温厚篤実の人であった。曽て井月の饑寒の難を救ったこともあり、また俳諧も多少学んだと云われている人である。或る時廻って来たので酒を飲ませて、何か書くかと聞けば、書くと云うので唐紙を提供した。筆も道具も店の帳面付け用のものであった。一盃飲んでは書き、二盃飲んでは書いたものが、芭蕉翁幻住庵記である。無論記憶の儘を書いたもので、その頭脳の確かなのに驚いたとのことである。

二十一　寝床の間違い

赤穂町西裏に庭師の倉田助太郎と云う人がいる。明治十二、三年頃の秋のこと、出入先きの南向村竹の内と云う家の隠居の庭の手入れをして泊って居た時のことである。井月がやって来てこれも三日許り逗留していたが、その最終の泊りの晩、何かの祝いで酒の馳走があった。井月も大酔して床に就き、助太郎氏も大分酔うて井月と同室の寝床に這入った。一睡後の夜中に余りモゾモゾするので目が醒めた。手探りで撫で廻してみると無数の虱がいる。扨て(さ)は井月に寝床を間違えられたなと、気が付いたが、夜中擾ぐ(さわ)訳にもゆかず苦しい半夜を我慢で明し、翌朝早速事情を訴えたので、井月は苦笑いをし、隠居は大笑いすると云うようなわけ。そこで隠居が気を利かして、虱の替りに何か書いて貰うが宜かろう、やるがよかろうと裁いたので、井月も承諾はしたが、今日は一寸都合があるからまた逢うた時と云うので、朝食後何れへか出て行ったのである。その後井月に逢う機会もなく過ぎ去ったが、四、五年後の春のことである。宮田駅の笹家と云う家の庭の手入をしていると、井月の通行を発見したので、早速前年の約束履行を迫ったのである。井月は直に快諾したが、紙の持合せがないと云うので、唐紙二、三枚を買うて来てやった。場所は笹屋〔ママ〕の縁側に座を占めて、唐紙を小さく幾枚にも切ったのへ俳句を書きはじめたが、通り懸りの好き者も立ち停まって、私にも一枚私にも一枚と云うので、紙のある丈(た)け書いてしまった。貰った人達が寸志を紙に包んで、辞退するのを置いて行ったので、井月は早速駅はずれの天徳と云う料亭へ立ち寄り、包み紙をその儘並べて、これ丈(だ)け酒を飲ませろと云うのであった。何程の銭であったか、上機嫌の酔態で、薄暮何れへか立去ったとのことである。

二十二　棟木の揮毫

南向村字四徳の小澤松次郎氏が土蔵の建てまえの日、飄然井月が来たので、棟木へ祭詞の揮毫を頼んだ。井月も快諾はしたが、祝い酒に泥酔して書くことが出来ず、仕方がないので白木の儘上げてしまった。二、三日過ぎてから再びやって来て前日の欠礼を詫び、今日書くと云うので急に足場を造ってやった。仰向きの姿勢で書いた「天長地久千歳棟　万歳棟　福寿財棟　明治九年三月二十九日、小澤松次郎代井月書」の大文字が頗る立派なもので、今は有名になっているとのことである。

二十三　うまい発句

或る時、伊那村の某家へやって来た。主人が当時有名な某宗匠の短冊が一枚手に入ったからと云うので、「どうだ先生、お前も発句は中々出来るそうだが、いま日本で名高いと云うこの宗匠には及ぶまい」というたのであった。井月はその短冊を覗いていたが、ニヤニヤ笑って、「美しい細君を持って、贅沢をして、机の上で出来上る発句だもの、うまい筈よ」というたとやら。

二十四　井月と竹風

富県村字南福地の竹松銭弥氏（号竹風）は、伊那村塩田の米屋と云う酒造家に永年雇われていた人だが、無類の温厚実直家で、至極井月のお気に入りでもあり、また非常な井月崇拝者であったのだ。故に俳道の教を受けた許りか、晩年井月から遺物を貰うた程の、深い因縁を生んだ人である。その遺物とは、

一、芭蕉陶像一体　一、七部集一部（井月の朱註入り）　一、歳事記一部　一、自著一部（中折紙四枚綴にて、雅俗の言葉を分けたもの）

以上であったが、惜いことに今何れへか紛失しているとのことである。井月が伊那村

で野倒れになって、南福地に送られて来て逢ったとき微かな声で、「竹風ヤイ……已れは明日死ぬぞ……辞世は三枚ある、どれでも出せ」云々と、譫語のように言うたとのことである。

追善句　　七十八翁竹風入道

さめぐの顔ばかりなり涅槃像

白ら蓮にうら表なし月の照り

翁日や墨絵の軸に古つくゐ

こぼれてもく萩の盛りかな

二十五　まかれた井月

（以下高津才次郎追記）

厄介な井月を国元へ送り帰すべく、お詣に同伴するといって東春近村の飯島山好が善光寺まで行き、翌朝宿屋を立つ時、酒の中毒でか震える手先で草鞋の紐をぐずぐず結えて居る間に、山好は、茲まで来れば越後へ帰るだろうと思って、こっそりまいて帰村した。所が翌年の五月頃、携行した竹袋や印章類は失くして又ひょっこり南へ戻り、中箕輪村松島で昼食を済し、その夕方嚢中僅に三百を持って東春近村の随布亭に姿を現し、「はい御免よ」「先生か」「ハイ私じゃ千両、千両」「越後へ行ったそうだが」「それが行かんじゃ。ハイこれが土産だ」といって出したのが左の句である。

秋経るや葉にすてられて梅もどき

「門屋(山好の家)へ寄ったか」「寄らんじゃ。寄れば山好が面目ないじゃ」

これは随布亭の孫今伊那町御園の御子柴久太郎氏の若い頃夜食して居た時の事だとの追憶談である(此の間井月は安曇郡の池田大町方面に行ったとの事であるが同方面の足跡は明でない。明治十二年の犀川峡行脚は或は此時の事であろうか)。

二十六　柿の葉のお土産

伊那村箱畳湯沢文太郎氏の話。或時井月が来て、落ちてる柿の葉を拾い、しきりに着物で擦って埃を落して居る。何をするかと見て居たら、やがて家に入って妻女の前へそれを出して、「ハイお土産」。

二十七　ひぜん

同氏曰く、井月が炉縁でヒゼンの手をボリボリ掻くので、母人が井月のあとへ坐るなとよく言い聞かされた。それで子供心に何となく井月が恐しかったと。

二十八　無挨拶

同氏又曰く、井月は来る時も往く時も別段に挨拶もしなかったと。この種類の話はよく聞いた。北信犀川峡下長井の本道七郎氏の母堂も、「人が居なくても黙って上り込み、又黙って出て行ったりした」と話した。又「ちと何処かへ行って来たらどうです」と追い立てるようにするまでは平気で十日も二十日も居たと西箕輪村大萱の泉沢友衛氏が話した。そうかと思うと、飯島柳哉氏宛書簡のように口で言う事を遠慮して家に居ながら手紙で注文したりした。図々しいかと思えば斯うしたチミツドな彼でもあった。

二十九　正しき礼義

井月とよく合作の絵を書いた宮田村の山浦山圃は井月より年配も上で、井月は往訪の度毎に必ず丁寧に礼をするので、傍から妻女が「そんなに丁寧にせんでも」というと「礼儀というものはしなければならないから」といって止(や)めなかった。

山圃の死んだのは明治十四年五月でその時の井月の弔句は「東西も分らぬ雁の名残かな」と今年八十になる山圃の嫁なる人が語られた。衣物を貰う時は「これがよろしい。おおあかつき」といって中々新しいものは貰わなかった。そうかと思うと、衣物の綻びなどを縫ってやろうというと「よしよしお待ちよ、今脱いでやる」といった調子(伊那町久保村宝太郎氏談)、又、山圃方でこんな事も言ったそうである。「俺が死んだら俵へでもつめ込め。寒い時はよす。菜種の花の咲く時分だナ」と。幽契違わずそのきさらぎの望月の頃に死んだ西行を想う。

三十　握り米

同村湯沢源助氏の祖父亀石方へ来る度に一度に米一合与える約束で、絶えず来ては風呂敷の四隅を縛っては持帰った。或時米を手づかみにして与えたら、怒って受取らなかったという。同家の老僕の話に、井月は熱燗好で、燗が熱いと「千両でござる」と喜んだそうだ。字はよく夜中に書いたそうだ。一緒に寝て目を覚して見ると、よく起きて書いて居る。曰く、「これは俺の持ち分だ、お前方は寝ておいで」と。

外(ほか)でも聞いた話だが、井月が字を書く時や、印を押す時は酒のあとでも必ず端坐して苟(いやしく)もせず、そして人の居ぬ所で書くようにしたと。

三十一　紙をかくせ

田丸梅玉(梅月の子)の話に、井月が来ると「紙をかくせ」といったものだそうだ。やたらに書かれて困ったからである。それが今は井月の偽筆さえ出るようになった。

三十二　心せい月

高遠の市へ井月が行くというので、中沢村奈良屋の弟竹村富吉氏が、一文もなくて市へ行くのはといって笑ったら、即座に「一文の銭がなくても千両と人にいはれて心せい月」。

三十三　聖　人

火山の笛吹の子宮下岳次郎氏曰く「井月は甲の家で貰った物は乙の家に置き、丙の家へは無手で平気に行った。ほんとに聖人だ」。

聖人という語は加納五声の老未亡人からも聞いた。「あの人に限って、いつも顔色を変えた事がない。ああいうのが聖人というのでしょう」と。

三十四　酒で帰す

伊那町の林巍氏曰く、井月を帰すには金銭では駄目で、瓢簞に酒をつめてやると「千両々々」で帰ったと。又曰く井月の訪れた家は皆金持で、貧家へは行かなかった。井月の井月たる所だと。

三十五　井月のようだ

汚れた、だらしない風をしていると「井月のようだ」といった（西箕輪村沢尻唐沢泰造氏談）。乞食のような人が通ると「井月のような人が通る」といった（伊那町荒井宮島机山氏談）。

三十六　甫山との付合

犀川峡下長井神主の戸田頼司氏甫山と号し今年八十四歳、同方面井月門の唯一現存者で、大正八年頃、杳として消息を絶った井月の跡を尋ねてはるばる伊那峡に来て、美篶に墓有るを聞き懇ろに展して帰ったそうだ。氏が若い時井月に戯れて「井坊の頭をはるの月夜哉」、井月が「空の涙に蛙手をつく」それから氏が「糸柳こらへ袋の口縫て」と付けたと語った。

三十七　井月の袴

初の頃の井月はぶッさき羽織に袴を穿ち、樫の木刀をさして居たそうだ（御子柴久太郎氏談)。又蓮根二節を鞘に蔓を巻きつけた木刀を持って居たそうだ(飯島柳哉氏談)。どんな時でも袴は穿(は)いて居たそうで子供が之を見ると「せんげつせんげつ」と呼んだそうだ(伊那村馬場折雲氏談)。なるほど田村梅月の日記明治十八年八月十六日(新暦九月二十四日)の条に「やせ客人井月来るに付(つけ)、

袴着た乞食(こつじき)まよふ十六夜(じふろくや)

と侍る云々」とあるのが如実に之を裏書する。

逸話十一の奉納額はもと五面有ったのだが、四面は鉋で削られ、将に最後のものが同じ運命に陥ろうとする時、同所の小池友吉、下島勝治郎氏等が馳けつけて、纔(わず)かにその災から救ったのだそうだ。長さ二間余、幅一尺五寸位、桐の板の見事なもので、墨色は雨露のために褪めた所もあるが、井月筆奉額中では尤も優れたものである。

俳人井月

下島勲

内藤鳴雪翁が――秋涼し惟然の後に惟然あり。と詠まれた俳人井月は、現今ではもはや俳壇や文壇の方々には、――アアあの乞食井月か……と、ご合点の行くほど有名になっているようですが、一般の方々には、――井月なんて一向聞いたこともない俳人だとおっしゃるに相違ありません。それは勿論ご尤なことでありまして、去る大正十年かれの句集がまだ出来ない以前にありましては、井月が多年住んでいた信州でも――と申したいが、実は彼の第二の故郷でもあり、また現在墳墓の地であります上伊那の人でさえ、それも六十歳前後の特別な人でもなければ覚えている人が少ないというほど、名もない埋もれた俳人だったのであります。

私は云わば浅からぬ因縁やら趣味やらから、郷里に散乱している彼の俳句を拾い集めまして、――一寸お断りしておきますことは、かれ井月は元来自分の俳句の抄録や手控えを作っておくというような、気の利いた人物ではありませんので、云わば至る処で詠み放し書きはなしておいたものの中の遺っているものを拾い集めまして、去る大正十年の十月に、甚だ不完全ながら初めて彼の句集を作り、世の同好者にお頒けしたようなわけだったのであります。

ところが案外なことには、この乞食井月が頗る評判になってまいりましたばかりでなく、それが動機となって非常に熱心な研究家が現れるというようなわけで（その研究者は伊那高等女学校教諭の高津才次郎という人であります）、その結果として昨年十月彼の全集が出来たのであります。普通ならば、彼れ井月も定めし地下に瞑するであろうなどと月並を申すところでありますが、この井月という人物は、元来自分を立てたり己れを現わす、即ち名聞ということを嫌った傾向の人物であるらしいのですから、――世の中にはいらざるおせっかいをする者もあるものだと、あの無愛嬌面をふくらませているかも知れません。況（いわん）やマイクロホンを通して彼を談（かた）るということなどは、最も不本意であろうと思いますが、実は斯（こ）ういうグロテスクな人物であればこそお話の種ともなり、またその価値もあるのではなかろうかと思います。

これから彼の伝記と生活状態のあらましと、それから彼の芸術即ち俳句についてザッと述べてみたいと存じます。尤も伝記などと申しますと一寸大げさに聞えますが、実は信州へは入ってからのことが幾分訣（わか）るだけで、その他は全く不明な風来坊でありますから、遺憾ながらその点は世話がありません。

井月が越後の国長岡の出身であるということは、ある記録と古老の伝説によりまして確かなようであります。が、長岡の怎ういう処に生れ、怎ういう育い立ちをしたものであるかなどということは全く不明であります。それでありながら、彼が家を出た動機について一、二の俗説が伝えられています。一体生れも育い立ちも訣らぬような人物に、小説じみた出奔説など勿論眉つばものと云わねばなりません。唯彼が学文の広さ深さ、筆蹟の見ごとさなどから考えただけでも、相当な教養ある育い立ちをした人物に相違なかろうと思われます。

信濃へはいってからの最も古い文献は嘉永五年で、善光寺大勧進の役人吉村隼人という人のお母さんの追弔句がそれであります。試みに逆算すると三十一歳の時になります。それから第二の故郷としてまた墳墓の地となった伊那の峡へ現われたのは、確実ではありませんが、安政へはいってからということになっております。

信濃へ這入る以前の足跡は彼の遺句と、越後獅子と題する彼が諸国行脚中処々で接した俳人の句を一句ずつ書きとめておいて、伊那で版にした小冊子によって僅かに窺い知ることが出来るばかりであります。それは奥羽から両毛地方、江戸及び江戸附近、それから東海道沿国、伊勢路、京都、大阪、近畿地方、須磨明石あたりまでの足跡であります。

そして三十年ちかくも信州殊に伊那の地を放浪して、明治十九年の旧師走、伊那村の路傍で行きだおれになり、戸板に載せられて順送りに送られ、彼の入籍の家即ち上伊那郡美篶村太田窪の塩原家へ運びこまれ、そこの納屋で翌二十年三月十日旧暦二月十六日に死んだのであります。年齢は六十六歳ということが確かめられました。

――妻持ちしこともありしを着そ始め、という彼の句があります。この句から考えますと、怎うも若年のころ一度は妻帯したことがあるように思えます。

爰で彼の容貌を一寸申してみましょう。勿論写真も何も残していない人物ですから、私の幼少時代の印象をそのまま申しあげるまでであります。彼は痩せてはいましたが、骨格の逞しい、身長は私の父と比較して五尺六、七寸ぐらいあったろうかと思います。高浜虚子氏が――丈け高き男なりけん木枯に、と詠まれましたが、――勿論これは身の丈が高いという意味ではなく、思想や行いの高邁を表現した句ではありますが、偶然にも彼は丈高き体格の持主であったのであります。そして頭の禿げた髯も眉毛もうっすらした質でありました。眼は切れ長なトロリとした少し斜視の傾きを持ち、何かものを見詰る時は一寸凄い光りがありました。鼻も口も可成り大がかりで、怎うも私は故大隈侯爵と石黒子爵のお顔を見るとよく井月を思い出しましたから、何処か似ていたに違いありません。顔面は無表情の赤銅色で、丸で彫刻のような感じでありました。

さて井月の生活状態は怎うかと申しますと、これは全く一処不住の浮浪生活でありまして、例の伊那節で有名な信州伊那の峡を彼処に一泊此処に二泊、気に入れば三、四泊、五、六泊も敢て辞するところではありません。また随所で昼寝もすれば野宿もする、といったような——マア恐る可き行きあたりばったりというやつだったのであります。

井月の立ち寄る家は大概一定していたようであります。それは何処でもマア名望家或は資産家といったような、謂ゆる智識階級または特に俳諧に趣味のあるような処でありました。併し如何に名望家資産家でも、俳臭のない処や、吝嗇の家や、イヤに迷惑がる家などには決して立ち寄らなんだらしいのです。そしてグルグルと廻って歩いたのであります。

その風態は全然あなた任せでありますから、丸でおこもさんのような風態で来ることもあれば、また時には比較的小ざっぱりした身なりをして来ることもありました。特に一言しておきたいのは、袴だけは怎んなに汚れていても、裾がち切れていても、着けていたということがらであります。——袴着た乞食まよふ十六夜、という田村甚四郎という人の句がありますが、正にその通りだったに違いありません。要するに、人の着せてくれるものを着ていたのであります。尤もこれは着物に限ったことではありません。食物でも何んでも自分から強て請い受けるというようなことはなかったらしいのです。併し彼の好物の酒だけは、さぞ飲みたそうな様子ぐらいはしたに相違ありますまい。ここで一寸申上ておくことは、井月を別名乞食井月或は虱井月といっていました。斯ういう生活に虱は勿論つきもので珍らしくありませんが、何処でもこれには悩まされたものに違いありません。私の家でも井月の衣類を焼いたり煮たりしたことがありました。私はある夏天竜川の磧の柳の蔭で、石の上に虱を並べて眺めている井月を見たことがありますが、人が立って見ているとも感じぬらしいのでした。マア良寛和尚と同じように虱と遊んでいたのです。怎うも虱井月の名は確かに当っていると思いますが、乞食は怎んなものかと考えさせられます。なぜと云うに、井月という人物は、譬え饑餓に迫っても寒気に身をつんざかれるような場合でも、滅多に頭を下げ腰をかがめて人から憐みを請うというような人物でなかったことは、事実らしいからであります。郷里あたりでは、酒が好きだからというので飲せてやり、お腹が空いているだろうと食物を与え、寒むかろうといって着せてやったまでのことで、彼が物を強て請うたというようなことは聞いたことがありません。のみならず、貰ったものを人に与えて平気だったのです。その例を一つ挙げてみましょうなら、私の祖母が寒かろうというので、古い綿入羽織をなおして着せてやったのですが、三、四日の後ち道で逢ったがその羽織を着ていないのです。そこで祖母がたずねたら、乞食が寒むそうだから呉れてやったと平気なので、祖母もあきれたそうであります。こんな一例だけでも本質的には乞食どころか、彼の魂は殉教者とか聖者とかいったような香気がすると思います。

私の知った頃即ち明治十年頃から十五、六年頃までは、小さな古ぼけた竹行李と汚れた風呂敷包みを振り分けにして、時々瓢箪を腰にぶらさげてトボトボと鈍い歩調で歩いていたものです。而も滅多に余所見をしないのが特色でありました。晩年の井月を私は知りませんが、余ほど極端なおこもさん姿に成り果てていたそうであります。伊那へ初めて現れた頃は、恰も尾羽打ちからしたお芝居の浪人といった風体であったとのことですから、何だか紙芝居でも見るような幻影を感じもします。

井月は風体が風体ですから犬がほえつく咬みつくで、これには閉口したらしいです。また様子が様子ですから悪太郎が動もすれば石をなげつける、後をつけて悪戯をするので、これにも甚だ苦しめられたらしいです。良寛和尚はよく子供とオハジキや隠れんぼなどをして遊んだものだそうですが、井月は犬と子供は大苦手だったようであります。

彼の嗜好は酒でありました。酒仙といって支那で名づけた仙人がありますが、井月ぐらい酒仙の俤のピッタリした人間を私はいまだ見たことがありません。特別の場合のほか滅多に銭のある筈もないのに、多少とも常に酔うことの出来たのは、何といっても彼の美徳の然らしめたお蔭と云わねばなりません。私はあまり酒を好みませんが、井月と酒――こればかりは無くてはならぬもののように思えてなりません。

彼は元来非常な沈黙家で、口をきいても低音でよく聴かぬと何を云うのか我々には訣らないのです。また酒を飲んでも差して亢奮の様子も見えず多弁になるでもなく、唯グズグズヒョロヒョロの度が加わるぐらいなことでありました。一体井月は酔っているのか醒めているのか、恐らく誰にも区別はつかなんだであろうと思います。我々にも訣る井月の言葉で有名なのが一つありました。それは千両千両というのです。これは謝詞、賀詞、感嘆詞、として使用するばかりか、今日は、さよならの挨拶にまで使用することさえあるという重宝な言葉でした。この千両で一つのエピソードがあります。ある人が道で井月に行き逢い、何処へ行くかと訊ねたところ、高遠の市へ行くといったそうです。そこである人が、一文も持たずに市に行って怎うするといって戯れたところ、――一文の銭がなくても千両と人にいわれて心せい月、といったそうであります。少し出来過ぎていますが、事実だそうでありまして、彼の面目躍如たるものがあります。

彼の無慾恬淡など今更申上る必要のないほど先刻ご推察の通りであります。またこんな風貌でありながら相当の礼儀を守り、――尤も無用の虚礼などには頓着しなかったそうですが、場合によりては寧ろ固過ぎるところさえあったということです。性質は極めて温厚柔順、恰も老牛といった感じで、全然無抵抗の域にまで達していたらしく思われます。それは曽て人と争ったことや怒ったというところなど見たことも聞いたこともないというのが事実になっています。それでいて人並以上の親切心や人情味があったればこそ、現に生きている老婦人などの中にも、虱や寝小便の厭やな思い出も打忘れて、——アアいう人がほんとの聖人というものでしょうといって、今更ら井月をなつかしんでいる人が、一人や二人ではありません。

まずザッと斯んな人物でありましたから、その生活の反映として、技巧も覇気もない即ち綿入でない中々面白い奇行逸話が沢山ありますが、時間がありませんからお話することが出来ません。

それから彼の俳句でありますが、その数は約一千五百句ほどあります。多作の一茶に較べたら七分の一か八分の一に過ぎますまいが、既に亡失したものも可成りあろうと思いますから、決して少ない方ではありますまい。

井月の俳句には怎んな作があり、また怎んな特色があるかという問題でありますが、これは中々複雑な問題で簡単に申述べるわけにはまいりません。唯今日はご参考までに秋の作の中から、数句のご披露に止めておきます。

初秋や分別つかぬ鳶の顔
大事がる馬の尾筒や秋の風
蓮の実の飛びさうになる西日かな
小流れに上る魚あり稲の花
鬼灯の色にゆるむや畑の縄
蜻蛉のとまりたがるや水の泡
落栗の座を定めるや窪たまり
はら〳〵と木の葉まじりや渡り鳥

新聞や雑誌で見ました句評の一、二を簡単に述べてご参考に供します。評者の名まえは差控えますが何れも権威ある有名な方々です。

或る俳人は、——万葉以後、実朝、宗武、元義、曙覧、良寛等が出たように、全俳壇を風靡していた天保の俗調の中から、然もまだ子規及び其一派の明治新俳句の生れないという前に、井月が直に芭蕉七部集へ深くつき入り、或は蕪村のような写生句を吐いたというのは、何としても不思議なことである。だから井月は子規の前駆をしている俳人といって差支がない、というのです。

また或る有名な文士で且つ俳人は、――化政天保以後の俳壇の最高の円座へ、即ち一茶と同列の円座へ手をとって据えるべき俳人であると云い、蒼虬、卓池、梅室などに比べて迴かに芭蕉の幽遠に迫り漾いが深いと云い、また井月は素直な発想を試み、一茶は好んで人生即ち小説道に特色を発揮している。一茶は睨んでいるのに、井月は眺めながら聴こうとしている。ここに二つの翼の方向の違いが出来、自然、両翼を形ち作ることになった云々と云い、井月の俳句は清澄のうちに稚純を含み、殆ど完成された大俳人の俤がある、といっています。

次手ながら彼の書につき内田魯庵翁は、芭蕉よりウマイと云っていると芥川氏から聞きましたが、これは明らかに褒め過ぎであります。併しながら井月研究者の高津氏は、研究動機の第一印象を彼の筆蹟の美に帰しているくらいでありますし、私の父などはよく――姿を見ると乞食だが、書を見ると御公卿さんだといっていました。私は勿論近代稀に見る高雅な書品であると信じています。芥川龍之介氏は、あの井月句集の有名な跋文で、井月を印度の優陀延比丘になぞらえていられますが、これは逭がの井月も一寸苦微笑を禁ずることが出来なかろうと存じます。

最後に、彼はあの幕末から明治初年の極悪い時代に、飽くまで妥協しない理想生活を遂げようとしただけに、勢い数奇を極めた乞食生活――虱生活に陥り、あの悲惨ともみえる終末を余儀なくせざるを得ないハメになったのであろうと思います。或る人が――若し井月をして元禄ならずともせめて化政、天保にでもあらしめたら、も少し人間らしい生活が出来たであろう、などと申したこともありましたが、ほんとのことを申しますれば、元禄の惟然、路通ならずとも、芭蕉を始め丈草あたりでさえ、ある意味においてはやはり乞食といって差支なかろうと思いますから、この道に深く深く魂を打ちこむ限り、少くも過去の世にありましては、アアいうような或は類似の生活に終るのが自然であろうと存じます。私は芭蕉の俳道は詮ずるに、生活の上からはまさしく乞食道であると信じています。――成り金どころか金気には頗る縁の遠い余ほど難儀な道だというよりほかはありますまい。芭蕉は偶然にも――この道や行く人なしに秋の暮れ、といっております。井月は、――この道の神ぞと拝め翁の日、と申しています。

私は珍らしく純真無垢な、そして芭蕉の思想の実践者体験者として、正風掉尾のいとも不思議な俳人井月の俤を、聊かながら皆様にお伝えいたしまして、このお話を了らせて頂きます。さようなら……

（昭和六、九、八、午後七、三〇　中央放送局趣味講座口演）

井月の追憶と春の句

下島　勲

井月も大分古くなって、私の感興から追々遠いものになって来たが、それでも人から聴かれたり短冊の鑑定を頼まれたりすると、また思い出さざるを得ないのである。

先日も小石川の長瀬という弁護士の方が井月の短冊を二枚持って来たが、どれもひどい偽物だった。井月も東京で偽物の短冊が出来るようになったのかと思うと、何だか変な心持ちにもなる。

この正月もある人から、井月の出処はまだ訣らぬかと聞かれて、何とも挨拶に困ったのだった。勿論越後の長岡ということは疑いのないことでありながら、それ以上怎うしても訣らん。これについては前年来諸方面の方々が非常に力を尽して下さるのみか、旧藩主の牧野子爵にまでご迷惑をかけたにも拘らず、依然得るところがないのだった。訣らん人間も随分あるであろうが、明治二十年頃まで生きていた人間であり、然も場所まで訣っていながら、出た家も身分も全く訣らんというのだから、よくよく訣らん人間というほかはない。

　こんど「俳句研究」から特に井月について何かとのことで、うっかりお引きうけしたのだが、井月については既に不完全ながら全集まで出来ているし、私としても別に新しい材料を得ている訣でもないからとは思ったが、折角のことでもありかたがた、彼の思い出と俳句の若干とを載せて戴くことにした。尤も思い出といったところで、実は私の身辺雑記みたようなもので、井月は一寸顔を覗かすだけに過ぎないということをお断りしておきたい。

○

　私が九歳か十歳頃のことである。私の家から程遠からぬ宮坂田甫の中に、当時遠州屋という一寸有名な酒造家があった。この酒屋に原田定治郎という一つ年下の極く仲のイイ友達がいた。二人は学校から帰ると天気さえよければ、天竜の川原へ雑魚狩りに出かけるので、人呼んで河童といった。

　この河童がある夏の日曜の午後、天竜川原の田甫の溝から中ぐらいの亀の子を一つ捕えて帰り、まず酒を飲ませて見ようではないかというので、大茶碗に酒をたたえて持ってきた。試みに口を持って行ってやればこれは奈何なこと、亀の子は飲むどころか厭やがって逃げようともがくのだ。そんな筈はないとばかり頭を酒の中へつき込めば、死にもの狂いに苦しむばかりで一向に飲まない。亀も人間のように酒の厭(きら)いなやつがいるかも知れないなどと云いながら、口を割って酒を注ぎ込んだりして悪戯(いたずら)の限りを楽んでいた。

　すると、いつのほどからか店さきで飲んでいた井月が、いつものぼろ姿にいつもの振り分けを肩にして現われた。そして何か訣りにくい低音で、——そういう無慈悲なことをするものではない、イイ児(こ)だから逃がしてやりなさい。という意味らしいが、井月坊主のいうことなんか耳にも入れず、なお執拗に弄んでいるところへ、鳥渡(ちょうど)酒の検査にでも来ていたのであろう、豆腐の叔父さんこと部奈という収税属がやって来て、これも井月と同じようなことをいうから、しぶしぶその亀の子を井月に呉れてやった。井月は足をゆわいてある木綿糸を指に巻き、ぶら下げて持って行ったが、勿論どこぞの溝川へ放したのに違いない。

　この豆腐の叔父さんは別に井月に関係はないが、否、酒好きな井月はこの地方の酒屋という酒屋になじみでない処はなく、随って収税官吏の部奈さんが至る処の酒屋で出合っていたのは言うまでもなく、時に駄句の幾つかも批評して貰ったこともあるとの話であった。

　部奈収税属をなぜ豆腐の叔父さんと呼んだかというに、この人は世にも珍しい豆腐好きで、昼食などは何時でも豆腐で済ませるのが常だった。だから私は遠州屋に遊んでいて、よく昼食の豆腐を買ってきて上げたことがある。泊りつけの森田という宿では、部奈さんは世話がなくてイイ、豆腐さえ食わせておけばご機嫌だ。というほどずば抜けの豆腐好きであったからである。その食い方は、唯生豆腐に生醤油を付けて食うに限るというのだから、愈(いよいよ)もって豆腐仙というのほかはない。

それから二十五、六年を経た明治三十六年、私が台南衛戍(えいじゅ)病院に勤務していたときに、何かの書類で台南庁の税務課長の部奈象次という署名を見てギョッとした。これは同姓同名でない限りあの豆腐の叔父さんかも知れぬ。あの時分若かったのだから、まだ在職しても不思議はない。殊に税務の方だけに怎うも豆腐の叔父さんのように思われてならなんだ。

間もなく台南官衙の職員が合同で天長節の祝賀会を行ったとき、某料亭の祝賀会場で会ったのだ。頭はツルツルに禿げ容貌は変っていたが、何処となくその頃の俤(おもかげ)があり、話してみれば直ぐ訣ったので、お互に手を取り合ってその奇遇を喜んだのである。その後塩水港だったかの庁長になったようだったが、その後の消息は絶えてしまった。

○

これもその頃桜の少し咲きかけた時分だった。私の村中沢の原というところで芝居を興業したのだが、その芝居小屋を作る所は、いつでも極まっている私の家の後ろ二町ほど離れた城という、昔小さな城のあったという眺望のイイ平地だった。

その時の主な役者は関三十郎・尾上斧衛門（後の故人蟹十郎の前身）・沢村百之助（後の故人田之助の前身）などだった。何をやったか殆ど記憶から逸しているが、関三十郎の熊谷と、尾上斧衛門の春藤左衛門に沢村百之助のゆふしでだけが一寸はっきりしているから不思議である。尤もこの三人は私の家が宿だったから幾分印象が深かったのかも知れない。

兎にかく農村へ東京の千両役者が来たというので、非常な人気を湧かせた。その二日目であった、私の家では留守を命じた筈の女中まで居なくなり、唯馬と猫のみがというわけだったらしい。そのあき家同様のところへ井月がやって来たのだ。するとまた祖母の姪の夫というのが、芝居などに関係なく通りがかりに昼食でもするつもりで立ち寄ってみれば、井月が上り框に腰をかけて呆然ま近い芝居の鳴りものでも聞いているかのようだった。声をかけてみたが勿論答えのあろう筈もない。ままよ何かあるだろうと戸棚を探せば好物の甘酒があるではないか、これを温めて飲むからに酌むからに、たちまちの中に瓶の底をさらってしまったそうである。また井月には酒と肴をとり出してこれを勧め、一人は甘酒をたいらげ、井月はたらふく飲み食いして、付け木に――お留守中井月と共に充分ご馳走になりました云々と謝礼の意味を認(したた)め、井月もまた付け木に発句を書いて膳の上にのせ、手を携えて行ってしまったそうであるが、やがて母と祖母が帰ってこの杯盤狼藉の状景に且(か)つ駭(おどろ)き且つ笑ったりしたのを覚えている。

○

これもその時分の初秋のことだった。船洞というところへスガルという小さな穴蜂の巣を見つけるための蜂釣りに出かけたのだ。夢中で蜂を追い廻している中に、誤って枯れ木の尖端を左の足の裏に突き刺した。然もそれが深く折れて残ったのだからたまらない。友の一人に助けられて、跛行(びっこ)を引きながら漸く家へ辿りついた。

　父は一見して、これは素人療治では駄目だから直ぐ久蔵に来て貰うよう使を出した。この通称久蔵というのは、昔尾州の有名な外科医浅井家の雇人だったそうだが、女中と出来て駈け落ちと洒落れ、当所に住みついた人物だが、見よう見まねで幾分治療の知識を持っているので、この地方の人々に重宝がられているのだった。

　久蔵医者は野良着のままで飛んで来た。負傷部を検めて見て、焼酎が入用というので買いにやる。その間に手術用の刃針を研ぎ、晒木綿を裂いて繃帯を作る。といったような準備があって、愈々手術に取りかかるらしいのに恐れを感じた私は、頑ばりに似ずしくしく泣きつづけているのだった。

準備が出来るや、父は矢庭に私を俯臥の体位に押し倒して馬乗りになり、そして両下肢を押さえつけた。肥った女中が力まかせに手を押さえ、祖母と母が足先を受け持ったのだ。久蔵医者は焼酎で傷口を洗うらしかったが、間もなくゴシゴシやり出した。私は痛さに堪え兼ねて力の限り大声を上げて泣き叫んだのは云うまでもない。異物は余ほど深い処にあり且つ腐木だから幾つにも砕けるので、除去に頗る困難な模様であった。

この手術の最中に偶と井月が這入って来た。そして土間のまん中頃に立ち止って私の泣き叫ぶ痛苦のさまを凝視しているのだった。漸く除去が了ってから焼酎で傷を叮嚀に洗い、繃帯が済んでからも井月はまだその姿勢のままだった。私は治療が終ると裏座敷の床へ寝かされた。

その夜井月は私の家へ一泊した。翌日の昼近く久蔵医者が繃帯交換に来た時に、井月は自分の行李から紙にのばした黒色の膏薬を取り出して、足の甲の方へ貼ってくれた。何でもこの膏薬は痛みがとれ腫も早く引くのだといっていた。

なお柿の熟したころ祖母の生れた栗林の家で、鼠花火を揚げて遊んでいて、瞼毛眉毛前髪を焼き、殊に鼻の頭をひどく灼いたとき、狼狽する女の人たちに、それそこに渋柿という妙薬があるではないか、それを噛み砕いて付けてやりなさいと教えたのは、炉辺で酒の馳走になっている井月だった。

井月の遺した俳諧雅俗伝というものの中に斯うということが書いてある。

○

前略。――俳諧の詞は俗語を用ゆると雖も心は詩歌にも劣るまじと常に風雅に心懸く可し。句の姿は水の流るゝが如くすら〳〵と安らかにあるべし。木をねじ曲げたるようこつ〳〵作るべからず。良き句をせんと思ふべからず。只易す〳〵と作るべし。何程骨折りけりとも骨折の表へ見えざるように、只有の儘に聴ゆるが上手のわざなりと心得べし。俗なる題には風雅に作り風雅なる題には俗意を添へ、をかしく作るは一つの工風なり。されど定まりたる格にはあらず。俳諧は夏炉冬扇なりと古人の語を考ふべし。言の葉の道なれば言の葉をよく考へ糺し、前後の運びつゞけさま深切にあるべし。てにをは仮名遣ひよく吟味すべし。句はありげなる所を考ふべし。極めて有る処を考へれば理窟になるなり。――以下略す。

○

私は井月を初めて世に紹介したのではあるが、まだ一度も私自身井月の俳句を批評したことはない。だが、私は全く埋もれていた井月を世に紹介したのは、あの駭くべき純真な生活態度と、――勿論屑もあるが、天保以後明治の子規との間に、斯ういう俳句のあるということを知って戴きたいためだったのである。

左に春の句の中から若干を選び、彼の俤を偲ぶよすがとしたい。

時候

長閑(のどか)さや清水滴る岩の鼻
長閑さをたつきにお杉お玉かな
長閑さや柳の下の洗ひ臼(うす)
遅き日にながめてゐるやかゝり舟
乗りもせぬ駕籠つらせ行く弥生かな

天文

東風(こち)吹くや駒(こま)の足並(あしなみ)みる日和(ひより)
膳椀の露きるうちや春の雪
春風や碁盤の上の置き手紙
春風や紅看板の吹きながし
春の日や小(こ)半酒(なからざけ)も花心(はなごころ)
はる雨や鏡に向ふ昼旅籠
春雨や心のまゝのひじ〔ぢ〕枕

撞(つ)きもせぬ鐘を見に行く霞かな

何処やらに鶴(たづ)の声聞く霞かな

柴舟(しばぶね)も筏も下る霞かな

陽炎の動かす石の華表(とりゐ)かな

降るとまで人には見せて花曇(はなぐもり)

地文

解け初(そ)める諏訪の氷や魚(うを)の影

魚影のたま〱見えて水温(ぬる)む

人事

遣り過し糸のたるみや凧(いかのぼり)

手元から日の暮れ行くや凧

請合はぬ心を頼む接木かな

畑打や腰のして見る鬼瓦(おにがはら)

動物

恋すてふ猫の影さす障子かな

屋根裏の出合がしらや猫と猫

猫の恋のびる日あしに追はるゝか
乙鳥(つばくら)や小路(こうぢ)名多き京の町
行く雁や笠島の灯の朧(おぼろ)なる
若鮎(わかあゆ)の瀬に尻まくる子供かな
若鮎や花と汲まるゝ網の露
遠い田に蛙(かはづ)鳴くなり夕間暮

植物

気にとりて奴豆腐や梅の花
白梅や賤(しづ)が軒端のこぼれ種(だね)
新らしき衣の寒みや梅の花
山はまだ鹿(か)の子まだらや梅の花
梅が香やもてなし振も十九(つづ)はたち
夜桜や誰やら打ちし紙礫(かみつぶて)
とり〴〵の噂さを花の盛りかな
隙な日のさしあふ花の盛りかな
旅ごろも耻(はぢ)つゝ花の筵(むしろ)かな

旅人の我も数なり花ざかり
消残る神のともしや朝桜
花咲て牛にのりたき麓かな
乞食にも投(なげ)盃(さかづき)や花の山
弛(ゆる)む日の罔両(かげぼし)を見る柳かな
金神(こんじん)も鬼門も除(よけ)る柳かな
柳から出てゆく舟の早さかな
地に影をうつして風の柳かな
雨止めば冴え持つ空や梨の花
桃さくや片荷ゆるみし孕馬(はらみうま)
兎(と)もすれば汗の浮く日や木瓜(ぼけ)の花
菫野や狐の穴の土手つゞき
根を包む紙を貰ふや花菫

（昭和一二、三、一、「俳句研究」）

乞食井月と夏

下島勲

井月は芭蕉の崇拝者だけに、人生を行旅として実践に移し、また芭蕉の「野ざらしを心に風のしむ身かな」の句意に徹していたらしい事は、彼の行動がよく物語っていると思います。「袴着た乞食（こつじき）迷ふ花の山」〔十六夜〕などという戯れ句のあるように、乞食井月で通ってはいましたが、ほんとうの乞食などでなかったのは言うまでもありません。実をいうと、幕末から明治の初めにかけ、俳人などにとって最も恵まれない時代に活きていて、あの世相と妥協をしない限り、——己れの魂を——道を汚さない限り、ああなるのが当然ではないかと思われます。井月も人間ですから、饑えもしましょうし寒くもあったでしょう。が、それがために、仮りにもさもしいふるまいや、卑しい行いのなかったことだけは保証が出来ます。いや寧ろ、徒ら（いたずら）に憐みを請うのが不本意だったということは、彼の言行からもよく知ることが出来るのです。

ですから、彼を虱井月或は漂泊井月というのなら勿論当っていると思われますが、乞食井月はちと怎うかと思います。まあそんなことはどちらでもかまいません。ここでは夏らしい涼しそうな行動の二、三を挙げてみることにいたしましょう。

　私の九歳か十歳くらいの頃です。学校から帰るが早いか、大笊を提げて天竜の川原へ飛び出したのです。それはおことわりするまでもなく雑魚を掬うためなのです。この天竜川の支流に深ツ川という比較的広くて浅い流れが、ひろびろとした田んぼの間を貫流していましたのですが、この川は美しい小砂利川で、灌漑用というよりも、雑魚の繁殖や生活に尤も適当なところとなっていたのです。また柳などが処どころ茂り合い、西は中央アルプス連峯を背景にもつ風光明媚の川原田んぼだったので、自然我々にはこの上もない夏の遊び処だったのです。

　私はこの深ツ川べりを漁りながら上って行くと、これは如何なこと、柳の木蔭に井月が坐っているではありませんか。振り分けの包みを右側に置き、午後四時頃の西日を浴びながら何をしているのかと近寄って見て駭きました。それは襤褸の襟を開いて虱をつまみ、前の石の上へ並べているのです。これは妙だと思いながら見ていましたが、悠々緩々採っては並べ、並べては見ているというようなわけで、私が近いところに居るとも感じぬらしいのです。私は小半時見ていましたが、何時結末がつくかわかりそうもないので、また雑魚掬いにとりかかりました。

この虱退治は僅かに残っている日記にもある通り、時々行われたものらしいが、私はあとにも先にも初めてでした。尤も私の祖母などが彼の衣裳を大鍋で煮ているのを見たことはありますが。——夏の川原の柳の下の虱退治なども、良寛や井月ならかえって涼しい図になるのが不思議です。

これはまだ私の産れないころのことです。私の村のある特志の人から古物の夏羽織を恵まれたので、一着に及んで、恐らく赤穂方面へでも行くつもりで天竜川原の深ツ川辺へ差しかかったのです。ところが、炎天下の浅い水溜りに鮠(はえ)の類でもおよぎ廻っていたのでしょう。暫く凝視していた彼は堪えかねたものとみえまして、やおら羽織も袴も脱いだと見るまに臀からげとなり、その羽織を掬い網に代用して頻りに雑魚を追い廻していたのだそうです。

通りかかりの某が、この奇異な様子の面白さに暫く見物していたが、試みに何をしているのかと聞いてみると、——とても佳い雑魚がいるから、土産にしようと思うて採っているところだ、と答えたそうです。

井月にその雑魚が果して幾匹獲れたのか知るよしもないのですが、随分長い時間——ことによると日の暮れるのも知らずに追い廻していたのかも知れません。

その後、時を経て井月が某家へ廻って来たので、かねて見ていた人から聞き知っていた主人が、「魚網に使ふ気転や夏羽織」と書いて見せたところ、井月は千両々々といって手を拍(う)ったそうです。この千両々々は沈黙家井月の有名な言葉で、賀詞・謝詞・賞讃詞・感嘆詞として使用するばかりか、時として今日は、左様ならの挨拶にまで使っていた言葉だったのです。

これもある夏のことでした。遠州屋という造り酒屋の友達と例の深ツ川から亀の子を一つ捕えて来たのです。酒屋の庭先で亀の子に酒を飲まそうとして悪戯(いたずら)をしているところへ、酒の馳走でも受けていたらしい井月が現われて、言葉はよく訣(わか)らないが、――いい子だからそんな無慈悲な悪戯は止めなさい、そしてそれを私に呉れないか、という意味らしい。しかし井月なんか莫迦にしている我々は容易に応じようともしなかったが、鳥渡(ちょうど)酒の検査にでも来ていたらしい収税のお役人が、同じようなことを云うから渋々彼に呉れてやった。井月は足に糸の附いたままぶら提げて行ったのですが、勿論どこかへ放してやったのでしょう。

井月とは一体怎(ど)んな人間かと聞かれると、私は斯ういうような人間ですよと二つ三つこんなお話しをするのが常でした。これは夏とは反対な冬のことですが、彼を説明するのに尤も適当な実話ですから、一寸付け加えてみるのです。

それは遇(ひょっこり)と廻って来た彼の衣服が余りに薄く、さぞ寒かろうというので私の祖母が古いながらも、厚く綿を入れた羽織を着せてやったのです。それから数日たって隣り村の道で逢ったのですが、着せてやった筈の羽織を着ていないので不思議に思い、その訣（わけ）を聞いてみたら、年とった乞食が震えていたから呉れてしまった、と平気なので、さすがの祖母も呆れたそうです。

これはある年の正月です。私は母の生家に遊んでいると、門前で犬が非常に吠え立てるから出て見ると、井月がやって来ているのです。井月は竹の杖をつき一寸前屈の姿勢で犬と睨みくらをしているのです。そして犬が廻れば井月も廻る、ぐるぐる廻ること随分長時間でしたが、犬の方が根気まけがしたのか、私の方へ尾を振りながら引き上げてまいりました。

芥川龍之介は井月句集の跋で、彼を印度の優陀延比丘（うだえんびく）の髑髏に譬えております。が、それがどの程度に合致しているかは別問題としまして、権力にも威圧にも金力にも暴力にも無抵抗で、また寒暑にも饑餓にも病苦にも、唯黙々として天命を待つというような柔順さは、一寸何といってよいのかわかりません。

酒は彼が唯一の嗜好でした。酒をよく飲むあの頃の信州殊に伊那地方では、彼に飲ませる酒を吝む（おし）ようなことはなかったのです。これは何といっても彼の徳に帰すべきことがらで、私はこれを天の美禄といっていますが、実際彼が上伊那の土となったのもこの美禄ありしがためではないかと思います。私自身としては余り酒を好みませんが、若(も)し井月に酒というものがなかったとしましたら、非常に物足らない寂漠を感ずることであろうと思われます。

井月の出身地がわからんので、彼に関心を持つ人たちからまだ訣(わか)らんのかと聞かれるのです。越後長岡ということだけは訣っていながらそれ以上訣りません。或は永久にわからぬのではないかと思われます。中にはその訣らんところが井月の真価だなどと、反(かえ)って喜んでいる人もあるから面白いのです。

井月の句碑は今年（編者注・昭和十五年）の四月、彼の終焉の地、信州上伊那の美篶に建てられました。彼も世に在りし間は乞食井月、虱井月などいわれ、さながら芭蕉栖去(せいきょ)の弁(べん)に書かれている如く、「拄杖一鉢に命を結ぶ。なし得たり風情遂に菰をかぶらんとは……」の実現以上の生活を送り、享年六十六歳で彼として恐らく本望の如く、野ざらしにも等しい終りを告げたのですが、五十三年目に篤志の人達により立派な句碑が建てられたということは、何といっても意義のある、すがすがしいことだと思います。

では彼の夏の作から、成るべく涼しそうな若干句を抄出してみましょう。

日も中は道はかどらぬ暑さかな

明け易き夜を身の上の話しかな
五月雨（さみだれ）や古家（ふるや）とき売る町はづれ
垢離（こり）とりて馬は帰るよ雲の峯
八兵衛も泪（なみだ）こぼしぬ虎が雨
岩が根に湧く音かろき清水かな
夕影の入日にそよぐ青田かな
ひとつ星など指さして門（かど）すゞみ
祇園会や捨てられし子の美しき
よきことの重なる年の祭かな
宵の客朝（あした）の露や鵜の篝（かがり）
山の端（は）の月や鵜舟（うぶね）の片明り
物ごしに采女（うねめ）の声や青簾（あをすだれ）
冷麦の奢りや雪を水にして
銭とらぬ水からくりや心太（ところてん）
酢を嗜（この）む雷干や宵の雨
莚帆（むしろほ）も日覆ひとなりて沖鱠（おきなます）

底に見る鉢の模様や水肴
気にとりて奴豆腐や時鳥
時鳥旅なれ衣脱ぐ日かな
風呂に入る夜のくつろぎや鳴く水鶏
跳ねたまゝ反りの戻らぬ小鯵かな
冷えて飲む酒に味あり蟬の声
蚊柱に夢の浮き橋かゝるなり〔編者注・其角句が混入〕
朝の間や蚤に寝ぬ夜の仮り枕
心して蝶立ちまはる牡丹かな
水ぎはは白にてぞあれ杜若
若竹や雀が宿の新まくら
象潟の雨な晴らしそ合歓の花
鬼の名は咲きかくされず百合の花
昼顔や切れぬ草鞋の薄くなる

（昭和一五、六、二九、「旅」）

解説

復本一郎

自己韜晦の漂泊俳人井月が誕生したのは、文政五年（一八二二）のことである。文政十年（一八二七）、六十五歳で没した一茶は、この年、六十歳である。井月が没したのは、明治二十年（一八八七）。享年六十六。俳句革新を成し遂げた正岡子規は、慶応三年（一八六七）の生まれ。明治二十年（一八八七）には、二十一歳になっていた。第一高等中学校の学生である。子規の自筆自選の俳句集『寒山落木』は、明治十八年（一八八五）より始まるが、俳句革新の第一声ともいうべき『獺祭書屋俳話』の連載が「日本新聞」紙上でスタートするのは、もう少し後、明治二十五年六月二十六日からである。

自ら「荒凡夫」と名乗った一茶（金子兜太著『荒凡夫一茶』平成二十四年六月、白水社刊、参照）の作品が内包する野性的エネルギーは、あくまでも一茶一代のものであり、一茶没後、俳壇全体のエネルギーは、急速に衰えていった。俗宗匠が我物顔に跋扈していた、子規言うところの「月並調」俳句の時代への突入である。時代でいえば天保期（一八三〇一八四四）。井月が俳諧にかかわることになったであろう青年時代を迎えたのは、まさにそんな時代であった。それでは、子規が言うところの「月並調」俳句とは、どのような俳句を指していたのであろうか。子規は、左のように述べている（『俳句問答』参照）。

○我は直接に感情に訴へんと欲し、彼は往々智識に訴へんと欲す。
○我は意匠の陳腐なるを嫌へども、彼は意匠の陳腐を嫌ふこと我よりも少し。寧ろ彼は陳腐を好み、新奇を嫌ふ傾向あり。
○我は言語の懈弛を嫌ひ、彼は言語の懈弛を嫌ふ事、我より少し。寧ろ彼は懈弛を好み、緊密を嫌ふ傾向あり。
○我は音調の調和する限りに於て雅語、俗語、漢語、洋語を嫌はず。彼れは洋語を排斥し、漢語は自己が用ゐなれたる狭き範囲を出づべからずとし、雅語も多くは用ゐず。

「我」は子規、「彼」は「月並調」俳句にかかわる人々である。大変わかりやすく納得のいく説明である。子規は、右の、子規とは反対の作品を標榜する範疇に入る俗宗匠を中心とする人々の作った俳句を「月並調」俳句、「月並句」と見做したということなのである。

ここで、やや唐突ではあるが、井月の発句（俳句）十句を左に示してみる。

梅からも縄引張て掛菜かな
よき水に豆腐切り込む暑さかな
泥くさき子供の髪や雲の峰
旋花（ひるがほ）や切れぬ草鞋（わらぢ）の薄くなる
塗り下駄に妹（いも）が素足や今朝の秋
朝寒や片がり鍋に置く火ばし
稲妻（いなづま）や藻の下闇に魚（うを）の影
魂棚（たまだな）や拾はれし子の来て拝む
春を待つ娘心や手鞠唄
子供等が寒うして行く火燵かな

十句、いずれも折紙付の上質な発句（俳句）作品であると思われる。井月は、明治八年（一八七五）六月、座右の伝書『俳諧雅俗伝』なるものを書写し、長谷杉島（伊那）の俳人久蘭堂に与えている(竹入弘元氏説)。他にも伝本があり、そこには「右正風俳諧の秘書、他門の論にあらず」と記されている由(『漂泊俳人 井月全集』参照)。井月は、その内容に共感、自らの俳論と見做し、秘伝として示していたようである。その中に左の一節がある。

詞は俗語を用ゆると雖も心は詩歌にも劣るまじ、と常に風雅に心懸く可し。句の姿は水の流るるが如くすら〳〵と安らかにあるべし。木をねじ曲げたるやうごつ〳〵作るべからず。良き句をせんと思ふべからず。只易す〳〵と作るべし。何程骨折り(た)けりとも骨折の表へ見へざるやうに、只有の儘に打聴ゆるが上手のわざなりと心得べし。俗なる題には風雅に作り、風雅なる題には俗意を添へをかしく作るは一つの工風なり。

全十句、まさしくこの秀逸論に叶った作品であるということが言えよう。ちなみに、この部分、芭蕉の門人土芳が記した俳論書『三冊子』〈赤双紙〉中の、

高く心を悟りて、俗に帰るべしとの教也。つねに風雅の誠を責悟りて、今なすところ、俳諧にかへるべしと云る也。常風雅にゐるものは、おもふ心の色物と成りて、

句姿定るものなれば、取物自然にして子細なし。心の色うるはしからざれば、外に言葉を工む。是則常に誠を勤ざる心の俗也。

との一節を下敷にしての論であろう。一言で言うならば「有の儘」の俳諧（発句）、「自然」の俳諧の標榜である。そして、先の子規の「月並」論の発言にも繫っていくのである。十句に目を通していくならば、『俳諧雅俗伝』が言うように、いずれの句も「易す〳〵と作」られた作品であり、「只有の儘に打聴」える作品なのである。そして、このところに井月発句（俳句）の魅力があると言えよう。

　右の十句総てをそっくり収めているのが、大正十年（一九二一）十月刊、下島勲編『井月の句集』（空谷山房刊）である。そして、私家版ながらも、この書によって、俳人井月は、信州伊那の一地域より俳諧史、俳句史上の注目すべき俳人として衆目を集めることになったのである。下島勲が『井月の句集』出版の挙に出なかったならば、井月の右のごとき佳品は、今日に至るまで伊那の地に埋もれたままになっていたかもしれない。しかり、下島勲なくしては、井月の存在、世に知られることなかったのである。『井月の句集』の跋文の中で、芥川龍之介が「烱眼の編者が、この巨鱗を網にした事を愉快に思はずにはゐられないのである」と記すところ、大いに首肯される。

活字の力は大きい。『井月の句集』が何部くらい印刷されたのか定かでないが、慶応二年(一八六六)生まれの秋田在住の俳句史家、俳人安藤和風が、その句集、昭和五年(一九三〇)三月一日発行の『和風句集 仇花』(私家版)の中に、

乞食俳人井月句集を読み其の口癖を用ひ

千両の雪も塚には寒からん

の、井月追善句を収めているのである。和風は、当時、『恋愛俳句集』(明治三十七年十二月、春陽堂刊)、『俳家逸話』(明治三十九年五月、春陽堂刊)、『俳諧研究』(明治四十一年五月、春陽堂刊)、『俳諧奇書珍書』(明治四十四年二月、春陽堂刊)、『俳諧新研究』(大正六年七月、中央出版協会刊)等、多くの俳諧関係の著作で知られていた俳人である。その和風が、下島勲編『井月の句集』を入手、大いに関心を示し、右のごとき一句をものしていたということは、従来知られていなかったことではあるが、大いに注目してよいであろう。井月は、

初雪は顔洗ふ間の眺めかな

の句にも窺えるように「雪」好き。そんな井月を思い遣っての和風の一句である。「千両」については、『井月の句集』の「略伝（私の感想を加へて）」の中で、下島勲が、

言語で吾々に分るのが一つあつた。それは、千両千両——と言ふのである。これは井月の有名な言葉であつて、謝詞、賞讃詞、賀詞、感嘆詞として使用するは勿論、今日は左様ならの挨拶にまで、只この千両千両——を以て済す場合が多いと云ふ程の、有名さを持つた言葉である。

と記すところである。井月自ら、このことを証明するかのように、

千両と傅き給へ花の兄

のごとき句を作っている。和風の一句は、時間、空間を隔てての井月への挨拶であるとともに、同時代を生きる編者下島勲への挨拶ででもあったということなのである。

『井月の句集』、B6判、函入り。井月の真筆を中心とする口絵写真九ページ、巻頭に高浜虚子、内藤鳴雪、寒川鼠骨、小澤碧童の四名の題句、そして下島勲による緒言・略

伝・奇行逸話が三十九ページ、本文(俳句・附録)百五十五ページ、それに、先に触れた芥川龍之介の跋が二ページ、最後に下島勲の附記が一ページという構成である。表紙は、「井月の生涯を紀念するのに、最もふさはしい物」である「古代巾糞掃衣(ふんぞうえ)」。これは、鑄金家であり、子規門下の歌人でもある香取秀真(ほつま)の手に成るものと思われる。前後の見開き部分の桃の木(前)と栗の木(後)の画は、日本画家、伊那出身の北原大輔による。瀟洒な一本である。井月句一千二十八句が収録されている。

そこで編者の下島勲である。勲の読みについて、芥川龍之介は、大正十二年(一九二三)四月六日付の書簡の冒頭に「先生のお名はいさをしで、いさをでないこと、今度はじめて知りました」と見え、最近では「いさをし」説がやや優勢であるが、下島勲生前の著作、昭和十五年(一九四〇)十二月に出版されている『随筆・富岡鐵齋其の他』(興文社刊)の奥付では、「下島勲」に「しもじまいさを」と振り仮名が付されている。自身、「しもじま　いさを」で通していたようである。明治二年(一八六九)八月十八日、伊那の中沢村原に生まれている(宮下慶正著『文人空谷下島勲』伊那毎日新聞社刊、参照)。井月がさまよった地域。没したのは、昭和二十二年(一九四七)五月三十日。享年、数え年七十九歳。軍医を経て、田端で開業している。『井月の句集』の奥付の住所は「東京市外田端三四八番地」となっている。この地で、同じ田端の住人芥川龍之介との親交がはじまったというわけである。昭和二年(一九二七)七月二十四日未明の芥川龍之介の自殺の折の診察に当ったのも、医師下島勲であり、芥川は、下島に「自嘲」と題する「水洟や鼻の先だけ暮れ残る」の短冊を、伯母芥川ふきに託して残したのであった(下島勲著『人犬墨』昭和十一年八月、竹村書房刊、参照)。

芥川龍之介は、随筆「田端人」(「中央公論」大正十四年三月一日発行)の冒頭で、下島勲を、次のように素描している。

下島勲　下島先生はお医者なり。僕の一家は常に先生の御厄介になる。又空谷山人と号し、乞食俳人井月の句を集めたる井月句集の編者なり。僕とは親子ほど違ふ年なれども、老来トルストイでも何でも読み、論戦に勇なるは敬服すべし。僕の書画を愛する心は先生に負ふ所少なからず。なほ次手に吹聴すれば、先生は時々夢の中に化けものなどに追ひかけられても、逃げたことは一度もなきよし。先生の胆、恐らくは駝鳥の卵よりも大ならん乎。

『井月の句集』が世に出てより、四年後の記述である。芥川龍之介の書斎には、すでに空谷山人揮毫の「澄江堂」の扁額も掛けられている。この短い紹介の中でも、芥川は、井月に、そして『井月句集』(『井月の句集』)に言及している。井月との出会いは、芥川の心を大きく揺ぶったものであろう。事実、『井月の句集』が世に出るについては、芥川も、「跋」を記したことについては言うまでもないが、それのみならず出版全般に関して全面的に協力、応援を惜まなかったようである。そして、小説において芥川に師事することになった友人滝井折柴(孝作)にも協力を依頼している。芥川の次の書簡類から、そのことが窺えよう。まず、下島勲宛の芥川の書簡から。必要箇所を摘記する。

○御宅に現代小説選有之候節は、使のものに御渡し下され度願上候。それは井月句集の紙の事につきちと必要を生ぜしのに候。(大正十年八月・推定付)

○昨日、鎌倉へ参り虚子に会ひ、題句をたのみ候所、快諾いたしくれ候。両三日中に題句送る可き旨申し候間、御休神下され度候。猶句集の仮名少々直し候上、虚子の題句を得次第、早速印刷にとりかかる可く右もよろしく御承知下され度候。
(大正十年九月二日付)

○きよし(虚子)へ催促を出しましたが、今以て題句をくれません故、それだけは後に組ませる事とし、まづ原稿を刷らせてしまふ事にしました。右一存にとり計らひました故あしからず御承知下さい。（大正十年九月十三日付）

続いて滝井折柴宛書簡。

○井月の句集の事よろしく願上候。誤字、脱字を拾ふ事は下島先生にも出来得べく候べくも、印刷上の習慣その他は全然君の受持ちに願ひたく候。（中略）下島先生は、時々白紙の共へ埋め草の画或は詩歌など用ひんと云はれ候へども、さう云ふものは一切無用に願ひ候。校正は、再校にて大抵了（をは）るべきか。校了、要再校等の手続きも下島先生は不案内につき、御面倒ながら君に願ひたし。（大正十年十月一日付）

○井月の句集、校正が出たらよろしく御面倒を見てくれ給へ。（大正十年十月八日付）

協力、応援というよりも、むしろ芥川龍之介が主導権を握って、『井月の句集』の出版に漕ぎつけた、と言ったほうが正確かもしれない。下島勲が出版ということにまったく不慣れであったということにもよろうが、芥川は、二十二歳年長の友人下島が大好きだったからでもあろう。下島が郷里に帰ろうとした際など、芥川は、顔色を変えて「そんなことをしてくれては僕は勿論僕の一家が困る。それは是非思ひ止まつてください」と言ったというのである（『人犬墨』）。それと、もう一つ。下島が顕彰しようとしていた井月という俳人に対しても少なからぬ関心を抱いた、ということも、芥川をして『井月の句集』の出版に積極的にかかわらしめることになったと思われる。芥川が『井月の句集』の跋文を、

> このせち辛い近世にも、かう云ふ人物があつたと云ふ事は、我々下根の凡夫の心を勇猛ならしむる力がある。編者は井月の句と共に、井月を伝して謬らなかつた。私が最後に感謝したいのは、この一事に存するのである。

と結んでいるところにも、そのことが如実に窺えるであろう。かくて、下島勲編『井月の句集』は、先にも述べたごとく、大正十年（一九二一）十月二十五日、無事出版、ということになったのである。芥川は、十一月四日（十月四日と誤記している）、下島に宛て左の書簡を認めている。全文を掲出してみる。

拝啓　御使難有く存候。御本、確に落手、それぞれへわけ、つかはす可く候。なほ昨日香取先生の御宅へ参上、委細よろしく申上候間、左様御承知下され度候。右とりあへず当用のみ。　頓首

井月の句集成る

月の夜の落栗拾ひ尽しけり

十月〔ママ〕四日朝　　了中庵主

空谷先生　梧右

出来上った『井月の句集』は、まとまった数、芥川の許に届けられたのであろう。それをしかるべきところに配布すると言っている（「それぞれへわけ、つかはす可く候」）。一本が出てからも、行き届いた配慮を示す芥川であった。「月の夜の」の一句は、『井月の句集』中の、

塩原梅関氏方へ入籍して

落栗の座を定めるや窪たまり

の井月句を意識しつつの、井月句の収集を終え、一本を上梓した下島への芥川の挨拶句であった。ちなみに、芥川には、井月を素材とした、

鯉が来たそれ井月を呼びにやれ
井月の瓢(ひさご)は何処へ暮の秋
井月ぢや酒もて参れ鮎の鮨

の俳句、そして、

井月のほ句写し倦む折々はこれを食(ヲ)しませとわがたてまつる
井月も痔をし病めらば句にかへて食しけむものをこれの無花果

の短歌を残している(前の歌は、下島に蜜柑を贈った時のもの、後の歌は、下島から無花果をもらった時のもの)。一方、下島も、また、昭和十五年(一九四〇)五月刊の和本仕立ての私家版の句集『薇(ぜんまい)』(興文社刊、限定二百部)の中に、井月を素材とした、

井月の梅の句軸や御代の春

井月の墳に詣づ

黒土の斑ら乾きや草紅葉

の二句を残している。この二句に加えて、先に触れた『文人空谷下島勲』の中には、

井月の千両〳〵やほと丶ぎす

の句が写真版で収められている。

かくて、芥川龍之介の献身的ともいえる後楯を得て世の中に誕生した『井月の句集』であり、この一本によって井月は、紛れもなくしかるべき人々にその存在をしっかりと認識されたであろうが、問題がないこともなかった。下島勲自身、その「緒言」において「俳句の蒐集を始めたのは大正九年三月からで、同十年五月下旬で終りを告げた」と記しているように、井月の本拠地であり、下島の故郷でもある伊那から遠く離れた東京にあって、『井月の句集』が、やや怱卒の間にまとめられた感があるのは、否めないで

あろう。その結果、『井月の句集』はいくつかの不備を抱え込むことになってしまったのである。その欠を補ったのが、当時伊那高等女学校の教諭であった高津才次郎であった。高津は、明治十八年（一八八五）、愛知県宝飯(ほい)郡の生まれ。大正十三年（一九二四）四月、伊那高等女学校に赴任、昭和九年（一九三四）三月に退職するまで、十年間を伊那町で過している。この間、井月関係の資料蒐集、そして、整理、研究に心血を注いだのであった。その成果が、本書が底本として用いた下島勲・高津才次郎編『漂泊俳人 井月全集』（昭和五年十月、白帝書房刊）に結実しているのである。巻頭に虚子、鳴雪、鼠骨、碧童の「井月賛」（『井月の句集』の一丁各一句の題句を一ページにまとめたもの）一ページ、下島勲による「巻頭に」八ページ、目次三ページ、井月の真筆を中心とする口絵写真十ページ、本文四百十六ページ、巻末に芥川龍之介の「跋」二ページ。装幀北原大輔（前の見開きには彳(たたず)む鶴、後の見開きには飛翔する鶴の画を描いている）、題簽香取秀真、B６判、天金、函入りの堂々たる全集である。発句については、高津才次郎が、「後記」で、

「井月の句集」に収めた発句は千〇二十九、本集には新に得たものを加へると共に、次々に記す竄(ママ)入句二百数十其の他を除いて、千五百句に垂(なんな)んとしてゐる。

と記している。高津によって井月研究の基礎固めが成されたのである。下島勲も「巻頭に」の中に、

> 高津氏の如き理想的研究者が而も伊那高等女学校といふ適処に現れ、実に駭くべき努力の結果は、思ひもかけぬ日記の発見及びそれによる竄入句の正誤を始めとして、新たなる俳句連俳のほか多数書簡の発見、北信地方足跡の闡明等、殆ど井月の全集といつてさしつかへないものを完成されたことは、私として実に感激に堪へません。茲にその労を謝すると同時に、甚深の敬意を表する次第であります。

と記して、讃辞を惜まないのであった。今日、井上井月顕彰会（堀内功会長）によって、新たに貴重な「柳の家宿願稿本文」等の資料を加えて増補改訂四版『漂泊俳人 井月全集』（平成二十一年九月、井上井月顕彰会刊）が出版されているが、これまた下島勲・高津才次郎編『漂泊俳人 井月全集』の基礎研究の上に積み重ねられての成果ということなのである。

上述のごとく、井月研究の上で、下島勲、高津才次郎両名の名前は逸することができないのである。

ということで、以下、下島勲、高津才次郎、そして井月顕彰会諸賢の資料的諸成果の上に立って、井月のプロフィールを、井月の俳諧精神に添うかたちで述べてみることにしたい。

*

井月の本名であるが、定かでない。明治三年(一八七〇)(推定)正月十三日付山圃宛書簡では「井上克三」と署名している。龍勝寺(曹洞宗、『南信伊那史料』参照)過去帳には「井上勝蔵」とある由(竹入弘元氏稿「井上井月年譜」)。年月日、名宛人不詳(宮脇歌雄宛と推定されている)の書簡には「井上井月」との署名がある。

雅号(俳号)については、代表的なものに「柳の家井月」「柳廼家井月」「柳の家」「柳廼家」「柳の家漁人」「柳廼家閑人」「柳の家井月散人」「柳の家主人」等がある。「漁人」「閑人」「散人」等は、雅号の下に添える常套語であるので、あまり気にしなくてよいと思うが、井月は「柳の家」(「柳廼家」)に、どのような気持を託しているのであろうか。江戸時代の付合語辞書、梅盛著『類船集』(延宝四年刊)を繙(ひもと)くと、「旅」と「柳を折」は、付合(つけあい)関係にある。中国漢代の横笛曲「折楊柳」の故事(故郷を出るとき、柳枝を折って別情を歌うことを内容とする)に目配りしての付合であろう。となると「柳の家(柳廼家)井月」

は、「旅人井月」なる気持を託しての号となる。一方『類船集』では「柳」と「樽」も付合関係にある語。「柳樽」は、言うまでもなく、酒樽のことであり、これまた井月とかかわりが深い。「柳の家」に井月が意図したところが何であったのか、大いに迷うところである。もっとも元来、「柳」姓であるのを、ちょっと気取って「柳の家」(柳廼家)と名乗ってみせたということも、まったく考えられないことではない。こう書きながら、伊那の地天龍川の両岸には、楊柳二つながらが自生していることも想起された。とにかく「自己韜晦の漂泊俳人井月」、その胸中を忖度すること、なかなか難しい。

一方、時に「狂言道人」「狂言寺井月」「狂言山人」「狂言道人柳の家井月」などと署名している。この雅号については明らか。例えば、季吟著『誹諧埋木(はいかいうもれぎ)』(延宝元年刊)に「俳諧は躰も心もともに狂言也。誹諧は躰狂言にして心直なる也」と見えるところの「狂言」である。自らが俳諧師であるとの矜恃が、井月をしてこのように名乗らしめたものであろう。

他の注目すべき署名としては、「雲水井月」「行脚井月」がある。「雲水」「行脚」は、ほぼ同義である。自らが漂泊行脚の俳人であることを、井月自身しっかりと認識していたということなのである。そして、もう一つ。これは、すぐ後で触れることになる井月の出自にかかわっての署名。「北越俳士井月」「北越雲水柳の家井月」「北越雲衲(うんのう)柳の家井月」「北越柳の家井月」「北越雲衲井月」などと署名しているのである。井月は、自らが「北越」の出であることを明記しているのである。とことん韜晦主義ということでもなかったのである。「北越」出身の行脚俳人というわけである(「雲衲」も、「雲水」「行脚」と同義で用いられていよう)。

次の句文にも注目しておく。

人間我慢あり。聖人も誤ちて改むるに憚ることなかれとや。されば松を画いて筆を捨て反(かへ)つて其(その)名を拾ふ。牡丹を望まれて爰(ここ)に一句の慰みを失ふものは、柳の下に釣りを垂るゝ酒中叟(しゆちゆうそう)。

天人(てんにん)も雲ふみ外(はづ)す花王かな

本文638句の脚注を参照いただきたい。ここでは、前書(まえがき)の部分を口語訳してみる。「人間には、我執というものがある。孔子も、自分が誤っている時は、素直に誤(あやまち)を認め、非を訂正しなければいけないと言っている。それゆえ、平安時代の画家巨勢金岡(こせのかなおか)は、松の美景を描ききれないと判断して筆を措いたことで、かえって名声を博したのである。牡丹の句を作ることを依頼されて、断われずにすっかり弱ってしまい、作句の楽しみどころではなくなってしまったのは、私〈柳の下に釣りを垂る〵酒中叟〉である」ということになろうか。そして苦吟の結果の作品が「天人も雲ふみ外す花王かな」(牡丹のあまりの美しさに、極楽の天人も雲を踏み外しそうになることよ)というわけである。この句文の前書中の「柳の下に釣りを垂る〵酒中叟」が、井月のことであることは、一読明らかであろう。少々長たらしいが、これも井月の雅号と言えば、言えないこともなかろう。「柳の下に釣りを垂る〵」の部分は、「柳の家」(柳廼家)をおぼめかした表現とみてよいように思われる。「酒中叟」は、杜甫の「飲中八仙歌」中の李白の言葉「自称臣是酒中仙」(自ら称す、臣は是れ酒中仙と)を意識しての措辞とみて間違いないであろう。酒の中の叟(おきな)である。井月が酒好きであったことは、残されている多くの酒の発句、あるいは、その日記にしばしば出てくる「銘丁」(酩酊)なる言葉、そして下島勲、高津才次郎が伝えるエピソードなどで窺知し得るのであるが、ここに井月自らが「酒中叟」と名乗っているというわけである。大いに注目していいであろう。ついでに、酒好き井月、「酒中叟」が髣髴する句文を一つだけ紹介しておきたい。

関の孫六は新刀の名作、其切味他に類なし。年〳〵かもせる中村の名酒、かの三本杉に彷彿たり。

早稲酒や自慢につるす杉の枝　　井月

「関の孫六」は、言うまでもなく、井月がかつて漂泊した美濃(岐阜県)の地関の名刀。「三本杉」と呼ばれる刃文に特色があった。対して、伊那村大久保の酒屋「中村家」の名酒は、「関の孫六」の刃文「三本杉」を髣髴させるがごとく美味であるので「三本杉」と銘したというのであろう。井月には「正宗と三本杉や古酒新酒」の句も残っている。「正宗」も「三本杉」も、「中村家」の酒の銘柄の由(矢島井聲、加藤井魚著『井月新句略解』参照)。一句中の「自慢につるす杉の枝」は、「中村家」の軒に吊されている文字通り「三本杉」ゆかりの「帘」。

ということで雅号(俳号)によって、井月の人となりがある程度浮かび上ってきたのであったが、「自己韜晦の漂泊俳人井月」のその素性について、もう少し闡明にしておきたい。

「柳の家宿願稿」(「柳廼家井月宿願之次第」)と呼ばれている、明治九年(一八七六)に井月自身によって書かれた帰郷旅費醵出願い書（井月は、入花料、すなわち点料によって捻出しようとの算段）の冒頭部分に伊那滞留のいきさつが記されているので、その部分を引用してみる。この時、井月、五十五歳。

抑（そもそも）拙叟、御当郡江曳杖（えいじやう）の最初は、今を去る事拾有五年。飯田におゐて紅葉の摺（すり）もの、挙あり。高遠にては、越後獅子集をあむ。其（その）後古郷へ帰り母の喪を果して、又々昔のなつかしみをおもひ、明治元辰の冬より此辺（このあた）りに遊て、常に御懇恤（ごこんじゆつ）を蒙るの際、官布御改正の告あり。そは人口戸籍の事に及ぶ。

最後の「人口戸籍」とは、明治五年（一八七二）二月に施行された壬申戸籍。井月は、以後十年余、これに悩まされ続けることになる。伊那に滞留しつつも、庵を結んで定住し得なかったのは、この壬申戸籍の問題が浮上してきたことによる。右引用本文を逐次見ていくことにしたい。

「拙叟」は、井月（「酒中叟」なる雅号が想起される）。「御当郡」は、この時点では、伊那郡（明治十二年に上伊那郡、下伊那郡に分けられた）。伊那郡に「曳杖」（やって来て）、「拾有五年」になると言っている。明治九年（一八七六）から逆算すると、文久元年（一八六一）、井月が数え年四十歳の時ということになる。多少ゆるやかに考えても、この前後一、二年ということであろう。飯田(伊那郡)における「紅葉の摺もの」(「紅葉」を季題としての俳諧一枚摺であろう)を公(おおやけ)にしたようであるが、伝存していない。井月が、高遠(伊那郡)にて俳諧撰集『越後獅子』を編み、公刊したのは、文久三年(一八六三)。この直後に母の死の知らせが届いたということであろう(ということは、故郷の縁者と交流が為(な)されていたということである。このあたりいかにも「自己韜晦の漂泊俳人井月」らしい)。「其後古郷へ帰り母の喪を果して」と記している。が、井月にとって、伊那の地は「なつかしみ」に溢れていたのであろう。明治元年(一八六八)の冬より再び伊那の地に戻ってきた、と記している。「懇恤」は、ねんごろにあわれむ、の意の井月の造語であろうか。「なつかしみ」に包摂されるところの伊那の人々のやさしさであろう。その井月を脅かしたのが、明治五年(一八七二)の壬申戸籍の件だったのである。

この井月自身による動向の記述に目配りしつつ、周辺資料によってさらに井月の実像に迫ってみたい。右に名前があがっていた『越後獅子』の序文を書いているのは、鶯老人こと菊叟である。本名、岡村忠輔。高遠藩家老を務めた。明治十七年(一八八四)、八十五歳で没している(矢羽勝幸編著『長野県俳人名大辞典』郷土出版社刊、参照)。井月がどのようにして刺(し)を通じたかは不詳。ただし、井月がしかるべき身分の者であったとの想像は、許されてよいのではなかろうか。序文の冒頭部には、左のごとく記されている。

文久三年のさつき、行脚井月、わが柴門を敲て一小冊をとうで、序文を乞ふ。わぬしはいづこよりぞと問へば、こしの長岡の産なりと答ふ。おのれまだ見ぬあたりなれば、わけてとひ聞(きく)べきふしども(共)なし。

先に、井月が自らを「行脚井月」「俳諧行脚柳廼家井月」と号していたことについては、確認したところであったが、菊叟もまた、井月を「行脚井月」と呼んでいるのである。菊叟と井月の間に仲介者がいたとしたら、その人が、あらかじめそのように説明しておいた、ということであったかもしれない。「わぬし」なる尋ね方は、家老と「行脚井月」との関係を示して妥当であろう。菊叟が「わぬしはいづこよりぞ」と尋ねたのに対して、井月が「こしの長岡の産なり」と答えたというのである。俳諧撰集、井月編『越後獅子』は、いわゆる「田舎版」と呼ばれる出版であり(中野三敏著『書誌学談義 江戸の板本』平成七年六月、岩波書店刊)、恐らくごく少部数の出版であったであろうが、それでも、ある程度不特定多数の人々に対して井月が「こしの長岡の産」という事実が発信されたのである。ただし、高遠藩の菊叟が、長岡(藩)に対して、ほとんど関心を示していないのは、大変興味深い。井月長岡出身説は、井月自身も自らが「長岡」の出であることを、後代、明治十二年（一八七九）ごろと推定されている四月二十三日付盛斎（水内郡中条村下長井住）宛書簡において明記しているので、間違いないところであろう。

もう一つ、井月の素性を明らかにしていると思われる資料を提示しておく。元治元年（一八六四）刊、井月編『家づと集』に付されている善光寺山内宝勝院住職梅塘（法名純徳）の序文である。大いに注目してよい内容と思われる。全文掲げる。

> 捨べきものは弓矢なりけり、といふこゝろに感じてや、越の井月、入道の姿となり、前年、我草庵を敲てより此かた、鴈（筆者注・「仮」を含意）のたよりさへ聞ざりしに、今年水無月の末、暑いと堪がたき折から、笠を脱、杖を置音に昼寝の夢さめ、誰ぞと問へば、狂言寺とことふ。いつも替らぬけなげさに風談日を重ね月を越て、秋も良礁の音の遠近に澄わたるころ、諸家の玉葉を拾ひ集め、梓にものして、古郷へ錦を餝るの家づとにすゝむる事とはなりぬ。
>
> 元治甲子　菊月　　　梅塘

『家づと集』の「家づと」とは、家への土産。梅塘は、八月（『連歌至宝抄』等には「礁」

は陰暦八月の季語)になって、帰郷する井月に対して、『家づと集』を「古郷へ錦を餝るの家づと」、すなわち土産にすればいいと勧めているのである(この序文を書いているのは「菊月」、すなわち旧暦九月)。先に井月自身が言っていたように、本格的に伊那の地に定住することになったのは、明治元年(一八六八)と見做(みな)してよいであろう。それまでには、母の喪の折をはじめとして、しばしば帰郷していたように思われる。右の梅塘の序文の中で、私が最も注目するのは、冒頭部である。「捨べきものは弓矢なりけり、といふこゝろに感じてや、越の井月、入道の姿となり」――この一節の意味するところである。この一節により、井月が武士の出であることは、まず間違いないと思われる。「捨べきものは弓矢なりけり」は、軍記物語『太平記』中の薬師寺公義(きんよし)の歌「取(トレ)バウシ取(トラ)ネバ人ノ数ナラズ捨ベキ物ハ弓矢也ケリ」を指す。弓矢取(武士)公義が、「自髻(ミヅカラモトドリ)押キリテ、墨染ニ身ヲ替テ、高野山へ」上った折の歌である。井月は、この歌に感動して、自らも「入道の姿」となったというのであるから、井月の出自は、武士と断定してよいであろう。そして「入道の姿となり」と記されているように、実際に剃髪し「墨染ニ身ヲ替テ」いたものと思われる。「雲水井月」「北越雲水柳の家井月」「北越雲衲柳の家井月」「北越雲衲井月」等と名乗ったのは、由縁ないことではなかったのである。その「雲水井月」が、善光寺山内宝勝院の梅塘の草庵を訪れたのは、善光寺大勧進の役人木鷲の母追悼一枚摺興行の嘉永五年（一八五二）の折か。そして、元治元年（一八六四）六月、梅塘の庵に再びひょっこり姿を現したという。「誰ぞと問へば、狂言寺とことふ」というわけである。「狂言寺」は、井月の別号であること、すでに、井月が「狂言道人」「狂言山人」「狂言道人柳の家井月」と名乗っていたことを指摘しておいたので、明らかであろう。

さらにもう一つ、井月の素性をかい間見ることのできる資料に注目しておく。霞松、梅関の全面的助力により、凌冬の序文を得て明治十八年（一八八五）に出版されている『余波（なごり）の水くき』である。置土産（遺著）的な意味を込めての『余波の水くき』（序文中では「名残の水くき」）なる書名であろう。井月自身が跋文を書いている。その冒頭部分を引いてみる。

古里に芋を掘て生涯を過さむより、信濃路に仏の有がたさを慕はむにはしかじと、此（この）伊奈にあしをとゞめしも、良（やや）廿年余りに及ぶ。

明治十八年（一八八五）より二十年前というと、慶応元年（一八六五）ということになる。井月の意識では、縁（ゆかり）ある信濃善光寺を近くしての伊奈に拠点を定めたのが、そのころということであったのであろう。そして、「此土地へ入籍して、鬼籍にいるも亦寔ニこゝろを決めた」(凌冬序文)のが明治十八年ということだったのである。この跋文は、井月の、

落栗の座を定めるや窪溜り

の一句で結ばれている。死を予感しつつの井月の覚悟の作と見てよいであろう。ところで右の一節の冒頭にある「古里に芋を掘て生涯を過さむより」をいかに解すべきか。武士とのかかわりはどうなるのか。その矛盾を解消するために、従来、文飾ということで簡単に片付けられてきた。が、私は、これも事実であると思っている。時代は、明治。武士の時代は終ったのである。となると、それぞれ身の振り方を考えなければならない。その一つに「帰農」があった。「生業を失った武士や町人を助成して農耕に従わせること」(『日本国語大辞典』)である。井月の一族も「帰農」したということであったのであろう。とすれば、「古里に芋を掘て生涯を過さむよりは」なる文言は、別に矛盾を含んだものでもなんでもなくなるのである。そんな環境が井月をますます俳諧(発句)へと向わせたものであろう。

以上「自己韜晦の漂泊俳人井月」の人となりを、井月の身近な人々の発言、あるいは

井月自身が書き記したもののなかから探ってみたのであった。

*

もう一つ、井月の伊那占居を祝しての伊那赤穂住の亀の家蔵六（伊勢松坂の人）の文章中の左の一節にも注目しておきたい。

柳の家井月ぬしは、はやくより風雅に遊びて、殊に蕉翁のみちを慕ひ、月花に情を移し、降雪の越のふる里ふり出て、此信濃路に杖を曳きけるより、いくばくの年月を経ぬる。いなにはあらぬ伊奈〔那〕部みすゞの里に笈をおろして落栗の吟あり。

「落栗の吟」は、先の「落栗の座を定めるや窪溜り」の井月句。「みすゞの里」は、明治十七年（一八八四）に井月が付籍した梅関塩原折治の住所である上伊那郡美篶末広太田窪。特に注目したいのが「はやくより風雅に遊びて、殊に蕉翁のみちを慕ひ」の箇所。この蔵六の指摘のように、芭蕉への心酔、私淑ぶりが、井月発句の上質性と深くかかわっていることは間違いないところであると思われる。井月にとって芭蕉とは何か、井月の内なる芭蕉と井月発句との具体的なかかわりについては、本書の脚注において示しておいたが、別の視点よりもう少し検討を加えておきたい。

井月に、

我道の神とも拝め翁の日

明日知らぬ小春日和や翁の日

の二句がある。「翁の日」は、旧暦十月十二日の芭蕉忌のこと（芭蕉は、元禄七年十月十二日没）。前の句など、子規に言わせれば、さしずめ「芭蕉宗の信者」（「芭蕉雑談」）ということになり、冷笑されるかもしれない。漱石は「子規は冷笑が好きな男であつた」（「京に着ける夕」）との言葉を残している。もっとも、井月が、真剣であればあるほど、そんな気がしてくる作品である。井月が没した明治二十年（一八八七）、冒頭でも述べておいたように、子規は数え年二十一歳で、第一高等中学校で学んでいた。まだ俳句革新に乗り出してはいない。そして、子規は、終生、井月の存在を知らなかった。子規門の鳴雪や、虚子や、鼠骨は、やがて井月の存在を知ることになるのであるが。運命とは、面白いものである。

私が、今注目したいのは、後の句である。さすがの子規も、井月の勉強家ぶりには脱帽するのではなかろうか。従来の井月ファンは、前の句を有難がって、この句によって井月と芭蕉の関係の深さを論じようとしていたが、私には、「我道の」の句、子規ではないが、やや芭蕉鑽仰の気持があからさまに出過ぎているように思われる。井月の気持、わからないでもないが。

対する後の句は、芭蕉の臨終の様子を知悉していなければ詠めない句である。井月は、何によってその一部始終を知ったのか。支考編著『笈日記』(元禄八年刊)を披見していたものと思われる。そうでなければ発想し得ない一句なのである。『笈日記』の元禄七年(一六九四)十月十二日の条には、左のごとく記されている。

その日は小春の空の立帰りてあたゝかなれば、障子に蠅のあつまりいけるをにくみて、鳥もちを竹にぬりてかりありくに、上手と下手のあるを見ておかしがり申されしが、その後はたゞ何事もいはずなりて臨終申されけるに、誰も〳〵茫然として終の別とは今だに思はぬ也。

この時、芭蕉は、下痢と高熱のため大坂南御堂前の花屋仁右衛門貸座敷に臥っていた。

十月十二日は、文字通り小春日和。冬の蠅が飛び回っていたのを、弟子たち（支考自らも試みたのであろうか。其角や去来や丈草や惟然もいた）が鳥黐で必死に退治する様子を、芭蕉は、面白そうに眺めていたが、そのまま臨終を迎えたというのである。大往生である。その一部始終を念頭に置いて句作りしたのが、井月の「明日知らぬ小春日和や翁の日」だったのである。無常の思いを再確認しつつ、芭蕉への限りなき思慕を詠った忌日詠の佳句であろう。「我道の神とも拝め翁の日」の月並的平板な詠みぶりとは、雲泥の差である。

が、何はともあれ、「翁の日」の二詠によって芭蕉への並々ならぬ関心を表出している井月なのであった。

　そのことを裏付ける資料が残っている。井月には、明治十六年（一八八三）から明治十八年（一八八五）にかけての日記が断続的に残っているのである。その中に明治十七年（一八八四）九月十五日より十一月九日までの分がある。すなわち、芭蕉の忌日を含み込んでの日記である。井月が芭蕉忌をどのように迎えていたのか。右の二句との関係からも、大いに気になるところである。左のごとく記されていた。

十月

十二日　晴　今朝一巻引墨、四銭、謝。時雨忌、自費十銭。
十三日　晴　喜撰楼泊、馳走。翁忌。

二日にわたって、このような記述が見えるのである。天候は、両日とも晴だったようである。十二日の「今朝一巻引墨、四銭」からは、井月の日常が窺える。「乞食井月」と呼ばれる（田村梅月なる俳人に、井月を詠んでの「袴着た乞食まよふ十六夜」の句がある）井月であるが、世を渡る活計は、このようなものであったのであろう。「引墨」すなわち俳諧作品に評価の点を付すことによって、点料を得ていたのである。その料金が四銭だったということである。ちなみに、明治十八年（一八八五）、梅干入り握り飯二個に沢庵が付いた駅弁が五銭だったという（週刊朝日編『値段史年表』朝日新聞社刊、参照）。他にも井月が「引墨」をしたとの記述は、日記に散見される。そこで、本題に戻る。この日、井月は、自分で十銭を費して「時雨忌」を営んでいる。「時雨忌」は、芭蕉の「世にふるもさらに宗祇のやどり哉」にちなんでの芭蕉忌のこと。井月は、恐らく「時雨忌」を毎年、ささやかながら営んでいたのであろう。興味深いのは、翌十三日にも「翁忌」の記述が見えることである。「喜撰楼」は、伊那手良村の俳人向山田畝の家。田畝とは一緒に両吟俳諧を巻く仲。歓待され、一泊したようである。そこで酔興のあまり、再び一日遅れの「翁忌」、すなわち芭蕉忌を営んだということであったと思われる。「時雨忌」にしても、「翁忌」にしても、井月が大切にしていた芭蕉陶像を安置して、おごそかに営まれたことであろう。

もう一つ、井月と芭蕉とのかかわりを窺うことのできる資料として、伊那高遠「兜が城」(高遠城)下の俳人杉本雨香(「兜が城の片ほとりに住る逸俳士雨香」)によって書かれている「春近開庵勧請文」がある。井月が伊那春近の翠柏園山好の家に頭陀を下ろした折の話。年は、定かでない。土地の俳人たちと風雅の交りを重ねている間に、下牧の加納五声から「祖翁の像を安置」して、「俳諧の道場たらしめむ」ためにと、「草庵開基」のための土地を寄付するとの申し出があったのである。その時の五声の、井月に対する言葉として「子が社中、翁講の催ありとききぬ」が記されている。「子」は、井月。井月が、「社中」と呼ばれるほどの仲間に囲まれていたことが窺知し得る貴重な発言である。そして、その井月社中が「翁講の催」を営んでいる、というのである。これこそ、先に見た「時雨忌」「翁忌」の営みである。とすると、先に見た「時雨忌、自費十銭」の意味するところは、井月一人で、十銭で細々と営んだ、ということではなく、井月社中で営み、井月自らは十銭を醸出した、ということであったのかもしれない。それはともかくとして、「草庵開基」のための土地寄付の申し出を受けた井月の様子を、勧請文執筆者の雨香は、左のごとく書き留めている。

月（筆者注・井月のこと）、雀躍としてよろこび、其地を斗り見るに、凡百有余坪あり。草堂蝸廬（小さな家）の地には広しといへども、往来の都合煩はしき程にもなく、絶景佳境といふにはあらねど、西に駒峯あり、東に天竜の流を帯たり。眼に見ゆるものみな涼し、と翁のすさび玉ひしかの岐阜川の景色には劣るとも、凩の日に笠の破れ繕ひ、時雨の夕に蓑の濡れをほさむにはまた便りなきにしもあらず。

井月に与えられた土地は、まずまずの環境で（井月の率直な物言にちょっとびっくりさせられる）、井月も、そこそこ気に入ったようである。芭蕉の「此あたり目に見ゆるもの皆涼し」の句などを引き合いに出している。この句、「みの丶国ながら川に望て水楼あり」ではじまる芭蕉の俳文「十八楼ノ記」の中に見えるものである。井月が「幻住菴記」とともに愛した俳文のようで、大幅四種に揮毫しているものが残っている。「十八楼ノ記」は、先に触れた文考編著の『笈日記』、あるいは許六編の『風俗文選』（宝永三年刊）等に収められているが、井月の揮毫している二種の本文は、それらとも微妙に異なる。それが井月自身の判断で補訂されたものか、他書を参照したものか、検討を要するが、今は、省略する。

この「草庵開基」の話が、いつごろのことだったのかは、先にも記しておいたように、残念ながら定かでない。参考までに雨香による「春近開庵勧請文」の書き出しを示しておくならば、

> 爰に行脚井月、杖を当国に曳て、さいつ頃春近なる翠柏園に頭陀をおろす。あるじ山好、是が為に大に席を設けて、弥生の会宴ありしより、四方の好士、此所に集ひ、彼処に寄りて、風流益行る。

とある。この書きぶりでは、井月が信濃（「当国」）に曳杖して間もないころのように思われる。そこで想起されるのが、先にも少しく触れた資料「柳廼家井月宿願之次第」（「柳の家宿願稿」）の中の次の一節である。明治九年（一八七六）に記されたもの。少し長い引用となるが、芭蕉とのかかわりも窺える文言も見える箇所なのでお許しいただきたい。

> 明治元辰の冬より此辺りに遊て、常に御懇恤（筆者注・御親交）を蒙るの際、官布御改正の告あり。そは人口戸籍の事に及ぶ。おのれもとより家もたぬ身の約束やなめ

くじりと、何某上人のすさび給へしこころを旨とし、所定めぬ雲水のいと便りなき身をはかなみ、無能無才にして只此一すぢにつながると、わが翁の申されしをちからとし、覚束なくもけふが日まで露の命は保ちにけれど、何を申すも率土の浜王土に非ずといふことなし（筆者注・『詩経』小雅「北山」の「溥天の下　王土に非ざる莫く率土の浜　王臣に非ざる莫し」による。国全体、天子の土地、天子の臣ということ）。自首待罪のこゝろを表して、今より古郷へ罷越、送籍持参の其上からは、草庵蝸廬の再興をはかり、月雪花に望を遂れば、生きて巨万の長者も祈らず、死して蓮の台も願はず。

井月が、伊那の地に滞留することになったのは、自ら明治元年（一八六八）のことと言っている。そして、右では、「草庵蝸廬の再興」のために北越長岡に「送籍」（戸籍謄本）を取りに帰り、それを持参する心積だというのである。先の雨香による「春近開庵勧請文」中には、伊那下牧の五声から「草庵開基」のための土地の寄付の申し出があったことが記されており、それに対して、井月が大よろこびし、その「百有余坪」の土地を実見し「草堂蝸廬の地には広し」とつぶやいたこと、すでに見た通りである。「草庵蝸廬」「草堂蝸廬」なる言葉の符合だけで両エピソードを重ねることは、早計に過ぎるかもしれないが、両資料を比較する時、雨香が井月に代って書いたという「春近開庵勧請文」と井月自身による「柳硒家井月宿願之次第」（「柳の家宿願稿」）は、同一事柄の記述のように思われてくるのである。とするならば、「柳硒家井月宿願之次第」に「さきの年、己れ送籍取に、遙々と思ひ立しも」と見えることからも、五声から「草庵開基」のための土地提供の申し出があったのは、明治三年（一八七〇）九月十七日、五声邸（叶水亭）で井月、石山、五声、羽子丸の四人で半歌仙を試みている、そのあたりではないかと思われる。井月の発句「鳴なくや宿引戻る手持なき」は、井月の北越長岡への帰郷が、何らかの理由で不成功に終ったことを詠んだものであろうか。ところで、先の文章の中で気になる箇所が一つある。「自首待罪のこゝろを表して」の部分である。明治の代になり、壬申戸籍の施行（明治五年二月）により、帰郷し、「送籍」の取得を試みんとしたことはわかるが、「自首待罪」とはなにか。幕末時の長岡藩脱藩を言っているのであろうか。井月の中に罪の意識があったことは確かであるが、それが何であったのかは一切不明、大いに気になるところである。

右の文章の中にも井月と芭蕉とのかかわりを窺うことのできる部分が見える。「無能無才にして只此一すぢにつながると、わが翁の申されしをちからとし」の箇所である。この芭蕉（「わが翁」）の言葉、井月の八種の大幅揮毫の伝わる「幻住菴記」（『猿蓑』所収）の

末尾の部分に、

ある時は仕官懸命の地をうらやみ、一たびは仏籬祖室の扉(とぼそ)に入らむとせしも、たどりなき風雲に身をせめ、花鳥に情を労じて、暫(しばら)く生涯のはかり事とさへなれば、終(つひ)に無能無才にして此(この)一筋につながる。

と見えるところである。井月は、この言葉を自らの生のよりどころとして「露の命」を保ってきたと吐露している。さらに加えるならば「わが翁の申されしをちからとし」の部分は、もう一つの芭蕉の俳文「許六離別詞」(許六・李由編『韻寒』元禄九年刊、所収)中で、芭蕉が許六に与えた言葉、

後鳥羽上皇のかゝせ玉(たま)ひしものにも、これらは歌に実(まこと)ありて、しかも悲しびをそふる、とのたまひ侍(はべり)しとかや。さればこのみことばを力として、其(その)細き一筋をたどりうしなふ事なかれ。

が意識されていよう。井月の中で、芭蕉の存在がいかに大きかったかを、窺知(きち)し得るの

である。

井月にとっては、上述のごとき芭蕉であるので、その発句作品においても、芭蕉の発句を下敷きにしての作品、脚注でも指摘したごとく、少なくない。いわゆる「本句取（ほんくど）り」の作品である。最後に、そのような作品中の一例を見ておくことにしたい。

旅人の我も数なり花ざかり　　井月

この句からすぐに想起されるのが、芭蕉の、

旅人と我名（わが）よばれん初しぐれ　　芭蕉

の一句であろう。『笈の小文』(宝永六年刊)、『三冊子（さんぞうし）』(安永五年刊)等に収められているが、井月は何に拠（よ）ったか。貞享四年(一六八七)、芭蕉、四十四歳の時の作である。個我にこだわらない精神、我執を放擲（ほうてき）し、「旅人」とのみ呼ばれることを志向した芭蕉だったのである。後年(元禄五年)、四十九歳の芭蕉は、

なを放下して(筆者注・捨て去って)、栖を去、腰にたゞ百銭をたくはへて、柱杖(正しくは、拄杖。『節用集大全』は「柱杖」)一鉢に命を結ぶ。なし得たり、風情終に菰をかぶらんとは。

との言葉を残している(「栖去之弁」)。「菰をかぶ」ること(乞食となること)が、芭蕉の究極の願望だったのである。その境地に向っての叫びが「旅人と我名よばれん初しぐれ」の一句だったのである。そして、井月も、また、そのような境地に到達することを目指していた。その思いが「旅人の我も数なり花ざかり」の一句へと結実したのであった。「我も」の「も」に、強く芭蕉が意識されていることが窺える。芭蕉は「初しぐれ」の中で、井月は「花ざかり」の中で、無名の一人の「旅人」たらんことを志向したのであった。時を隔てての、芭蕉に対する井月の酬和、ということであったのである。

主要参考文献（単行本に限る）

○下島勲編『井月の句集』　空谷山房、大正十年十月刊
○下島勲・高津才次郎編『漂泊俳人 井月全集』　白帝書房、昭和五年十月刊
○下島勲・高津才次郎編『漂泊俳人 井月全集　新・増補改訂版』　伊那毎日新聞社、平成元年十一月刊
○下島勲・高津才次郎編『漂泊俳人 井月全集　増補改訂版四版』　井上井月顕彰会、平成二十一年九月刊
○信州井月会編著『改訂井月全句集』　ニシザワ書籍部、平成十三年三月刊
○井上井月顕彰会企画『井上井月真筆集』　新葉社、平成十九年九月刊
○竹入弘元解説、井上井月顕彰会監修『井月編俳諧三部集　越後獅子　家づと集　余波の水くき』　井上井月顕彰会、平成二十四年三月刊
○鐵筆館編『明治俳諧百人集　後編全』　池上貢、明治三十四年三月版
○山梨市役所編『山梨市史　史料編　近世』　山梨市、平成十六年十月刊

＊

○宮脇昌三編『俳人井月探求』　伊那毎日新聞社、昭和五十七年十二月刊

○春日愚良子編著『井上井月』　蝸牛社、平成四年十一月刊
○竹入弘元著『井月の魅力――その俳句鑑賞』　井上井月顕彰会、平成二十年十一月刊
○矢島井聲・加藤井魚著『井月新句略解』　私家版(矢島太郎)、平成二十年六月
○中井三好著『井上井月研究』　彩流社、平成二十三年三月刊

＊

○唐澤信真筆写『信濃国名所記』　筆写年不明
○長野県編纂『信濃国地誌略』上・下　長野県蔵版、明治十三年二月刊
○佐野重直編纂『南信伊那史料』上・下　私家版(佐野重直)、明治三十四年十月刊
○長野県協賛会編纂『長野県案内』　私家版(金澤求也)、明治四十一年八月刊
○小林憲雄著『伊那郡誌』　日新堂、大正六年五月刊
○伊澤和馬編『上伊那文化大事典』　信濃路出版販売、平成二年四月刊

＊

○上伊那誌編纂会編『長野県上伊那誌　人物篇』　上伊那誌刊行会、昭和四十五年十二月刊
○畑美義著『上伊那方言集　附下伊那方言集』　国書刊行会、昭和五十年六月刊
○足立惣蔵著『信州方言辞典』　遠兵パブリコ、昭和五十三年一月刊
○矢羽勝幸編著『長野県俳人名大辞典』　郷土出版社、平成五年十月刊

＊

○安田登著『早川漫々伝』私家版（安田登）、大正十一年十二月刊
○宮下慶正著『文人空谷下島勲』伊那毎日新聞社、昭和六十三年八月刊
○信州井月会編著『『井月全集』編者　高津才次郎奮戦記』ニシザワ書籍部、平成十三年三月刊
○井上井月顕彰会監修、北村皆雄・竹入弘元編『井上井月と伊那路をあるく　漂泊の俳人「ほかいびと」の世界』彩流社、平成二十三年十一月刊

＊

○小林郊人編『伊那の俳人』邦文堂、昭和二年七月刊
○小林郊人著『信濃の俳人』木村書店、昭和十九年五月刊
○瓜生卓造著『漂鳥のうた　井上井月の生涯』牧羊社、昭和五十七年七月刊
○金子兜太著『漂泊の俳人たち』ＮＨＫ出版、平成十一年十月刊

＊

○河原次郎著『再版通俗養蚕鑑』十文字商会、明治三十三年五月刊
○近藤富枝著『田端文士村』講談社、昭和五十年九月刊
○腰原智達編『伊那路』一草舎出版、平成二十一年十一月刊
○今泉恂之介著『子規は何を葬ったのか』新潮社、平成二十三年八月刊

略年譜

文政五年（一八二二）　1歳

北越（新潟県）長岡に生まれる。本名、井上克三（山圃宛井月書簡）か。武士の出（長岡藩）で、廃藩後、一家が帰農したか（「解説」参照）。

天保十年（一八三九）　18歳

この年、江戸へ出るか（巷説）。以降、北は象潟から、西は明石まで、漂泊、行脚の生活を送ったであろうことが、残っている作品類から窺える。

嘉永五年（一八五二）　31歳

善光寺大勧進の役人木鵞（吉村隼人）の亡母追悼一枚摺の中に井月句「乾く間もなく秋くれぬ露の袖」。公刊されたものの中に見える井月句の初見。

嘉永六年（一八五三）　32歳

木鵞編の俳諧撰集『きせ綿』に「稲妻や網にこたへし魚の影」の井月句。

文久元年（一八六一）　40歳

井月自身が「今を去る事拾有五年、飯田（伊那郡）におゐて紅葉の摺もの、挙あり」と記すは、この年か（明治九年稿「柳廼家井月宿願之次第」）。

文久二年（一八六二）　41歳

九月、井月編の俳諧撰集『まし水』（竹入弘元氏による呼称）成。巻軸は井月句「后の月松風さそふひかりかな」。秋、美濃国（岐阜県）関の弁慶庵（蕉門惟然旧居）を訪ね、「笠石に寂をしれとや秋の風」の句を書き残す（矢羽勝幸氏の調査による）。

文久三年（一八六三）　42歳

五月、高遠藩の老臣岡村菊叟（鶯老人）を訪ねて、自ら編んだ『越後獅子』の序文を乞い、刊。九月、梅月亭にて梅月との両吟表六句大願成就奉額揮毫。挙句は井月で「鵆の声の遠き浦かぜ」。この折、表六句とは別に「とり留た日和もまたず蕎麦の花」の井月句。『越後獅子』刊行後、「故郷へ帰り母の喪を果し」た（「柳廼家井月宿願之次第」）。『越後獅子』中に「因深き井月叟の帰郷を祝して」の前書のある野外（伊那田島住）句「行戻り明りひきけり花木槿」は、いつの帰郷を詠んだものか。「祝して」とあるので、「母の喪」の折ではあるまい。この時期、しばしば帰郷していたようである。

元治元年（一八六四）　43歳

六月末、梅塘（善光寺山内宝勝院住職）を訪い、九月、梅塘の序を得て、井月編『家づと集』刊。同書中の「来る年も巣は爰ぞかし行乙鳥　梅塘」「花にこゝろの残るそば畑　井月」の付合は、井月のいつの帰郷を詠んだものか。

元治二年（一八六五）　44歳
正月、康斎亭（上水内(かみみのち)郡栄村）にて井月、康斎、其祥、月信、甫山の五吟歌仙。発句は井月で「長閑さの余りを水の埃りかな」。秋に刊の、潮堂編、羽田墨芳追善集『かきね塚』に井月句「枯柳軒にさびたる碇かな」（竹入弘元氏の調査、報告による）。四月、慶応と改元。

明治元年（一八六八）　47歳
冬、伊那に滞留することに（「柳廼家井月宿願之次第」）。長岡藩、新政府軍と交戦、降伏。

明治二年（一八六九）　48歳
一月、歳旦帳に「目出度さも人まかせなり旅の春」発表。三月、基角亭（伊那富県(とみがた)）にて井月、三子、梅花、露鶴、基角の五吟半歌仙。発句は井月で「山里や雪間をいそぐ菜の青み」。十月、夕陽舎（伊那東春近(ひがしはるちか)）にて寉子(かくし)と両吟歌仙。発句は井月で「凩はみな松に戻りて枯尾花」。

明治三年（一八七〇）　49歳
一月、歳旦帳『はるのつと』板行。「露ちるや若菜の籠の置所」を収める。九月十七日、叶水亭(きょうすいてい)（伊那西春近）にて井月、石山、五声、羽子丸の四吟半歌仙。発句は井月で「鴫(しぎ)なくや宿引戻る手持なき」。五声より「草庵開基」のための土地の提供の申し出があったのは、このころか。

明治四年（一八七一）　50歳

三月中旬、那須避世窟（伊那東春近）にて竜洲、寉子と三吟半歌仙。発句は井月で「来る風に海苔の香もあり裏坐敷」。十月、春鶴、井月、布精で表六句。

明治五年（一八七二）　51歳

二月、壬申戸籍施行（『日本国語大辞典』参照）。井月も影響を受ける（「柳廼家井月宿願之次第」に「官布御改正の告あり。そは人口戸籍の事に及ぶと」と見える）。九月八日、九日、伊那村大久保の中村新六亭にて「柳廼舎送別書画展観会」。引札にて会幹会主、補助者、伊那谷文人墨客等、総勢百三十名が参加したことがわかる。十月、「柳から透てみゆるや帘、夏深しある夜の空の稲光り、鳥羽へ来てたじなき鶉き丶にけり、積込し俵にぬくきしぐれかな」「酒ありといふまでもなし花の宿、もの越に采女の声や青すだれ、温泉のき丶て廻りみちする紅葉かな、羽二重の上に着こなす紙衣かな」「未だ冬の儘なり梅の添ばしら、ほと丶ぎす旅なれ衣を脱日かな、酒の座をみなちり〲や盆の月、南天の雪うち払ふ朝かな」「乗合の込日を鐘の霞みけり、旋花やきれぬわらじの薄くなる、とり留た日和もまたず蕎麦の花、河豚の坐を遁れてたくや夜の柴」「野気色の千代にわりなき子の日哉、絵本などみせて置れて俄ずし、かぜさそふ朝の木の葉やわたり鳥、聞にくき手柄ばなしや河豚汁」の作品各四句五種を大幅に揮毫。十一月、「蛙なく夜の浅みや貰ひ風呂、白雨の際りや虹の美しき、声よさに聞もつれなし片鶉、しぐれ来る榎がもとの小家かな、羽二重の上に着こなす紙衣哉」「橋毎に柳のほしき街かな、根を包紙を曬ふや花すみれ、直を問ぬ人や松魚の客らしき、末枯やゑりかき合す扇折、粥焚や手にとるやうになく千鳥」「未だ冬の儘なり梅の添ばしら、冷麦の奢りや雪を水にして、士峯に旭の匂ふ頃なりほとゝぎす、酒の座をみなちり〴〵や盆の月、浮雲げな富は願はず紙衾」の作品各五句三種を大幅に揮毫。同じく十一月、文軽亭(伊那手良村)にて井月、禾圃、文軽の三吟半歌仙三巻。三巻中の一巻の発句は井月で「雪散るや酒屋の壁の裏返し」、挙句も井月で「きのふもけふも長閑なりけり」。

明治六年(一八七三)　52歳

春、竜洲、井月、寉子、山好と四吟歌仙。挙句は井月で「囲ひ開ければもゆる陽炎」。

明治七年(一八七四)　53歳

四月、素水(伊那辰野小野村出身)は、為山、春湖、等栽などと俳諧結社教林盟社を設立。後、井月も参加。明治十三年九月揮毫の「幻住菴記」には「東京教林盟社中　柳の家井月」と署名。

明治八年(一八七五)　54歳

五月、「紐を解大日本史や明の春、かぜ涼し机の上の湖月抄、よみ懸し戦国策や稲光、節分や又とり出す延喜式」の大幅を揮毫。六月、甲斐(山梨県)の俳人漫々の『俳諧発句雅俗伝』を井月流に手直し、「俳諧雅俗伝」として記す。漫々の父、闌更門の石牙が、伊那郡木下に没したこともあり、『俳諧発句雅俗伝』が伊那に伝わったものであろう。

明治九年（一八七六）　55歳

三月、自庵亭（伊那福島）にての三十六人による禾圃居士追善脇起し歌仙興行に井月も参加。同じく三月、清水庵（伊那手良中坪）観音堂の俳額揮毫。巻軸は井月句「旅人の我も数なり花ざかり」。九月、春鶴（別号菊園）亭（伊那上牧）にて「菊詠集序」を書く。十一月、大東舎（伊那福島）にて菊雄、井月、富哉で三吟歌仙。十二月二十七日、喜撰庵（田畝亭、伊那手良村堀ノ内）にて田畝と両吟（十七句まで）。発句は井月で「雪散や黒羽二重の五ツ紋」。この年、「柳廼家井月宿願之次第」（「柳の家宿願稿」）を記す。

明治十年（一八七七）　56歳

三月、雪嶺亭（伊那東春近）にて雀子と半歌仙。発句は井月で「木母寺の秋寂しくもたたき鉦」。夏、呉竹亭（伊那孤島）にて凌冬と両吟歌仙。また、まだら（まだらめ。別号、那美女。凌冬の妻）と両吟歌仙。発句は井月で「若竹や露をながめる朝の膳」。八月五日、呉竹亭にてまだら、井月、凌冬で三吟半歌仙。九月、凌冬と両吟歌仙二巻。その中の一巻の発句は井月で「豊の明り桧垣の茶屋のもん日哉」。同九月、喜撰庵にて「隙な日のさしあふ花の盛かな、気配りの親としらる丶雀かな、蟬なくや報謝の銭の皆に成、蟷螂やもの〳〵しげに道へ出る、羽二重の上に着こなす紙衣かな」の五句を大幅に揮毫。同じく九月、「降とまで人には見せて花ぐもり、蝶に気のほぐれて杖の軽さかな、月は夜に後る丶峯やほと丶ぎす、娘へし気強く立りおとこ山、時雨ても中〳〵ぬくき庵かな」の五句を大幅に揮毫

（堀内功氏蔵）。十月、埜溝素人亭（伊那赤穂）にて祖丸と両吟歌仙二巻。一巻の発句は井月で「蝶に気のほぐれて杖の軽さかな」。挙句も井月で「霞ミ霞ミて流れ行川」。

明治十一年（一八七八）　57歳

三月、竜洲亭（伊那東春近）にて竜洲と半歌仙。発句は井月で「柴舟も筏も下る霞かな」。十月、大東舎（伊那福島）にて富哉と両吟歌仙。発句は井月で「鶴を追ふ手際ではなし鳥おどし」。冬、鹿笛追悼句「俤の眼にちらつくや雪仏」を作る。

明治十二年（一八七九）　58歳

正月、鹿笛を偲んで「泣くこともぱつたり止んで三ケ日」の句を作ったか。同じく正月、文軽亭（伊那手良野口）にて文軽と両吟歌仙。二月、井田斎（伊那福島）にて竹圃と両吟歌仙。同じく二月、井田斎にて竹圃、富哉と三吟半歌仙。発句は井月で「盃に請て目出たし初日影」。四月、鶴の門亭（北信笹平）にて亀遊と両吟歌仙。発句は井月で「碁に労れ弓にも倦て鐘霞」。同じく四月、久保田亭（水内郡日高村）にて盛斎と両吟歌仙。発句は井月で「朝凪や蝶の影さす洗ひ臼」。六月、梅春亭（高井郡瑞穂小菅）にて梅春と両吟歌仙。発句は井月で「蟬なくや報謝の銭の皆に成」。

明治十三年（一八八〇）　59歳

三月、「幻住菴記」を大幅に揮毫。四月、真居庵（梅春亭、高井郡瑞穂村小菅）にて可春、井月、梅春で三吟歌仙。挙句は井月の「幾世替らぬ春のことの葉」。九月、「幻住菴記」を揮毫、「東京教林盟社中　柳の家井月」と署名。同九月、「幻住菴記」を「北越雲水柳の家井月」の署名で揮毫。同じく九月、唐詩、張祜「虢夫人」(『唐詩選』)を大幅に揮毫。秋、唐詩、張謂「題長安主人壁」(『唐詩選』)を大幅に揮毫。十一月、桂雅の句に引墨。

明治十四年(一八八一)　60歳

七月、去来兄向井震軒(元端)の「題芭蕉翁国分山幻住菴記之後」を添えた「幻住菴記」(本文は『猿蓑』所収のもの)を揮毫(口絵写真参照)。

明治十五年(一八八二)　61歳

三月一日、不孤亭(伊那西春近)にて有隣と両吟歌仙。またこの日、梅の花、春の雪を季題としての発句、それぞれ六十句を交互に詠む(作品省略)。初夏、思耕亭(伊那南向)にて『用文章』二冊を認める(竹入弘元氏説)。六月、琢斎(春庭)の「忘れがたみ」のために、「初蟬や中よく遊ぶ兄弟」の一句。この年の序のある寒岳園白斎追善句集、鶯雄編『花の滴』(明治十六年刊)所載百韻に井月参加。

明治十六年(一八八三)　62歳

春、唐詩、杜甫「哀江頭」(『唐詩選』)を大幅三条に揮毫。四月、讃岐屋(伊那坂下)にて稲谷、富哉、其伯、井月、竹圃、露江による六吟半歌仙。九月、昔の家亭(伊那田原の鶯娯亭)にて鶯娯と両吟歌仙。十月下旬、上水内郡水内村の久米地の橋に遊ぶ。井月に「そば切も夜寒の里の馳走かな」の発句。

明治十七年（一八八四）　63歳

五月、「ともすれば汗の浮日や木瓜の花」の一句を揮毫。閏五月十七日（旧暦）、随布亭（伊那東春近）にての蚕玉祝に「骨折の心安さよ繭ひゐき」「家々のこ玉祝ひや繭ひゐき」の句を作る。七月二十五日、美篶末広太田窪の塩原折治（俳号梅関）に厄介人清助の名で付籍。折治の二女すゑ（慶応三年生まれ）を養女とし、塩原家分家戸主となる。十月十二日、時雨忌（芭蕉忌）を営む。

明治十八年（一八八五）　64歳

一月、「御物造大吉　弓によせて養蚕を寿ぐ」の前書で「おもふ円を外さぬ腕に仇矢なく／中る蠶の運のつよゆみ」の一首を揮毫。五月、秋月母堂追悼句「西方の花をこゝろの首途かな」を作る。九月、凌冬の序を乞い、『余波の水くき』刊。自跋に「落栗の座を定めるや窪溜り」の句。

明治十九年（一八八六）　65歳

十二月某日、伊那村路傍にて発病、梅関方に運ばれ、病臥越年。

明治二十年（一八八七）　66歳

二月十六日没。享年六十六。臨終に当って、霞松の求めに応じ「何処やらに鶴の声聞く霞かな」の句を認めたという（下島空谷の記述）。「闇き夜も花の明りや西の旅」が辞世か。太田窪の塩原家墓地に埋葬。龍勝寺過去帳には、「発句師塩翁斎柳家井月居士　二月十五

日　井上勝蔵　六十五年」とある由（高津才次郎氏は、調査の結果「旧暦の二月十六日」没と記す）。

明治二十四年（一八九一）　没後4年

橋爪玉斎、井月肖像画を描く。

大正十年（一九二一）　没後34年

十月、下島勲編『井月の句集』（空谷山房）刊。

*『井上井月真筆集』（新葉社、平成十九年九月刊）、下島勲・高津才次郎編『漂泊俳人　井月全集　増補改訂版四版』（井上井月顕彰会、平成二十一年九月刊）に拠り、竹入弘元解説『井月編俳諧三部集　越後獅子　家づと集　余波の水くき』（井上井月顕彰会、平成二十四年三月刊）所収「井上井月年譜」を参照した。

（復本一郎）

初句索引

- 井月句の初句(上五)と句番号を示した。配列は、現代仮名遣いによる五十音順とした。
- 「解説」「略年譜」中の初出句は、該当する頁の上に「解」「年」として示した。
- 初句が同一の複数の句は、中七、下五まで示した。

あ

い

ち

ひ

ふ

せいげつ くしゅう
井月句集

2012年10月16日　第1刷発行
2023年 2 月 6 日　第7刷発行

ふくもといちろう
編　者　復本一郎

発行者　坂本政謙

発行所　株式会社 岩波書店
〒101-8002 東京都千代田区一ツ橋 2-5-5

案内 03-5210-4000　営業部 03-5210-4111
文庫編集部 03-5210-4051
https://www.iwanami.co.jp/

印刷 製本・法令印刷　カバー・精興社

ISBN 978-4-00-302821-6　　Printed in Japan

読書子に寄す

――岩波文庫発刊に際して――

岩波茂雄

真理は万人によって求められることを自ら欲し、芸術は万人によって愛されることを自ら望む。かつては民を愚昧ならしめるために学芸が最も狭き堂宇に閉鎖されたことがあった。今や知識と美とを特権階級の独占より奪い返すことはつねに進取的なる民衆の切実なる要求である。岩波文庫はこの要求に応じそれに励まされて生まれた。それは生命ある不朽の書を少数者の書斎と研究室とより解放して街頭にくまなく立たしめ民衆に伍せしめるであろう。近時大量生産予約出版の流行を見る。その広告宣伝の狂態はしばらくおくも、後代にのこすと誇称する全集がその編集に万全の用意をなしたるか。千古の典籍の翻訳企図に敬虔の態度を欠かざりしか。さらに分売を許さず読者を繋縛して数十冊を強うるがごとき、はたしてその揚言する学芸解放のゆえんなりや。吾人は天下の名士の声に和してこれを推挙するに躊躇するものである。このときにあたって、岩波書店は自己の責務のいよいよ重大なるを思い、従来の方針の徹底を期するため、すでに十数年以前より志して来た計画を慎重審議この際断然実行することにした。吾人は範をかのレクラム文庫にとり、古今東西にわたって文芸・哲学・社会科学・自然科学等種類のいかんを問わず、いやしくも万人の必読すべき真に古典的価値ある書をきわめて簡易なる形式において逐次刊行し、あらゆる人間に須要なる生活向上の資料、生活批判の原理を提供せんと欲する。この文庫は予約出版の方法を排したるがゆえに、読者は自己の欲する時に自己の欲する書物を各個に自由に選択することができる。携帯に便にして価格の低きを最主とするがゆえに、外観を顧みざるも内容に至っては厳選最も力を尽くし、従来の岩波出版物の特色をますます発揮せしめようとする。この計画たるや世間の一時の投機的なるものと異なり、永遠の事業として吾人は微力を傾倒し、あらゆる犠牲を忍んで今後永久に継続発展せしめ、もって文庫の使命を遺憾なく果たさしめることを期する。芸術を愛し知識を求むる士の自ら進んでこの挙に参加し、希望と忠言とを寄せられることは吾人の熱望するところである。その性質上経済的には最も困難多きこの事業にあえて当たらんとする吾人の志を諒として、その達成のため世の読書子とのうるわしき共同を期待する。

昭和二年七月

《日本文学(古典)》〔黄〕

- 古事記　倉野憲司校注
- 日本書紀　全五冊　坂本太郎・家永三郎・井上光貞・大野晋校注
- 万葉集　全五冊　佐竹昭広・山田英雄・工藤力男・大谷雅夫・山崎福之校注
- 原文 万葉集　全二冊　佐竹昭広・山田英雄・工藤力男・大谷雅夫・山崎福之校注
- 竹取物語　阪倉篤義校訂
- 伊勢物語　大津有一校注
- 玉造小町子壮衰書 ―小野小町物語　杤尾武校注
- 古今和歌集　佐伯梅友校注
- 土左日記　紀貫之　鈴木知太郎校注
- 源氏物語　全九冊　柳井滋・室伏信助・大朝雄二・鈴木日出男・藤井貞和・今西祐一郎校注
- 枕草子　池田亀鑑校訂
- 更級日記　西下経一校注
- 今昔物語集　全四冊　池上洵一編
- 西行全歌集　久保田淳・吉野朋美校注
- 建礼門院右京大夫集 付 平家公達草紙　久松潜一・久保田淳校注
- 梅沢本 古本説話集　川口久雄校訂
- 後拾遺和歌集　久保田淳・平田喜信校注
- 詞花和歌集　工藤重矩校注
- 古語拾遺　斎部広成撰　西宮一民校注
- 王朝漢詩選　小島憲之編
- 新訂 方丈記　市古貞次校注
- 新訂 新古今和歌集　佐佐木信綱校訂
- 新訂 徒然草　西尾実・安良岡康作校注
- 平家物語　全四冊　梶原正昭・山下宏明校注
- 神皇正統記　北畠親房　岩佐正校注
- 御伽草子　全二冊　市古貞次校注
- 王朝秀歌選　樋口芳麻呂校注
- 定家八代抄 ―続王朝秀歌選　全二冊　樋口芳麻呂・後藤重郎校注
- 中世なぞなぞ集　鈴木棠三編
- 謡曲選集 読む能の本　野上豊一郎編
- 東関紀行・海道記　玉井幸助校訂
- おもろさうし　外間守善校注
- 太平記　全六冊　兵藤裕己校注
- 好色五人女　井原西鶴　東明雅校註
- 武道伝来記　井原西鶴　横山重・前田金五郎校注
- 西鶴文反古　井原西鶴　片岡良一校訂
- 芭蕉紀行文集 付 嵯峨日記　中村俊定校注
- 芭蕉 おくのほそ道 付 曾良旅日記・奥細道菅菰抄　萩原恭男校注
- 芭蕉俳句集　中村俊定校注
- 芭蕉連句集　中村俊定・萩原恭男校注
- 芭蕉書簡集　萩原恭男校注
- 芭蕉文集　潁原退蔵編註
- 芭蕉俳文集　全二冊　堀切実編注
- 芭蕉自筆 奥の細道　上野洋三・櫻井武次郎校注
- 蕪村俳句集 付 春風馬堤曲 他二篇　尾形仂校注
- 蕪村七部集　伊藤松宇校訂
- 蕪村文集　藤田真一編注
- 国性爺合戦・鑓の権三重帷子　近松門左衛門　和田万吉校訂
- 折たく柴の記　新井白石　松村明校注
- 近世畸人伝　伴蒿蹊　森銑三校註

排蘆小船・石上私淑言 —宣長「物のあはれ」歌論　本居宣長／子安宣邦校注

雨月物語　上田秋成／長島弘明校注

宇下人言 修行録　松平定信／松平定光校訂

新訂 一茶俳句集　丸山一彦校注

一茶 父の終焉日記・おらが春 他一篇　矢羽勝幸校注

増補 俳諧歳時記栞草 全二冊　曲亭馬琴編／藍亭青藍補／堀切実校注

北越雪譜　鈴木牧之編撰／京山人百樹刪定／岡田武松校訂

東海道中膝栗毛 全二冊　十返舎一九／麻生磯次校注

浮世床　式亭三馬／和田万吉校訂

梅暦 全二冊　為永春水／古川久校訂

日本民謡集　町田嘉章／浅野建二編

芭蕉臨終記 花屋日記 付 芭蕉翁終焉記・前後日記・行状記　小宮豊隆校訂

醒睡笑 全二冊　安楽庵策伝／鈴木棠三校注

与話情浮名横櫛 切られ与三　瀬川如皐／河竹繁俊校訂

歌舞伎十八番の内 勧進帳　郡司正勝校注

江戸怪談集 全三冊　高田衛編・校注

柳多留名句選　山澤英雄選／粕谷宏紀校注

鬼貫句選・独ごと　復本一郎校注

井月句集　復本一郎編

花見車・元禄百人一句　雲英末雄／佐藤勝明校注

江戸漢詩選 全二冊　揖斐高編訳

《日本思想》〔青〕

風姿花伝（花伝書）	世阿弥 / 野上豊一郎・西尾実 校訂
五輪書	宮本武蔵 / 渡辺一郎 校注
葉隠 全三冊	山本常朝 / 和辻哲郎・古川哲史 校訂
養生訓・和俗童子訓	貝原益軒 / 石川謙 校訂
貝原益軒 大和俗訓	石川謙 校訂
町人嚢・百姓嚢・長崎夜話草	西川如見 / 飯島忠夫・西川忠幸 校訂
日本水土考・水土解弁・増補華夷通商考	西川如見 / 飯島忠夫・西川忠幸 校訂
蘭学事始	杉田玄白 / 緒方富雄 校註
吉田松陰書簡集	広瀬豊 編
島津斉彬言行録	牧野伸顕 序
塵劫記	吉田光由 / 大矢真一 校注
兵法家伝書 付 新陰流兵法目録事	柳生宗矩 / 渡辺一郎 校注
南方録	西山松之助 校注
長崎版 どちりな きりしたん	海老沢有道 校註
仙境異聞・勝五郎再生記聞	平田篤胤 / 子安宣邦 校注
茶湯一会集・閑夜茶話	井伊直弼 / 戸田勝久 校注
新訂 海舟座談	巌本善治 編 / 勝部真長 校注
西郷南洲遺訓 附 手抄言志録及遺文	山田済斎 編
文明論之概略	福沢諭吉 / 松沢弘陽 校注
新訂 福翁自伝	富田正文 校訂
学問のすゝめ	福沢諭吉
福沢諭吉教育論集	山住正己 編
福沢諭吉家族論集	中村敏子 編
福沢諭吉の手紙	慶應義塾 編
日本道徳論	西村茂樹 / 吉田熊次 校
新島襄の手紙	同志社 編
新島襄 教育宗教論集	同志社 編
新島襄自伝 —手記・紀行文・日記	同志社 編
近時政論考	陸羯南
日本の下層社会	横山源之助
中江兆民 三酔人経綸問答	桑原武夫・島田虔次 訳・校注
中江兆民評論集	松永昌三 編
憲法義解	伊藤博文 / 宮沢俊義 校註
日本開化小史	田口卯吉 / 嘉治隆一 校訂
新訂 蹇蹇録 —日清戦争外交秘録	陸奥宗光 / 中塚明 校注
茶の本	岡倉覚三 / 村岡博 訳
新撰讃美歌	植村正久・奥野昌綱・松山高吉 編
武士道	新渡戸稲造 / 矢内原忠雄 訳
キリスト信徒のなぐさめ	内村鑑三
余はいかにしてキリスト信徒となりしか	内村鑑三 / 鈴木範久 訳
代表的日本人	内村鑑三 / 鈴木範久 訳
後世への最大遺物・デンマルク国の話	内村鑑三
宗教座談	内村鑑三
ヨブ記講演	内村鑑三
足利尊氏	山路愛山
徳川家康 全二冊	山路愛山
豊臣秀吉 全二冊	山路愛山
妾の半生涯	福田英子
三十三年の夢	宮崎滔天 / 島田虔次・近藤秀樹 校注
善の研究	西田幾多郎

《哲学・教育・宗教》〔青〕

ソクラテスの弁明・クリトン　プラトン　久保勉訳
ゴルギアス　プラトン　加来彰俊訳
饗宴　プラトン　久保勉訳
テアイテトス　プラトン　田中美知太郎訳
パイドロス　プラトン　藤沢令夫訳
メノン　プラトン　藤沢令夫訳
国家　全二冊　プラトン　藤沢令夫訳
プロタゴラス —ソフィストたち　プラトン　藤沢令夫訳
パイドン —魂の不死について　プラトン　岩田靖夫訳
アナバシス —敵中横断六〇〇〇キロ　クセノポン　松平千秋訳
アリストテレス　ニコマコス倫理学　全二冊　高田三郎訳
アリストテレス　形而上学　全二冊　出隆訳
アリストテレス　弁論術　戸塚七郎訳
アリストテレース　詩学　ホラーティウス　詩論　松本仁助・岡道男訳
物の本質について　ルクレーティウス　樋口勝彦訳
エピクロス —教説と手紙　出隆・岩崎允胤訳

生の短さについて　他二篇　セネカ　大西英文訳
怒りについて　他二篇　セネカ　兼利琢也訳
エピクテトス　人生談義　全二冊　國方栄二訳
マルクス・アウレーリウス　自省録　神谷美恵子訳
老年について　キケロー　中務哲郎訳
友情について　キケロー　中務哲郎訳
弁論家について　全二冊　キケロー　大西英文訳
キケロー書簡集　高橋宏幸編
エラスムス＝トマス・モア往復書簡　沓掛良彦・高田康成訳
方法序説　デカルト　谷川多佳子訳
哲学原理　デカルト　桂寿一訳
精神指導の規則　デカルト　野田又夫訳
情念論　デカルト　谷川多佳子訳
パンセ　全三冊　パスカル　塩川徹也訳
知性改善論　スピノザ　畠中尚志訳
スピノザ　エチカ（倫理学）　全二冊　畠中尚志訳
モナドロジー　他二篇　ライプニッツ　谷川多佳子・岡部英男訳

ハイラスとフィロナスの三つの対話　バークリ　戸田剛文訳
市民の国について　全二冊　ヒューム　小松茂夫訳
自然宗教をめぐる対話　ヒューム　犬塚元訳
人間機械論　ド・ラ・メトリ　杉捷夫訳
エミール　全三冊　ルソー　今野一雄訳
ルソー　告白　全三冊　桑原武夫訳
人間不平等起原論　ルソー　本田喜代治・平岡昇訳
ルソー　社会契約論　桑原武夫・前川貞次郎訳
政治経済論　ルソー　河野健二訳
学問芸術論　ルソー　前川貞次郎訳
演劇について —ダランベールへの手紙　ルソー　今野一雄訳
言語起源論 —旋律と音楽的模倣について　ルソー　増田真訳
ディドロ、ダランベール編　百科全書 —序論および代表項目　桑原武夫訳編
ディドロ　絵画について　佐々木健一訳
道徳形而上学原論　カント　篠田英雄訳
啓蒙とは何か　他四篇　カント　篠田英雄訳
純粋理性批判　全三冊　カント　篠田英雄訳

- カント 実践理性批判 — 波多野精一・宮本和吉・篠田英雄 訳
- 判断力批判 全二冊 — カント 篠田英雄 訳
- 永遠平和のために — カント 宇都宮芳明 訳
- プロレゴメナ — カント 篠田英雄 訳
- 学者の使命・学者の本質 — フィヒテ 宮崎洋三 訳
- シュライエルマッハー 独白 — 木場深定 訳
- 哲学史序論 —哲学と哲学史 — ヘーゲル 武市健人 訳
- ヘーゲル 政治論文集 全二冊 — 金子武蔵 訳
- 歴史哲学講義 全二冊 — ヘーゲル 長谷川宏 訳
- 法の哲学 —自然法と国家学の要綱 — ヘーゲル 上妻精・佐藤康邦・山田忠彰 訳
- 自殺について 他四篇 — ショウペンハウエル 斎藤信治 訳
- 読書について 他二篇 — ショウペンハウエル 斎藤忍随 訳
- 知性について 他四篇 — ショーペンハウエル 細谷貞雄 訳
- 将来の哲学の根本命題 他二篇 — フォイエルバッハ 松村一人・和田楽 訳
- 不安の概念 — キェルケゴール 斎藤信治 訳
- 死に至る病 — キェルケゴール 斎藤信治 訳
- 体験と創作 全二冊 — ディルタイ 柴田治三郎・小牧健夫 訳

- 眠られぬ夜のために 全二冊 — ヒルティ 草間平作・大和邦太郎 訳
- 幸福論 全三冊 — ヒルティ 草間平作・大和邦太郎 訳
- 悲劇の誕生 — ニーチェ 秋山英夫 訳
- ツァラトゥストラはこう言った 全二冊 — ニーチェ 氷上英廣 訳
- 道徳の系譜 — ニーチェ 木場深定 訳
- 善悪の彼岸 — ニーチェ 木場深定 訳
- この人を見よ — ニーチェ 手塚富雄 訳
- プラグマティズム — W・ジェイムズ 桝田啓三郎 訳
- 宗教的経験の諸相 全二冊 — W・ジェイムズ 桝田啓三郎 訳
- 純粋経験の哲学 — W・ジェイムズ 伊藤邦武 編訳
- 純粋現象学及現象学的哲学考案 全二冊 — フッセル 池上鎌三 訳
- デカルト的省察 — フッサール 浜渦辰二 訳
- 愛の断想・日々の断想 — ジンメル 清水幾太郎 訳
- ジンメル宗教論集 — 深澤英隆 編訳
- 笑い — ベルクソン 林達夫 訳
- 道徳と宗教の二源泉 — ベルクソン 平山高次 訳
- 物質と記憶 — ベルクソン 熊野純彦 訳

- 時間と自由 — ベルクソン 中村文郎 訳
- ラッセル教育論 — 安藤貞雄 訳
- ラッセル幸福論 — 安藤貞雄 訳
- 存在と時間 全四冊 — ハイデガー 熊野純彦 訳
- 学校と社会 — デューイ 宮原誠一 訳
- 民主主義と教育 全二冊 — デューイ 松野安男 訳
- 歴史と自然科学・道徳の原理に就て・聖 「プレルーディエン」より — ヴィンデルバント 篠田英雄 訳
- 我と汝・対話 — マルティン・ブーバー 植田重雄 訳
- アラン 幸福論 — 神谷幹夫 訳
- アラン 定義集 — 神谷幹夫 訳
- 天才の心理学 — E・クレッチュマー 内村祐之 訳
- 英語発達小史 — H・ブラッドリ 寺澤芳雄 訳
- 日本の弓術 — オイゲン・ヘリゲル 述 柴田治三郎 訳
- 饒舌について 他五篇 — プルタルコス 柳沼重剛 訳
- ことばのロマンス —英語の語源 — ウィークリー 寺澤芳雄・出淵博 訳
- 人間 —シンボルを操るもの — カッシーラー 宮城音弥 訳
- 国家と神話 全二冊 — カッシーラー 熊野純彦 訳

- 天才・悪 — ブレンターノ 篠田英雄訳
- 人間の頭脳活動の本質 他一篇 — ディーツゲン 小松摂郎訳
- プラトン入門 — R・S・ブラック 内山勝利訳
- 反啓蒙思想 他二篇 — バーリン 松本礼二編
- マキアヴェッリの独創性 他三篇 — バーリン 川出良枝編
- 論理哲学論考 — ウィトゲンシュタイン 野矢茂樹訳
- 自由と社会的抑圧 — シモーヌ・ヴェイユ 冨原眞弓訳
- 根をもつこと 全二冊 — シモーヌ・ヴェイユ 冨原眞弓訳
- 重力と恩寵 — シモーヌ・ヴェイユ 冨原眞弓訳
- 全体性と無限 全二冊 — レヴィナス 熊野純彦訳
- 啓蒙の弁証法 —哲学的断想 — M・ホルクハイマー T・W・アドルノ 徳永恂訳
- ヘーゲルからニーチェへ —十九世紀思想における革命的断絶 全二冊 — レーヴィット 三島憲一訳
- 統辞構造論 付『言語理論の論理構造』序論 — チョムスキー 福井直樹 辻子美保子訳
- 統辞理論の諸相 方法論序説 — チョムスキー 福井直樹 辻子美保子訳
- 言語変化という問題 —共時態、通時態、歴史 — E・コセリウ 田中克彦訳
- 快楽について — ロレンツォ・ヴァッラ 近藤恒一訳
- 古代懐疑主義入門 —判断保留の十の方式 — J・アナス J・バーンズ 金山弥平訳

- ニーチェ みずからの時代と闘う者 — ルドルフ・シュタイナー 高橋巖訳
- 人間精神進歩史 全二冊 — コンドルセ 渡辺誠訳
- 人間の教育 全二冊 — フレーベル 荒井武訳
- フレーベル自伝 — 長田新訳
- 旧約聖書 創世記 — 関根正雄訳
- 旧約聖書 出エジプト記 — 関根正雄訳
- 旧約聖書 ヨブ記 — 関根正雄訳
- 旧約聖書 詩篇 — 関根正雄訳
- 新約聖書 福音書 — 塚本虎二訳
- 文語訳 新約聖書 詩篇付
- 文語訳 旧約聖書 全四冊
- キリストにならいて — トマス・ア・ケンピス 大沢章 呉茂一訳
- 聖アウグスティヌス 告白 全二冊 — 服部英次郎訳
- アウグスティヌス 神の国 全五冊 — 服部英次郎 藤本雄三訳
- 新訳 キリスト者の自由・聖書への序言 — マルティン・ルター 石原謙訳
- シュヴァイツェル イエスの生涯 —メシアと受難の秘密 — シュヴァイツェル 波木居齊二訳
- キリスト教と世界宗教 — シュヴァイツェル 鈴木俊郎訳

- 水と原生林のはざまで — シュヴァイツェル 野村実訳
- コーラン 全三冊 — 井筒俊彦訳
- エックハルト説教集 — 田島照久編訳
- ムハンマドのことば ハディース — 小杉泰編訳
- 新約聖書外典 ナグ・ハマディ文書抄 — 荒井献 大貫隆 小林稔 筒井賢治 編訳
- 後期資本主義における正統化の問題 — ハーバーマス 山田正行・金慧訳
- シンボルの哲学 —理性、祭礼、芸術のシンボル試論 — S・K・ランガー 塚本明子訳
- ジャック・ラカン 精神分析の四基本概念 全二冊 — ジャック＝アラン・ミレール編 小出浩之 新宮一成 鈴木國文 小川豊昭 訳
- 精神と自然 —生きた世界の認識論 — グレゴリー・ベイトソン 佐藤良明訳

《歴史・地理》〔青〕

- 新訂 魏志倭人伝・後漢書倭伝・宋書倭国伝・隋書倭国伝 —中国正史日本伝1 石原道博編訳
- ヘロドトス 歴史 全三冊 松平千秋訳
- トゥーキュディデース 戦史 全三冊 久保正彰訳
- ガリア戦記 カエサル 近山金次訳
- タキトゥス ゲルマーニア 泉井久之助訳註
- タキトゥス 年代記 —ティベリウス帝からネロ帝へ 全二冊 国原吉之助訳
- ランケ 世界史概観 —近世史の諸時代 鈴木成高・相原信作訳
- ランケ自伝 林健太郎訳
- 歴史とは何ぞや ベルンハイム 坂口昂・小野鉄二訳
- 歴史における個人の役割 プレハーノフ 木原正雄訳
- 古代への情熱 —シュリーマン自伝 シュリーマン 村田数之亮訳
- 大君の都 —幕末日本滞在記 全三冊 オールコック 山口光朔訳
- アーネスト・サトウ 一外交官の見た明治維新 全二冊 坂田精一訳
- ベルツの日記 全二冊 トク・ベルツ編 菅沼竜太郎訳
- 武家の女性 山川菊栄
- インディアスの破壊についての簡潔な報告 ラス・カサス 染田秀藤訳
- ラス・カサス インディアス史 全七冊 長南実訳 石原保徳編
- コロンブス 全航海の報告 林屋永吉訳
- 戊辰物語 東京日日新聞社会部編
- 大森貝塚 —付 関連史料 E・S・モース 近藤義郎・佐原真編訳
- ナポレオン言行録 オクターヴ・オブリ編 大塚幸男訳
- 中世的世界の形成 石母田正
- 日本の古代国家 石母田正
- クリオの顔 —歴史随想集 E・H・ノーマン 大窪愿二編訳
- 日本における近代国家の成立 E・H・ノーマン 大窪愿二訳
- 旧事諮問録 —江戸幕府役人の証言 全二冊 旧事諮問会編 進士慶幹校注
- 朝鮮・琉球航海記 —一八一六年アマースト使節団とともに ベイジル・ホール 春名徹訳
- ローマ皇帝伝 全二冊 スエトニウス 国原吉之助訳
- アリランの歌 —ある朝鮮人革命家の生涯 ニム・ウェールズ キム・サン 松平いを子訳
- ヒュースケン 日本日記 —1855〜61 青木枝朗訳
- さまよえる湖 全二冊 ヘディン 福田宏年訳
- 老松堂日本行録 —朝鮮使節の見た中世日本 宋希璟 村井章介校注
- 十八世紀パリ生活誌 —タブロー・ド・パリ 全二冊 メルシエ 原宏編訳
- 北槎聞略 —大黒屋光太夫ロシア漂流記 桂川甫周 亀井高孝校訂
- ヨーロッパ文化と日本文化 ルイス・フロイス 岡田章雄訳注
- ギリシア案内記 全二冊 パウサニアス 馬場恵二訳
- 西遊草 清河八郎 小山松勝一郎校注
- オデュッセウスの世界 フィンリー 下田立行訳
- 東京に暮す —一九二八〜一九三六 キャサリン・サンソム 大久保美春訳
- ミカド —日本の内なる力 W・E・グリフィス 亀井俊介訳
- 増補 幕末百話 篠田鉱造
- 明治百話 全二冊 篠田鉱造
- 幕末明治 女百話 全二冊 篠田鉱造
- トゥバ紀行 メンヒェン＝ヘルフェン 田中克彦訳
- 徳川時代の宗教 R・N・ベラー 池田昭訳
- ある出稼石工の回想 マルタン・ナド 喜安朗訳
- 植物巡礼 —プラント・ハンターの回想 F・キングドン-ウォード 塚谷裕一訳
- モンゴルの歴史と文化 ハイシッヒ 田中克彦訳
- ローマ建国史 全三冊（既刊上巻） リーウィウス 鈴木一州訳
- 元治夢物語 —幕末同時代史 馬場文英 徳田武校注

フランス・プロテスタントの反乱
—カミザール戦争の記録
カヴァリエ
二宮フサ訳

ニコライの日記
—ロシア人宣教師が生きた明治日本
全三冊
中村健之介編訳

マゼラン最初の世界一周航海
長南実訳

徳川制度
全三冊・補遺
加藤貴校注

第二のデモクラテス
戦争の正当原因についての対話
セプールベダ
染田秀藤訳

ユグルタ戦争 カティリーナの陰謀
サルスティウス
栗田伸子訳

岩波文庫の最新刊

カール・ポパー著／小河原誠訳
開かれた社会とその敵
第一巻　プラトンの呪縛(上)

ポパーは亡命先で、左右の全体主義と思想的に対決する大著を執筆した。第一巻では、プラトンを徹底的に弾劾、民主主義の基礎を解明していく。(全四冊)
〔青N六〇七-一〕　定価一五〇七円

シェイクスピア作／桒山智成訳
冬物語

妻の密通という〈物語〉にふと心とらわれたシチリア王は、猛烈な嫉妬を抱き……。シェイクスピア晩年の傑作を、豊かなリズムを伝える清新な翻訳で味わう。
〔赤二〇五-一二〕　定価九三五円

持田叙子編
安岡章太郎短篇集

安岡章太郎(一九二〇-二〇一三)は、戦後日本文学を代表する短篇小説の名手。戦時下での青春の挫折、軍隊での体験、父母への想いをテーマにした十四篇を収録。
〔緑二二八-一〕　定価一一〇〇円

……今月の重版再開……

宮崎安貞編録／貝原楽軒刪補／土屋喬雄校訂
農業全書
定価一一六六円
〔青三三-一〕

エラスムス著／箕輪三郎訳
平和の訴え
定価七九二円
〔青六一二-二〕

定価は消費税10％込です　2023.2